물의 귀환

물의 귀환

류담 장편소설

도화

물의 귀환

초판 1쇄인쇄 2016년 5월 8일
초판 1쇄발행 2016년 5월 10일

저   자 류담
발행인 박지연
발행처 도서출판 도화
등   록 2013년 11월 19일 제2013-000124호

주   소 서울시 송파구 성내천로 39
전   화 02) 3012-1030
팩   스 02) 3012-1031
전자우편 dohwa1030@daum.net
인   쇄 미래프린팅

ISBN | 979-11-86644-15-7*03810
정가 12,000원

도화道化. fool는
고정적인 질서에 대한 익살맞은 비판자,
고정화된 사고의 틀을 해체한다는 뜻입니다.

차례

1

어디에 원주민 마을이 있을까. 호텔을 나온 나는 우두커니 서서 좌우를 돌아본다. 길 양쪽을 빼곡히 메운 목조상가가 거친 풍경을 그린다. 마주 보는 가게들이 세상 끝에 몰린 판자촌을 닮아 있다. 오가는 흙바람이 날림으로 지은 거리를 휩쓴다. 꾀죄죄한 원주민들이 몸을 부딪치며 걷는다. 나를 힐끔거리다가 발을 헛디디는 이도 있다. 그림자로 따라온 아이가 흙가루 날리는 거리를 걷는다. 비웃음 밴 산만한 눈이 나를 돌아본다. 가슴이 서늘하다.

나는 여기 온 첫날부터 이 상가거리를 벗어나고 싶었다. 그래봤자 오 분 걸음이면 끝날 외길이다. 흙먼지 섞인 바람이 달려든다. 나는 황급히 고개를 튼다. 갈 데 잃은 시선이 바삐 건

는 인파 너머에 머문다. 떠나온 땅이 그 끝에 어린다. 거기 몰
린 지난날이 웅성거린다. 어쨌든 하루가 가고 날이 바뀔 것이
다. 엉킨 머릿속이 그대로다. 조각난 꿈처럼 떠도는 기억이 나
를 휘젓는다. 어지럽던 그때가 실제였을까.

　지금 여기서 뭐 하고 있어? 내밀한 소리가 들린다. 떠나라고
다그칠 때는 언제고! 이제 생각이 바뀌었니? 있다고 생각하면
없고 외로울 때면 나타나서 안을 헤집는, 내 안의 목소리를 수
라 부른다. 헝클어진 사념이 존재를 흔들었다. 망상과 허상이
목을 죄는 곳. 거기서 떠나려 했다. 부옇게 인 흙가루가 조악한
시가지를 쓴다. 함부로 버린 검정 비닐봉지가 땅에 닿을 듯 말
듯 난다.

　앞이 캄캄하던 그때가 살아난다. 아무것도 안 보였다. 나는
앞뒤 모르고 서성이기만 했다. 잿빛 갈가마귀 떼가 머리를 쪼
았다. 수명을 다한 깃털이 눈발처럼 날렸다. 바위에 묶인 프로
메테우스가 고개를 꺾었다. 그가 느낄 외로움이 사무치게 스몄
다. 정체 모를 그림자가 울러댔다. 왜, 무엇 때문에 이렇게 되
었는지 알 수 없었다. 독기로 이겨내. 수가 쉴 새 없이 다그쳤
다. 무력한 사념이 허공을 떠돌았다.

　수굿했던 기억이 활기를 찾는다. 갈피 없이 엉킨 생각이 짐
으로 얹혀 있다. 왜 그러는데? 수가 나를 빤히 지켜본다. 켜를

이룬 언어가 들썩인다. 지진 띠 모양의 파장이 인다. 지난날은 현재 진행 중이다.

둔한 끝이 뇌를 쪼아. 걸쭉한 피가 뇌수를 적시며 흐르지. 말없이 뇌면서 처참했다. 나를 버틸 누가 있었으면. 죽든지 이 세상을 떠나든지 그게 아니면 지구가 부서져야 했다. 군말 같은 건 담지 않고 그 자리에서 죽는 게 나았다. 엄살이 아니었다. 수가 끼어들었다.

다친 마음을 어루만지라는 거네. 그렇다면 생각해 봐. 다들 자신의 껍데기에 싸여 있어. 남의 일에 끼어들고 싶지 않아. 그런데 달래주기를 바라니? 행여 속엣 말을 쏟았다 쳐. 액면 그대로 받아들일 것 같아? 제 잣대로 자르고 해석한 뒤 그럴싸하게 포장해서 돌려주겠지. 잠깐 위로를 받는다고 해서 뭐가 달라지는데?

문이란 문은 다 닫혔다. 나갈 길이 없었다. 목에 찬 말이 욱시글댔다. 쌓인 말을 쏟을 누가 없는지. 나는 두리번거렸다. 예전 직장동료의 연락처가 수첩에 남아 있었다. 한때 붙어 다녔던 동료 눈에 헝클어진 까닭이 보이겠지. 왜, 무엇 때문인지 그녀가 알려주리라. 세월 따라 깊어진 시선으로 안 보이던 길을 가리킬지 모른다. 엉킨 사념을 간추릴 수 있다면 무엇이든 받아들일 것이다. 나는 수첩에 적힌 번호를 눌렀다. 벨이 울렸다.

하나, 둘, 셋……, 다섯을 셌을 때 신호음이 그쳤다. 씨앗 같은 빛이 희뜩 스쳤다. 내가 알던 번호가 바뀌지 않았다! 낯선 곳에서 갈팡질팡하다가 고향친구를 만난 듯했다.

"왜 그렇게 소식이 없었어? 얼굴빛이…… 안, 좋은……가?"

동료가 내게 꽂은 시선을 거두지 않으며 마주 앉았다.

"날씨까지 후텁하니. 원! 덥기만 해도 덜할 텐데. 죽으라는 거야 뭐야."

그녀가 투덜거리며 손부채를 저었다. 어제 본 사람과 마주한 것처럼 툭툭 뱉는 말투가 그대로였다. 달라지지 않은 모습과 마주하니 서늘했다. 바뀌지 않은 번호를 반기던 만큼의 깊이로 마음이 가라앉았다. 번 틈을 메울 듯 나는 서둘러 말했다.

"회사는 어때? 다들 잘 지내겠지?"

"찌질이 팀장이 과장으로 올라갔고. 기고만장한 남자 빼고 늘 그 타령이야."

심드렁한 대꾸가 내게 달리 들렸다. 나를 뺀 모두가 한 덩어리였다. 그녀가 뭐라 뭐라 말했지만 귀에 들어오지 않았다. 나는 찻잔에 올린 그녀의 손을 바라보았다. 작고 통통한 손이 잔 테두리를 쓸었다. 문득 멈춘 그녀가 나를 바라봤다.

"무슨 일 있어?"

나는 움찔했다. 무슨 일?

"그냥…… 괜히 힘들어…….."

어물쩍 얼버무리려다가 한마디씩 끊어서 말했다.

"수, 때문일, 거야."

내 이름에서 한 글자를 떼어 아이에게 붙였다. 한 몸이던 녀석이 어렸다. 깊은 곳이 조였다. 그녀가 눈을 동그랗게 떴다. 나는 시선을 비켰다. 거침없이 말하고 발랄하게 움직이는 그녀를 시샘했던 적이 있었다. 서리서리 엉킨 속사정 같은 건 모를 때였다. 끈끈한 핏줄로 이어진 관계, 부러 어깃장을 놓는 아이를 그녀가 알 리 없었다. 같은 연배라 해도 아직 미혼이었다. 어디서부터 얘기해야 할까. 머릿속이 얼크러졌다. 집을 나설 때만 해도 어지러운 속을 털어내려 했다. 자잘한 일상에 매이지 않았으니까 어떤 얘기든 받아들이겠지. 구석진 자리에 마주 앉은 두 남자와 우리뿐이어서 목소리를 높이지 않아도 됐다. 나는 찻잔에 눈을 두고 단숨에 말했다.

"아이가 집을 나갔어."

소음처럼 떠돌던 음악이 잠깐 그쳤다. 불빛까지 흐렸다. 나는 칙칙한 실내를 둘러보았다. 아까와 다르지 않았다. 벽과 파티션에 감긴 초록 이파리가 빤빤한 윤기를 흘렸다. 아이비를 덮은 희부연 먼지와 천장에 닿은 열대 식물까지 훑었다. 인공으로 만들어진 큼직한 이파리를 지나 줄지어 놓인 의자와 탁자, 찻잔을 지나 수족관으로 시선을 옮겼다. 이끼 낀 물풀이 칸막이용 푸른 사각 통 안에서 흐느적거렸다. 상판에 걸친 해쓱한 불빛 아래 서너 마리 열대어가 모여 있었다. 나는 뻐끔거리는 주둥이를 멀거니 바라보았다. 산소가 모자란 것이다. 쏟지 못한 소리가 아우성쳤다. 기껏 고른 곳이 이런 데라니. 큰길에 있는 카페를 두고 조용한 곳을 찾느라 두세 블록을 돌았다.

"수연씨 아이가 집을 나갔어?"

동료의 목소리가 또렷하게 솟았다. 아픔과 거리가 먼 음성을 들으며 서늘했다. 눈 둘 곳이 없었다. 나는 허둥거렸다. 대각선 자리에 앉은 사내 둘이 낄낄거렸다. 나와 상관없이 웃는 둘을 멀거니 바라보았다. 앞자리의 반짝이는 눈동자가 내게 꽂혀 있었다. 캐묻지 못하는, 캐고 싶은 눈빛이 나를 도발했다. 다른 사람을 불러야 했을까. 아니, 누구든 마찬가지였을 것이다. 나는 허리를 펴며 괸 숨을 터뜨렸다. 코끝에 방향제 냄새가 딸려 들었다. 나는 미간을 좁히며 중얼거렸다.

"갑갑한데 왜 칸칸을 막아놓았다니. 툭 터진 찻집으로 갈 걸 그랬어."

그녀가 재빨리 받았다.

"주유소. 유흥업소. 지, 집 나간 애들이 그, 그런 데로 간다던데."

말까지 더듬었다. 나는 어쩔 줄 모르는 얼굴을 지켜보았다. 들으면 난처한 소리일 줄 그리지 못했다. 해도 나는 방향을 잃었다. 어디로 가야 할까. 길을 찾아야 하는데. 억지로 눌렀던 속이 들썩거렸다.

어떻게 길을 찾아야 할지 알아야 해. 수가 악을 썼다. 앞자리의 입이 쉬지 않고 움직였다. 막막한 허방에 혼자였다. 들리지 않는 소리가 허공으로 흩어졌다. 나를 알 리 없는 사람에게 기댔다니. 나와 남. 받침 하나로 번 거리를 짚었다. 무슨 말인지 모를, 매가리 없는 몇 마디를 건네기는 했다. 추측과 호기심에다 없는 사연까지 보탠, 발 없는 말이 날았다. 그런 일이 괜히 생기니? 어쩐지 새침을 떨더라니. 앙큼 떨 때 알아보았어. 수군거리는 소리가 귓가를 날았다. 수면에 둥근 입을 모은 열 대어가 뻐끔거렸다. 나는 숨찬 풍경을 보며 조바심쳤다.

다 마찬가지야. 너는 다를 것 같아? 수가 비웃었다. 말해서 풀릴 일이 아니었다. 동료를 탓할 수 없었다. 보이지 않는 세포와 신경, 실핏줄, 솜털이 곤두섰다. 이 자리를 견딜 수 없었다. 자초한 일이었다. 나는 자책했다. 검부러기라도 잡으려 하다니. 사나운 독수리가 간을 쪼았다. 바위를 밀어 올리던 시시포스가 희뜩 비웃음을 날렸다. 나는 귀퉁이에 몰린 어류를 보며 히죽 웃었다. 별 것 아냐. 물밑에서 갈퀴질하는 두 다리가 죽을 힘을 썼다. 나는 탁자에 둔 눈을 거두지 않고 스스로 물었다. 꼭 이렇게 되어야 했을까. 다르게 움직였다면 뭔가 달라졌을까.

집어치워. 소통부재인 줄 몰랐어? 수가 윽박질렀다. 케케묵은 노래가 느리게 퍼졌다. 마이 퍼스트 미스테이크 위즈…… 내 첫 번째 실수는……. 어디서부터 어떻게 길을 찾아야 할까. 그녀가 찻잔을 들어올렸다. 밑이 좁고 위가 넓은, 나팔꽃 모양의 컵이 천천히 올라갔다가 내려왔다. 붉고 푸른 무늬가 어지럽게 얽혔다. 쉴 새 없이 움직이는 입을 지켜보았다. 침묵이 무서운 듯 비쳤다. 괜한 짐을 얹은 셈이었다.

"어떻게 하니! 때 되면 돌아올 거야. 냅 둬. 그런 데 잡히지 말고 일을 해. 놓아 버려. 수연씨가 문제야."

동료가 잘라 말했다. 수가 재깍 쏘았다. 그것 봐. 니가 문제라잖아. 아주 아니라고 못했다. 내 탓에 이런 일이 벌어졌다는 자책이 떠나지 않았다. 허섭스레기를 던다고 해서 무엇이 달라질까. 하늘땅을 다스릴 누가 어찌 해야 할지 가르쳐주었으면. 홀로 외줄을 탄 듯 아슬아슬했다. 동료가 시선을 깐 내게 채근했다. 괜찮아. 놓아버려. 뭐가 괜찮은지. 어떻게 놓아야 할지. 켜켜이 쌓인 말과 동료의 조언이 서로 다투었다. 갈 데 잃은 노염이 부메랑이 되어서 돌아왔다. 숨이 끊어진다면 다툼과 아픔

모두 사라질 것이었다. 꼭지가 떨어지듯 깨끗이 끝났으면.

쏟지 못한 말이 와글거렸다. 왜, 무엇 때문에 이렇게 되었는지. 우연한 일인지. 이런 결과가 정해졌는지. 교란된 신경이 나를 찢었다. 이 괴로움을 피할 수 있다면 무뇌아가 되어도 괜찮았다. 나는 등받이에 깊이 기댔다.

"여행이든 연애든 해. 혼자 애달아봤자 너만 손해야. 그런다고 나간 아이가 돌아오니?"

그녀가 되풀이 말했다. 그런 말을 하는 스스로가 대견한 눈치였다. 나는 애매하게 웃었다. 사위가 잿빛이었다. 길이 보이지 않았다. 나는 가방에 든 지갑을 꺼내며 눈짓했다.

"벌써 가려고?"

그녀가 아쉬운 듯 후련한 듯 나를 훑었다. 가볍게 걷는 동료에게 나는 다른 쪽을 가리키며 돌아섰다. 한참 걷다가 길을 잘못 잡은 줄 알았다. 그녀가 간 쪽에 내가 타야 할 버스 정류장이 있었다.

2

나는 방에 틀어박혔다. 거친 상상이 무섭게 자랐다. 뭐든 하지 않으면 장마철 소금이 되어 녹아내릴 것이었다. 구석에 밀린 신문 뭉텅이가 눈에 띄었다. 누렇게 바랜 신문을 무심히 당겼다. 감각 못 한 채 보이는 글귀를 읽어 내렸다. 달리 들어오는 글자가 없었다.

아프가니스탄 바미안 불상 파괴.

유네스코와 유엔 189개 회원국이 불상파괴 행위를 즉각 중지할 것을 촉구하는 결의안을 만장일치로 통과시켰다. 그럼에도 불구하고 세계적 문화유산인 바미안 대불이 2001년 3월 2일 완전 파괴된 것으로 최종 확인되었다. 이번 바미안 석불파괴는 어떤 이유에서든 인류의 소중한 문화유산을 무차별 파괴했다는 점에서 매우 충격적인 일로 받아들여지고 있다. 또한 탈레반의 행위는 21세기 문명사회에서 종교의 이름으로 타종교의 귀중한 문화

양식을 파괴한 행위라는 측면에서 심각한 일이 아닐 수 없다.

신문과 방송이 온통 아프가니스탄을 실어 나를 때 나는 풀리지 않는 혼란에 빠져 있었다. 중앙아시아에 있다는 먼 나라 아프가니스탄 대불 폭파가 남의 일이었다. 갑작스럽게 사나워진 아이가 대놓고 어깃장을 부렸다. 불덩이로 바뀐 사내아이를 어찌 다뤄야 할지. 화가 치밀다가 어안이 벙벙하다가. 꿈에서조차 일어나서는 안 될 일이었다. 내 무게를 몽땅 실은 줄 그제야 알았다.

제 성질을 못 이긴 아이가 그예 집을 나갔다. 모든 정성을 쏟아부은 살붙이였다. 왜 이런 일이 생겼을까. 나는 처음과 끝을 숱해 오르내렸다. 어찌어찌 해서 집으로 끌어온다 치자. 거친 십 대 아이를 어떻게 다룰 것인가. 도와줄 누가 없었다. 혼자 해내기에는 턱없이 힘이 팽겼다. 나는 본줄기를 벗어나 있었다. 지구 끝까지 뒤져서라도 달아난 아이를 붙잡아다가 힘껏 주저앉히는 대신 떠도는 망념에 쓸려갔다. 벼랑 끝, 그것도 혼자였다. 왜 여기까지 밀렸는지. 줄기를 벗어난 가지를 붙잡고 바장였다. 까닭을 안다면 빠져나갈 길이 보일 것이었다. 흐릿한 길이라도 찾으려고 무진 안간힘썼다.

밤의 꿈에서는 힘으로 아이를 윽박질러 꿇어 앉혔다. 꿈을 깨면 갈가리 찢긴 의식이 도로 나를 할퀴었다. 실오라기를 들어 올릴 힘이 없었다. 틈새 없이 여몄지만 아린 냉기가 살을 파들었다. 추위가 견딜 수 없을 때면 이를 맞부딪치며 떨었다. 땅이 흔들린 것도, 걷잡을 수 없는 해일에 쓸린 것도 같았다.

어리석게 사람에게 기댔다고 끝없이 나를 할퀴었다. 살이 끼었어. 누군가의 얘기가 날아들었다. 허튼소리를 주고받을 여유 없이 아이와 나만으로 밀착되었던 날. 사랑인지 애착인지에 묻혀 어긋난 관계는 남의 일이려니 여겼다. 어찌 해야 할지 도무지 알 수 없었다.

부모를 거스르는 자녀가 있다고 했다. 그조차 음울한 피가 따로 있으려니 여겼다. 사납게 날아든 갈가마귀 떼가 머리를 쪼았다. 어둠을 틈탄 어처구니가 송곳니를 세웠다. 나는 벌건 입에 든 제물이었다. 커진 악념이 떠나지 않았다. 시시포스의 바위가 되풀이 굴러떨어졌다. 가망 없는 늪에 갇혀 호득거리기만 했다.

방에 틀어박힌 나는 몰려드는 망상에 끝없이 시달렸다. 싹을 틔운 추측과 오해, 거기서 비롯된 불안이 얽히고설켰다. 다투어 솟은 기억이 뒤죽박죽 섞였다. 언제 어디서 왜 어떻게 틈이 벌었는지 알 수 없었다. 작은 꼬투리라도 잡힌다면 숨쉬기가 수월할 텐데. 사방이 벽이었다. 빛이 보이지 않았다. 이거다할 빌미조차 없었다. 갈피 없는 머리로 도울 누구를 더듬었다.

사위에 홉뜬 눈망울이 돌아가며 비웃었다. 나는 기진했다. 죽는다면 조여드는 올가미가 사라질 것이었다. 어떤 방법이면 간단할까. 존재가 없어져야 지독한 괴로움을 벗어난다니. 불합리한 일이었다. 바스러진 육체가 바닥 모를 허방으로 흩어지면 몸을 빠져나온 넋인지 혼인지 끝없이 떠돈다던데⋯⋯. 나를 벗어난 또 다른 내가 무한허공을 헤매었다. 왈칵 무서웠다. 서두르지 마. 언제든 자살할 수 있어. 수가 끼어들었다. 그러고 보니 뒷일을 처리해 줄 누가 없었다. 살았던 흔적을 말끔히 치우고 떠나는 게 마땅했다. 나는 골똘히 뒤졌다. 의사라면 혼란과 무기력을 가시게 하지 않을까?

모니터에 눈을 던진 의사가 무심히 물었다. 잠은 잘 자나요? 식욕은? 기분은 어떤가요? 우울감이 심한가요? 나는 꼬박꼬박 대답했다. 그가 막힌 데를 뚫어줄 테니. 쪼가리 진실이라도 건너뛰면 걸쭉한 진창에 영영 갇힐 것이었다. 그가 대수롭지 않게 나를 돌아보았다. 무표정한 얼굴이 아득한 거리를 알렸다. 애써서 털어놓던 모습이 피에로처럼 떠돌았다.

나는 쓴웃음을 물며 일어섰다. 20분의 면담으로 달라진 게 없었다. 깊이 팬 구렁이 그대로였다. 별일 아니라잖아. 혼자 대단하다고 여긴 거야. 또 수였다. 어쩌다 여기까지 왔는지. 나와 남의 거리가 아득히 벌었다. 미약한 위로라도 받았다면 뭔가 달라졌을까. 나를 도울 누가 있기는 할까. 다시 신경정신과를 찾는 일이 없을 것이었다.

아픔을 나눌 누가 없어. 아무도 대신 살아주지 않아. 수가 냉정하게 짚었다. 나는 되풀이 캐었다. 이렇게 된 까닭을 안다면. 사방이 막혔다. 어디로 어떻게 가야 할지. 깨문 입술이 비릿했다. 핏방울 맺힌 손등을 바라보던 사촌이 다가왔다. 그의 아픔이 내게 스몄다. 긴 그림자를 내린 사촌이 지워지지 않았다.

받아온 약을 먹었다. 추스를 수 없이 잠이 쏟아졌다. 깨고 나면 멍했다. 실타래처럼 엉킨 머릿속이 나를 고문했다. 왜 사는지, 풀리지 않을 물음이 떠돌았다. 나는 허깨비가 되어서 모를 곳을 떠돌았다. 손끝 까딱할 힘이 없었다. 떠도는 넋이 주검처럼 널브러진 육신을 내려다보았다. 맥없이 숨만 쉬느니 없어지는 게 나았다. 이 구덩이를 벗어날 방법이 있을까.

모르는 곳으로 갈까. 가진 것을 정리하면 몇 달쯤 여행할 수 있으리라. 아끼는 만큼 날짜가 늘 것이었다. 얼마쯤 죽기를 밀어둔다 해서 달라질 일이 있을까? 한 톨 힘까지 밭았지만 떠나는 건 할 수 있을 듯했다. 걷고 움직이는 데 힘을 쓰다 보면 악념을 물어 나르는 갈가마귀떼가 사라지리라. 신문과 텔레비전을 뒤덮었던 아프가니스탄이 떠돌았다. 전쟁과 기근과 냉혹한 눈길로 표적을 노리는 테러리스트, 솟구치던 불기둥을 그리니 힘이 났다. 퍼붓는 총탄 사이를 뛰다가 쓰러지면 뒤처리를 걱정하지 않아도 될 것이었다. 그렇게 사라지는 것도 나쁘지 않았다.

길을 찾으면서 끝을 가늠했을까. 끝을 그리니 길이 보였을까. 누군가 국제 협력단을 말했다. 나는 얼핏 스친 이름을 붙잡았다. 관심이 눈을 밝힌다는 말이 맞았다. 그 단체의 광고가 신문 전면에 실려 있었다. 나는 허술한 끈에 매달렸다. 제 발로 나간 아이가 내가 없다고 더 나빠지지 않겠지. 벌레 씹은 얼굴로 흘기던 아이가 떠돌았다. 나는 엔지오 단체의 홈페이지를 열었다. '한국 국제 협력단'이라는 이름 아래 지원자를 찾는 창이 떴다. 인터넷으로 다운받은 지원서의 칸을 메웠다. 쉴 새 없이 날아들던 날짐승이 수긋했다. 흐린 빛이 나를 끌었다. 아프가니스탄으로 갔다던 사촌도 거들었다. 그는 여전히 갖가지 일을 거치고 있는 모양이었다. 납품하는 일이라던가. 다른 일인가. 뜬구름 같은 사념이 방향이 되었다. 사방에 널린 기사와 어딘가 있을 사촌에게 끌려서 지원국에 아프간을 적어 넣었다. 작은 실마리를 좇는 움직임에 탄력이 붙었다. 걸쭉한 피가 묽어진 듯했다.

홈페이지에 뜬 내 이름을 보며 힘이 났다. 지켜보던 누가 이 길을 연 듯했다. 살다 보면 흐릿한 빛이라도 비치는 모양이었다. 치솟던 숨이 잦아들었다. 지시대로 따르다 보니 꼭 해야 할 일을 만난 듯했다.

면접과 신체검사를 마치고 정해진 합숙훈련을 치렀다. 벗어나려고만 했는데 막상 비행기 표를 받아드니 서늘했다. 알지 못하는 나라로 간다는 게 문득 두려웠다. 이렇게 떠나도 될까. 나는 망설였다. 수굿하던 갈가마귀 떼가 날개를 퍼덕였다. 매몰차게 돌아선 아이가 도로 목을 조였다. 옭죄는 기억이 발목을 붙잡았다. 나는 일행과 따로 떠났다.

언제부턴가 시간이 지워졌다. 카불에 온 날이 어슴푸레하다. 부서지고 깨진 거리를 걸으며 홀가분했던가. 태울 듯 따가운 햇살과 부옇게 서린 먼지, 폭격에 부서진 잔해 속을 걸었다. 지어낸 기억인지 실제 일어난 일인지. 떠도는 지난날조차 흐릿했다.

라마단이 오기 전의 축제라지만 따로 행사를 벌이는 기척은 일지 않았다. 밑바닥으로 내려앉은 살림이었다. 허름한 입성을 걸친 사내들이 먼지 속을 오갔다. 내게 일주일의 휴가가 떨어졌다. 딱히 할 일이나 갈 데가 없었다. 남는 시간이면 으레 끼어들 헛된 연상이 두려웠다. 몰려드는 악념에 시달리느니 지치는 쪽이 나았다. 나는 벽에 걸린 커다란 지도 앞으로 다가가

서 카불과 바미안을 엄지와 검지로 짚었다. 그리 멀어 보이지 않았다.

"터미널이 어디지?"

나는 길 가는 청년을 붙잡고 물었다. 이마와 광대뼈, 콧잔등만 빼고 수북한 검은 털에 덮인 젊은이가 손짓 발짓과 함께 손목시계를 가리켰다. 바미안으로 가는 차를 타려면 해뜨기 전에 움직여야 한다고. 낯선 동양여자에게 없는 친절까지 보일 듯 말이 그치지 않았다.

이튿날 이른 새벽에 꾸린 짐을 들고 길로 나갔다. 잠 묻은 눈을 비비며 터미널 쪽으로 길을 잡았다. 중앙아시아의 차디찬 새벽공기가 매섭게 살을 저몄다. 바다 밑을 닮은, 어둡고 음침한 거리가 깊은 잠에 들어 있었다. 군데군데 선 가로등이 노란 불빛을 흘렸다. 가시지 않은 매연에다 안개까지. 5미터 앞이 안 보였다. 비지 같은 안개가 꾸역꾸역 몰려왔다. 밀도 치밀한 새벽안개를 가르는 걸음이 뻑뻑했다. 이른 잠을 버린, 그림자가 된 사내들과 드문드문 엇갈렸다. 어둠을 울리는 발자국소리가 반갑다가 무섭다가 했다. 폭을 활짝 펼친 망토가 영화 속 풍경처럼 어리기도 했다. 이곳에서는 바뚜 또는 쿨라라고 부른다든가. 후리후리한 사내가 넓은 자락을 날리며 걸었다. 곤한 잠에 든 시가지가 덮이다 드러났다.

택시보다 조금 큰 승합차를 탔다. 네 사람이 앉을 자리에 다섯이 어깨를 겹치며 앉았다. 차가 겁 없이 자갈길을 달렸다. 틈 없이 포개진 승객이 짐짝처럼 흔들렸다. 겹겹이 겹친 산모퉁이를 하염없이 돌았다. 짐작보다 멀고 후미진 곳에 바미안이 있었다. 길과 차 모두 엉망이긴 했다. 창유리 밖에 울뚝불뚝 솟은 작은 언덕을 보고 있는데 갑자기 차가 멈추었다. 황량한 골짜기에 승객을 부린 낡은 승합차가 사라졌다. 먼지 이는 비포장 길이 여기도 한가지였다. 저녁 가까운 오후였다. 켜켜이 겹친 꽃잎 속에 암술처럼 박힌 여기가 옛날부터 인도와 이란, 중국을 잇는 중앙아시아의 교통요지라고 했다.

시가지로 난, 하나뿐인 외길이 앞에 있었다. 나는 보이는 길을 따라 걸었다. 한참 걷다가 호텔을 만났다. 나는 방에 짐을 내린 뒤 돌아 나갔다. 몇 군데 골동품 가게와 환전소, 그리고는 자질구레한 잡동사니를 모아놓은 잡화점이 전부여서 길은 곧 끝났다. 느닷없는 빗발이 후드득 떨어졌다. 나는 어깨를 옹송그리고 종종걸음쳤다. 처마 밑에서 비를 긋던 사내들이 재게 걷는 동양여자를 눈도 깜빡이지 않고 바라보았다. 비라고 알았는데 손에 받아든 건 동그란 우박이었다. 손바닥에 받은 작은 얼음덩어리가 곧 녹았다. 동그란 물방울이 고향 집 우물을 불러냈다. 잔잔한 수면에 파문이 일고. 백지처럼 흰 얼굴의 사촌이 흰 볕을 받고 있다. 모를 물기가 배어들었다. 우물 속을 울리던 웅숭깊은 소리가 들린 것도 같았다. 잠깐 귀를 기울였지만 정적뿐이었다. 손의 물기가 곧 가셨다. 나는 마주 비빈 손으로 얼굴을 감쌌다. 온통 싸늘했다.

3

날이 새면 발 가는 대로 걷는
다. 숨을 몰아쉬며 언덕을 오르다 보면 골짜기로 내려가는 길
이 곧 나타난다. 어디나 비슷한 풍경이 이어진다. 엎은 시루 모
양의 둔덕들 사이에 넓은 들이 펼쳐 있다. 언덕 위와 골짜기 아
래 띄엄띄엄 선 여염집이 여전한 하루를 그린다. 불이 솟고 포
연이 자욱한 전장 터를 그렸는데 믿을 수 없게 고즈넉하다. 툭
터진 들에 부신 볕이 가득 내린다. 나는 눈을 들어 빈 벌판을
훑는다. 어딘가 빨긋빨긋 물든 석류나무가 무더기로 서 있을
것 같다. 불그스름한 자갈땅뿐 수목이라고는 보이지 않는다.
우물이나 냇물이 있을까. 둘러보지만 물 기척이라고는 비치지
않는다.

언덕 아래를 걷다가 시가지로 가는 길을 만난다. 왼쪽으로 곧장 가면 내가 묵는 상가거리에 닿는다. 가게만 이어진 거리가 여기서는 보이지 않는다. 어디서 오는 걸까. 이른 아침인데 사람들이 서로 부딪칠 만큼 쏟아진다. 나는 가까운 곳에 있을 벌쭉한 마을을 그리며 그들과 엇갈린다. 키 큰 나무들이 귀퉁이에 서 있다. 녹색을 띤 자그마한 숲이 신선한 바람을 일으킨다. 포플러 종류의 홀쭉한 나무가 노릇한 이파리를 성기게 매달고 있다. 애처롭게 남은 잎이 공기의 무게를 덜 것처럼 잘게 떤다.

부러 가꾼 듯 보이는 작은 숲을 에돌아 걷는다. 자갈 깔린 벌판이 이어진다. 발 가는 대로 걷다가 도로 언덕으로 오른다. 인적 없는 그곳에서 두세 채의 폐가를 만난다. 비바람에 쓸린 흙무더기가 여기저기 놓여 있다. 슬쩍 스친 바람이 부연 황토 가루를 일으킨다. 개 짖는 소리가 컹컹 울린다. 나는 걸음을 멈추고 돌아본다. 개라면 하던 일을 제치고 뛰던 아이가 떠오른다. 앞선 개의 목줄을 감아쥔 채 몸을 잔뜩 버틴 모습이 지워지지 않는다.

나는 말 없는 짐승에게 정을 쏟는 사내아이를 지켜보고는 했다. 개를 먹이고 씻기고 함께 뒹굴던 작은 몸이 생기를 뿜는다. 햇무리 같은 후광이 어린다. 나는 눈을 가늘게 뜬다. 흙먼지 솟는 길뿐 개는 보이지 않는다. 개를 끌어안은 다른 까닭이 있었을까. 사람보다 짐승이 좋았겠지. 같은 말일 텐데 거기 긴 진실쪼가리라도 찾을 듯 골똘해진다. 빈 벌판을 걷다가 유네스코 표지판을 단 건물 앞에 멈춘다. 이런 곳에 학교가 있다니. 콘크리트 블록 담이 문 없는 설주를 두른다. 나는 고개를 빼어 안을 굽어본다. 넓지 않은 마당 맞은편에 흰 페인트를 칠한 단층콘크리트건물이 서 있다. 손바닥에 올려놓을 만큼 작은 배움터를 우두커니 지켜본다. 보도블록 틈에 싹튼 초록을 본 것처럼 어딘가 밝다. 조울 듯 핀 맨드라미나 백일홍 같은 일년초가 흘깃 스친 것도 같다.

삭막한 운동장을 다시 살핀다. 눈발이 날리는데 꽃이라니! 질기게 사는 잡초라도 이런 날씨를 배겨낼 리 없다. 교실에 들지 않은 아이들이 좁은 뜰에 몰려서서 재잘거린다. 한꺼번에 쏟아진 자갈처럼 와글대는 소리가 고르게 퍼진다. 콘크리트건물 옆에 흰 천막 두 동이 서 있다. 흰 바탕에 잉크색으로 커다랗게 쓴 유네스코가 눈으로 튀어든다. 텐트는 아이가 첫솜씨로 그린 집과 닮아 있다. 흰 종이에 크레파스를 꾹꾹 눌러 가장자리만 그린 그림.

무리에 끼어 있던 아이가 환한 얼굴로 뛰어올 것 같다. 엄마! 또렷한 목소리가 귀를 울린다. 묵직한 존재감이 가슴에 턱

얹힌다. 아이만 보면 언제 그랬나 싶게 빈 데가 채워질 텐데. 실상 내 아이가 그랬던 적은 없다. 사내 치고 수줍은 녀석이라 나만 알게 손을 흔드는 게 고작이었다. 그것만으로 차고 넘쳤다. 수선스럽지 않은 성품이 미덥더니. 늘 듬직하게 곁에 있으려니 여겼다.

황갈색 들판에 울긋불긋한 입성이 돋는다. 머리에 보자기를 두른 소녀들이 하나둘 걸어온다. 빈손으로 홀가분하게 걷던 소녀가 놀란 것처럼 멈춘다. 둥글게 키운 눈을 보며 나는 퍼뜩 깨닫는다. 여기는 중앙아시아, 낯선 땅이다. 매서운 찬바람을 가른 볼이 보랏빛이다. 튼 살갗을 덮은 희끗한 각질이 넉넉지 않은 형편을 묻혀낸다.

반짝이는 갈색 눈동자가 내게 쏠려 있다. 고만고만한 얼굴에 또렷이 쌍꺼풀진 눈매가 총명하게 빛난다. 놀랄 만큼 우리를 빼박은 얼굴도 끼어 있다. 쌍꺼풀 없이 가늘고 긴 눈, 펑퍼짐한 콧날, 동글납작한 얼굴이 빤히 마주 본다. 나와 닮은 아이가 눈도 깜박이지 않는다. 친근한 얼굴을 보며 두어 걸음 다가서다 문득 멈춘다. 겉모습이 비슷하다 해도 말과 습관이 영 다르다. 살아온 시절과 문화가 섞일 데 없이 멀다.

하자라족이야. 몽골계통의 인종이 여기까지 퍼졌지. 구레나룻에게 들었던 말이 부연 입김에 실려 퍼진다. 거무스레한 낯빛에 굵직한 윤곽을 늘 스쳤지만 그 얼굴이 그 얼굴이었다. 그 만그만한 얼굴을 애써 기억할 일 또한 없었다. 한두 마디 영어를 던지던 남자가 언제부턴가 낯이 익었다. 그러고 보니 짙은 구레나룻을 몇 번 마주한 기억이 났다. 좁은 동네라서 자주 마주친 건지 맘먹고 먼저 다가왔는지. 흔히 볼 수 없는 동양여자에게 호기심이 일었으리라. 해도 남의 일이었다. 대뜸 서툰 영어를 들이대는 그들이 어리둥절하기만 했다.

나는 둥글게 에워싼 아이를 훑는다. 한 녀석이 외친다.

"아 유 메리드?"

기막힌 물음이다. 그것도 어린아이가. 나 결혼한 건 알아서 뭣 하려고? 나는 비 맞은 중처럼 본다. 뜻도 모르고 던졌겠지. 여기며 빙긋 웃고 만다. 누구와 쉽게 섞이지 못하는 나는 거침없이 다가오는 그들이 달갑지 않다. 아는 영어 몇 마디는 곧 바닥날 것이다. 말 뒤에 끼어들 침묵이 미리 갑갑하다. 처음부터 못 들은 척하는 게 낫다. 나를 에워싼 아이들이 점점 는다. 내게 쏠린 눈이 초롱초롱 빛을 쏟는다. 저만할 때 내 아이가 다가온다. 생기 밴 얼굴 뒤에 미움을 키울 줄 몰랐다. 보고 싶은 대로 보았다니. 뒤늦게 알아차린 진실이 쇠침이 되어 날아든다. 아이는 왜 무엇 때문에 내가 그리 미웠을까. 모진 눈매가 나를 따라온다. 또렷했던 눈동자가 점점 혼탁해지더니. 초점 잃은 눈이 나를 고문한다.

아이들이 더 모이기 전에 그곳을 떠난다. 차 한 대가 지날 만한 길은 사람들 차지다. 남자뿐인 행인들이 마주 온다. 다들 바빠 어디를 가는 걸까. 일거리를 줄 만한 건물이 보이지 않는다. 아무 데나 침을 찍찍 뱉는 사내들이 나와 엇갈린다. 나는 일일이 살피며 걷는다. 낯선 땅인데 익숙한. 어쩌면 아는 이를 만날 수 있다. 헛된 기대인 줄 알면서 설레는. 어디 있는지 모를 사람 아닌가.

느닷없이 그와 마주친다면 우뚝 멈춰 서겠지. 잘 지내? 묻기 전에 안색부터 살필까. 상상만으로 얼굴의 핏기가 싹 가신다. 실제라면 무섭게 창백해질 것 같다. 짐작보다 많이 늙었군. 스치는 감상을 떨치며 시간이 무섭다. 중얼거릴까. 담담하게 마주 선 스스로에게 놀랄까. 다음에는 이런저런 일을 물어보겠지. 나는 잘 지내. 오빠도 좋아 보여. 맘에 없는 말을 할까. 미리 숨이 막힌다. 깔끔하게 돌아설 수 있을까. 남은 미련으로 미적거리며 시간을 끌까. 감정 없이 기약조차 훌훌 털고 가던 길을 아무렇지 않게 갈 수 있을까.

빠른 걸음에 인 잔바람이 언뜻언뜻 살에 닿는다. 사촌과 마주치는 일 같은 건 일어나지 않는다. 눈을 뜨고 헛된 꿈을 꾼다. 나는 쓸쓸하고 달콤하게 퍼진 몽과 환에 싸여 걷는다. 아침인지 낮인지 길인지 들판인지. 모를 열이 나를 감는다.

헐헐거리는 나귀가 마주 온다. 짐이 없는 맨몸으로 눈을 땅에 박고 종종걸음친다. 헐겁게 걸으면 좋을 텐데. 옆은 보려 하지 않고 타고난 버릇으로 내닫기만 한다. 쫑긋 귀를 세운 검은 가축이 곁을 스친다. 뒤따라오는 주인은 아직 어리다. 예닐곱 살로 보이는 사내아이가 고개를 비틀고 돌아본다. 어린 상전의 딴청을 모른 채 나귀는 제 길을 간다. 그새 인적이 드문 길로 나와 있다. 걸음이 빨라진다.

끝 간데없는 벌판이 휑하게 비어 있다. 부서진 탱크가 여럿 보인다. 가다가 멈춘 듯 보이는 전차가 치열했던 싸움을 알린다. 아무 데나 겨눈 포신과 녹슨 캐터필러. 폭격에 찢긴 몸통이 찬바람을 맞는다. 나는 걸음을 멈추고 녹슨 철판에 적힌 소련 글자를 살핀다. 갈고리 모양으로 끝이 굽은 글자가 낯선 나라를 불러들인다. 타냐, 소냐, 나타샤, 그게 아니면 아나스타샤 같은 이름을 가진 러시아소녀들. 소년병사는 생살을 베어내듯 그들을 떠나 흙먼지뿐인 싸움터로 왔으리라. 아직 어린 혈기일 어린 군인은 슬펐을까. 앞선 흥분으로 들떴을까. 나는 팽개친 탱크를 일없이 기웃거린다. 찢긴 철판이 벌겋게 녹슬어 있다. 우렁찬 포성이 들린 것도 같다.

언덕 끝에 포신을 천으로 덮은 대포가 을씨년스럽게 놓여 있다. 나는 검은 무쇠 덩어리 앞에 멈춘다. 길 가던 청년이 보란 듯 거기 올라탄다. 쓸모를 잃고 팽개친 병기가 활기를 띤다. 우쭐거리는 몸짓과 달리 눈으로 나를 힐끔거린다. 못 보던 얼굴이라서 신기한 눈치다. 그것도 여자 아닌가. 청년이 씩 웃으며 총구를 내게 돌린다. 나는 내린 손을 싱겁게 흔들고 돌아선다.

비슷한 로켓포를 여럿 스치며 걷는다. 버린 것처럼 선 포가 마을에 총구를 겨누고 있다. 전 방위로 돌아가는 총부리는 시절 사람 따라 대상을 바꾸었으리라. 적과 아군이 숱해 달라졌다던데. 뒤따라온 청년이 그 위에 올라탄다. 구경꾼을 확보한 청년이 신명 나게 군대놀이에 빠져든다. 요즘은 쏘아 올린 스커드 미사일을 컴퓨터로 추적한다고. 표적을 찾아내면 패트리어트 미사일을 날린다던데. 적의 포탄을 공중에서 부서뜨린다는데 고작 손으로 돌려서 쏘는 대포라니. 혼자의 전쟁놀이는 시시하다. 청년이 이리저리 돌리던 총열을 내게 겨눈다. 나는 놀란 시늉으로 자리를 뜬다.

부딪쳐서 산산조각 난 포탄처럼 사촌의 집은 공중분해 되었다고 했다. 그의 아버지와 어머니는 열정만으로 만났다던가. 그래봤자 사촌은 모를 일이다. 불끼리 부딪친 자리에 사촌만 잔해처럼 남겨졌다니까. 폐를 앓다 죽었다는 아버지와 집을 나간 어머니. 멋모르고 남겨진 사촌은 남은 불티를 일궈 자신을 사르려 했을까.

나는 언덕 끝에 멈추어서 한눈에 잡힌 시가지를 내려다본다. 굵은 금을 그은 외길 양쪽에 따개비처럼 붙은 상가가 줄지어 있다. 곧게 이어지던 가게가 자른 것처럼 끝난다. 여기서 쏘는 포탄 한 방이면 박살 날 만큼 오종종한 거리에 바늘 끝 같은 햇살이 쏟아진다. 길 어귀에 시가지를 알리는 아치가 서 있다. 나는 무지개모양의 구조물을 바라본다. 이네들 돈에 그려진 둥근 문이 딸려온다. 호텔 주인이 지폐그림을 가리킨 뒤로 아치를 눈여겨보았다. 모를 상징을 찾을 것처럼 기웃거린 적도 있다. 봐서 알아차릴 깜냥이 아니다. 알려줄 사람이나 물어볼 곳이 없다.

마을을 가른 냇물이 흰빛을 튕긴다. 콸콸 소리가 들린 듯하다. 귀를 기울이지만 적막하다. 나도 모를 환청이 귀울음을 운다. 가을걷이가 끝난 감자밭이 냇가에 잇대어 있다. 그 너머 버려진 것처럼 보이는 벌판이 가없이 넓다. 길 어귀에 선 서너 개의 컨테이너 박스가 마을과 어울리지 못하고 겉돈다. 나는 뒤둥그러진 외래품을 보며 냉소를 문다. 총알을 퍼부을 때는 언제고 컨테이너 박스로 쏟아붓는 선심은 또 뭔가. 쏟아낸 물건이라야 별것 아닐 것이다. 한 끼를 도와주면 견뎌야 할 날수가 그만큼 늘어날 텐데. 하잘것없는 물건들이 바닥으로 내려앉은 살림을 끌어올릴 수 있을까? 남아서 버릴 물건일 테니 모양새로는 괜찮다. 드러나지 않은 실속까지 챙길 수 있으리라.

흙빛뿐인 사위, 샛노란 색깔이 튀어든다. 잠깐 갸웃하다가 곧 쓴웃음을 문다. 어젠가 그젠가. 달리 할 일이 없었다. 예의 선명한 색깔을 좇아 꽤 걸었다. 숨차게 다가선 내게 실체를 드러낸 선홍색 플라스틱 통 하나. 오수 흐르는 시궁창에 반쯤 묻힌 쓰레기를 보며 머쓱했다. 미리 그린 그림과 눈으로 본 실상이 숱해 엇갈린다.

함부로 버린, 색깔 고운 쓰레기가 고질이 된 자괴감을 부른다. 나는 제대로 보는 걸까. 허튼 그림자에 홀려 외진 이곳까지 온 걸까.

가끔 나타나는 자동차가 큰길을 달린다. 뒤뚱거리는 꽁무니에 시커먼 매연이 달려 있다. 허름한 살림살이가 까마득한 세월 저편으로 나를 데려간다. 양지바른 우물가, 가지를 드리운 석류나무에 선혈 빛 꽃이 매달려 있다. 환하게 웃는 사촌이 앞에 있다.

다갈색 마을을 벗어난 곳에 푸르고 둥근 지붕이 솟아 있다. 비췻빛 모스크가 헛된 희망을 일으킨다. 아이는 돌아올까. 제 길을 벗어난 걸음을 본래로 돌이킬까. 무슬림사원과 마을을 두른 산자락이 지평선 끝을 겹겹이 에워싼다. 가까운 산비탈에 구멍이 숭숭 뚫려 있다. 나는 내다 버린 벌집처럼 스산한 풍경을 오래 바라본다.

돌아서서 바미안 석굴을 바라본다. 우뚝 솟은 바위산 아래, 이빨 빠진 자리처럼 검은 굴 두 개가 뚫려 있다. 앞은 황량한 벌판이다. 잿빛 바람이 버려진 터를 쓴다. 회리바람에 실린 돌가루가 한순간 솟구친다. 타오르는 불심으로 정성스레 만든 불상은 바스러졌다. 무작스럽게 망가뜨린 탈레반이 어린다. 오가는 찬바람이 흔적만 남은 동대불과 서대불을 훑는다. 정함 없는 심사가 먼지에 쓸려간다. 하릴없이 어정거리는 걸음이 민망하다. 행여 모를 암시를 바랐을까. 빈 마음이 어디든 기대려든다. 구름 사이로 늦가을 해가 번뜩 드러난다. 가닥가닥 갈라진 햇살이 눈을 쫀다. 나는 힘껏 찡그린다.

갑자기 나타난 청년이 앞에 있다. 추레한 옷을 마주 보며 어색하다. 그는 아무렇지 않다.

"어디서 왔어?"

"코리아."

짧게 자른 내 대답에 긴장이 밴다. 그는 뚝 자른 대꾸에도 물러나지 않는다. 청년이 나를 빤히 바라본다. 할 말을 찾고 있겠지. 나는 들키지 않게 청년을 살핀다. 이들 고유의 옷 위에 낡은 재킷을 걸치고 있다. 구호품으로 받았을 옷에 큰 글자가 씌어 있다. 영어인지 아랍글자인지 살필 때가 아니다. 커다랗게 새긴 베르사체 점퍼와 솔기 터진 티셔츠가 스스럼없이 섞여 있는 땅이다.

휘황한 불빛을 받았을 프랑스제와 한국말로 조기축구회를 새긴 티셔츠까지, 곳곳에서 보낸 옷가지가 흘러넘친다. 앞선 나라의 버린 물건이 전쟁으로 부서진 이 땅으로 몰려든다. 진열장을 갓 벗어난 새것과 넝마 같은 입성이 마구 섞여 있다. 옷의 한살이가 그리 길다고 못 한다. 소재와 디자인 거기 따른 쓸모를 잃은 옷이 거리를 떠돈다. 수탉처럼 으스대던 유명 브랜드부터 시골 운동장을 함부로 뒹굴던 트레이닝복까지. 하루 살기 바쁜 처지다. 언제 어디서 어떻게 입는지 가릴 때가 아니다. 따지지 말고 살기만 해. 뒤섞인 입성이 말없이 우긴다.

사람과 차는 물론 따라온 짐승까지 얽혀서 거리가 온통 북새였다. 실려 오느라 눌리고 찌그러진 구호품이 곳곳에 널려 있었다. 발 가는 대로 걷다가 산처럼 쌓인 넝마 앞에 멈추었다. 쓰레기려니 여겼는데 사고파는 물건이라니. 털, 가죽, 실크, 면이나 울 같은 천연소재와 화학섬유인 폴리에스테르, 나일론, 레이온 틈에 갓난아기의 배냇저고리까지 끼어 있었다. 이 난장을 벗어나야지. 서둘러 걸었지만 어디든 마찬가지였다.

같은 옷이라도 입는 사람 따라 달리 보인다지만 여기는 아니었다. 버린 것처럼 쌓인 것보다 주인을 찾아간 옷이 조금 낫긴 했다. 누가 언제 어디서 입을지 그리며 만든 옷가지가 걸치기만 하면 되는 곳으로 흘러왔다. 더 나갈 데라고는 없는 끝이었다. 좋고 나쁜 개인의 기호가 사라지고야 옷의 한살이가 끝나는군.

우리 중 고등학교 교복을 입은 청소년과 마주친 적이 있다. 눈에 익은 이름과 학교명이 낯선 땅을 씩씩하게 걸었다. 용케 같은 또래에게 입혀진 옷을 보며 걸음을 멈추었다. 이들은 읽지 못할 교표와 명찰을 단 청소년이 내 앞을 스쳐 갔다. 나는 안 보일 때까지 그들을 지켜보았다. 겁에 질리던 날이 실제였을까. 잠깐 꾼 꿈이었을까. 불빛을 좇는 부나비처럼 내닫던 아이와 혼자 자지러지던 날이 떠돌았다. 미리 겁에 질려 지레 불길을 키웠을까.

보는 대로 사들이던 아이가 비웃음을 문다. 지금은 어떤 옷을 입고 어디서 무엇을 할까. 잔뜩 쌓아놓고도 진열장에 눈이 꽂히더니. 추위를 가릴 만큼 입었을까. 길거리를 메운 화려한 깃털에 홀려서 안달하던 모습이 어리댄다. 내가 골라준 옷을 째려보던 눈길이 점점이 뜬다. 아이를 덮친 미친바람이 회오리를 일으킨다. 이렇게 멀어지다가 아예 나를 잊고 말까. 행여 돌아서기는 할까. 명치에 후끈한 덩어리가 걸린다. 몰아친 광풍에 나도 함께 말려야 했을까.

물결처럼 흐르는 사람 속에 섞여서 몸을 부딪치며 걸었다. 지워버리고 싶은 지난날과 두려움뿐인 앞날, 숱해 오르내리던 그때와 지금을 번갈아 오갔다. 어깨를 짓누르던 무게가 조금 가벼운가. 짐작 못 한 곳으로 흘러든 스스로가 서늘한 그림자를 내렸다. 어떻게든 이때를 살아내려는 이들이 목청껏 떠들었다. 북새를 이룬 인파와 탈 것에 끼니 얽힌 갈과 등이 흐려지기는 했다.

사람마다 밟아댄 발자국이 흐릿한 금을 그린다. 허름한 차림새를 했지만 청년은 거침없다. 너나없이 가난한 나라여서 뭘 입든 상관없으리라. 골라 입고도 투정하던 내 나라를 여기서 돌아본다. 청년이 입을 연다.

"샤말리? 주느비?"

북인지 남인지 묻는 이들 말은 알아들을 수 있다.

"주느비."

남쪽이라는 외마디 대답을 들은 청년이 토막영어를 드민다. 말거리가 곧 바닥난다. 그가 호주머니에 꽂은 얇은 책을 편다. 책이라기엔 허술한 종이묶음이다. 품질은 물론 제본이 형편없다. 쪽을 펼치는 손길을 멀거니 바라본다.

"아이 해브 어 펜슬."

이런! 나는 어처구니없는 웃음을 문다. 청년이 나머지를 읽으려 한다. 나는 재빨리 돌아선다. 미진한 그의 음성이 뒤통수에 꽂힌다.

"구자미리."

어디 가는 건 알아서 뭘 하려고? 나는 손만 들어서 흔들며 한참 걷는다. 돌아본 그곳에 청년은 없다. 구경꾼이 사라진 자리에 더 머물 필요가 없었을까. 제 길을 잡은 청년이 길 끝에 어린다. 옆구리에 유엔을 영문으로 새긴 비행기가 낮게 날다가 산 너머로 사라진다. 드문드문 나는 비행기와 씽씽 달리는 자동차에 어김없이 UN이 찍혀 있다. 발에 딱딱한 쇠붙이가 밟힌다. 나는 덴 듯 비켜선다. 어디나 널려 있는 탄피가 내게 익숙하다.

4

탄피로 만든 칼집이 또렷이 떠오른다. 소리 없이 다가온 사촌이 손에 쥔 것을 슬그머니 내밀었다. 소년티가 배나는 앳된 얼굴과 발그레 상기된 볼. 뜬 마음을 애써 감추며 건네던 노란 칼이 딸려온다. 반질거리는 그것을 어디서 얻었는지. 내게 주면서 아깝지 않았는지. 뒤늦게 되작인다.

"아무에게도 보여 주지 마. 들키면 안 돼."

나는 말하자마자 돌아선 그를 조마조마하게 돌아보았다. 등에 밴 긴장과 한마디 말조차 건네지 못한 나를 여기서 캔다. 장독대 사이로 서툴게 뛰는 돌쟁이꼬마를 보듯 위태롭더니. 조이던 가슴이 지금도 한가지다.

조금 두렵고 두려움보다 훨씬 큰 호기심에 몰려서 받은 물건을 몰래 꺼내보고는 했다. 내놓고 쓰거나 자랑하지 못할 물건을 보며 두근거렸다. 앙증맞은 플라스틱 숫자 퍼즐 판, 반짝이는 모조 보석 반지, 맞춤하게 작은 수첩, 알록달록한 볼펜, 정육면체 큐브 퍼즐. 사촌은 그런 것들을 어디서 얻었을까. 대놓고 물은 기억이 없다. 내게 건네면서 무슨 생각을 했을까. 노상 쏘다니기만 한다고 꾸지람을 달고 다니던 사람 아닌가.

'마인클리어런스' 흰색 바탕에 붉은 글씨로 '지뢰제거'를 새긴 차가 고르지 않은 길을 뒤뚱거리며 달린다. 지평선 쪽으로 휘어지는 지프를 보며 웅얼거린다. 구자미리, 넌 어디로 가니?

가까운 언덕배기에 붉게 칠한 돌덩이가 줄지어 박혀 있다. 지뢰지대를 알리는 선홍빛 돌이 아찔한 연상을 일으킨다. 밟기만 하면 살은 물론 뼈까지 박살 난다고. 출입금지를 알리는 금이 위태롭게 이어진다. 눈 딱 감고 한 발을 디디면 갈래진 사념이 지워질까. 몸을 찢는 마인이 울긋불긋한 거리음식처럼 나를 홀린다. 군것질거리를 몰래 먹던 사촌. 무심코 문을 열었을 때 움찔 놀라던 표정이 눈에 선하다.

나를 알아본 그가 싱긋 웃고는 조금 자른 조각을 내밀었다.

"괜찮아."

나는 그를 놀라게 한 것이 무안해서 도리질했다. 마음을 놓은 그가 도로 입을 우물거렸다. 그는 늘 배가 고팠을까. 아무도 모를 곳이 비어 있었을까. 먹을 것을 허겁지겁 우겨 넣던 소년이 나를 따라온다. 대학교를 졸업한 뒤로 그를 만난 적이 없다. 바람에 묻어든 소문을 듣기는 했다.

다니던 회사의 돈을 꿀꺽 삼켰다고. 겹겹의 비닐로 싼 지폐 뭉치를 장독대 어딘가 숨겼다고 했다. 된장에 묻었다던가. 고추장 항아리 밑을 팠다던가. 스스로 막장이라고 여겼을까. 남의 것을 끌어다가 뭉개진 날을 바꾸려 했겠지. 빈틈을 허망한 것으로 메우려고 바장였을 모습이 눈에 밟힌다. 그래봤자 쓰지도 못한 돈 아닌가. 엉망이 된 채 끝날 줄 몰랐으리라.

"그 속에 감춘 것을 어떻게 알고 찾아 냈으까 잉."

방에 모인 친척들이 수군거렸다. 안 듣는 척 돌아앉았지만 날아든 말이 또렷하게 꽂혔다.

"어찌 그런 데 감출 생각을 했으까? 머리가 좋기도 허지."

한껏 목소리를 낮추고 사방을 휘휘 둘러보는 그들을 돌아보았다. 이미 불거진 일이었다. 나는 앉았던 의자에서 일어서며 잘라내듯 뱉었다.

"아직도 그 꼬락서니야?"

방안의 시선이 내게 쏠렸다. 거친 반응에 놀란 눈치였다. 휘둥그런 눈빛을 보며 나는 문지르듯 덧붙였다.

"개새끼."

외마디 욕을 뱉고 방을 나왔다. 쟤 왜 저래? 등에 붙은 따가운 눈길이 지워지지 않았다. 햇살 쨍쨍한 한낮, 우물가에 석류를 매단 가지가 무겁게 처진 여름이었다. 석류 버는 소리가 들릴 만큼 조용했다. 빼곡히 박혔을 알갱이가 말간 침을 불러냈다. 나는 마당을 서성이며 언짢은 속내를 삭히려 애썼다. 그릇된 길로만 내닫는 사촌인지, 그의 작은 흠조차 까발리고 마는 친척들인지, 듣기만 하는 자신인지. 온통 못마땅했다. 덮어주지 못한 죄책감에다 쌓인 연민까지. 갈라진 망념이 어지럽게 날았다. 그가 없는 자리에서도 언짢은 생각조차 해본 적이 없었다. 그가 못 저지를 일도 아닌데. 왜 그랬을까. 한껏 달아오른 얼굴로 축제를 즐기듯 희희낙락하는 이들이 미웠을까. 뜻밖의 반발이 상처로 남은 잘못을 덮으리라 여겼을까. 짓밟는 그들과 함께하다니.

토막 낸 곁가지에다 갖가지 추측을 덧붙이며 악머구리 끓듯 와글대던 입이 따라온다. 다들 한 번쯤 은밀히 꿈꾸었던 일을 그가 앞서 해치운 셈이었다. 그들이 통쾌했던 건 훔친 돈의 액수였을까. 그가 들킨 일이었을까. 그들은 지금 어떤 얘기를 만들어서 시간을 죽일까. 한껏 낮춘 목소리에 감춘 신명이 묻어났는데. 입으로 쉬쉬하면서 은성한 축제를 즐기듯 얼굴에 홍조가 배고. 멋대로 꾸미고 지어낸 얘기로 술렁이던 그때. 나는 설핏 진저리친다.

사촌은 결국 감옥에 갔다고 했다. 면회를 다녀온 친척 얘기로는 말없이 서늘한 얼굴이 그대로라고. 겁 없이 일부터 저지르는 건 허기 탓인가. 덮어놓고 내닫는 성격 탓인가. 저만 빼고 잘 사는 듯 보이는 이들에게 앙심을 품었을까. 뭔지 모르게 혼자 억울했을까. 스스로 낸 상처를 보란 듯 흔들려 했을까. 형을 살고 나온 뒤 연상의 과부와 결혼하고 택시를 운전한다는 소식을 들었다.

달리는 택시나 승강장에 길게 늘어선 차를 볼 때면 문득 서늘했다. 기사식당 앞을 지나가다가 이쑤시개를 물고 나오는 노란 제복을 보면서 공연히 미적거린 적도 있다. 서울보다 넓은 데서도 다른 사람들은 우연히 잘만 마주치던데. 내게는 그런 일조차 감쪽같이 비켜가는 모양이었다. 택시에 올라타면 기사 얼굴부터 살피던 게 그 무렵이었다.

시간은 그를 어디로 흘려보내는가. 부모가 유산처럼 남긴 불로 자신을 남김없이 태우려 했을까. 어디까지 망가질 수 있는지 보이려 했을까. 그렇지 않다면 그리 함부로 자신을 던지지 않을 텐데. 온통 싸하다. 조바심치며 지켜보던 누이를 알기는 할까. 어디서 무슨 일을 하는지 한동안 소식을 듣지 못했다.

어디선가 잘살고 있겠지. 무소식이 희소식이라는데.

　부모를 잃은 사촌은 내가 났을 때 이미 거기 있었다. 묵은 대숲에 갓 솟은 죽순처럼 둘은 올망졸망 어울렸다. 달걀 속 보얀 속껍질 같은 것이 두 아이를 둘렀으리라. 곧게 뻗은 가랑이 밑을 네 발로 기었을 두 꼬맹이. 설핏 맞춘 어린 눈망울이 웃음을 담는다. 같은 눈높이에서 함께 들었을 소리가 고운 결을 편다. 어른 허리춤에 숨은 두 꼬맹이가 목을 빼어 살핀다. 눈웃음치며 주고받은 짜릿한 기쁨. 해맑간 웃음소리가 음악처럼 퍼진다. 사위에 퍼진 발랄한 생기가 세파에 찌든 시름을 녹인다.

　볼거리 없는 척박한 땅을 걸으며 유년을 되살린다. 두 살 많은 그와 나는 밤낮을 붙어 지냈다고 했다. 너나 가리지 않고 어울리던 그때. 보고 듣고 만지던 모든 것이 백지에 떨어뜨린 핏방울처럼 새겨 있다. 시루 속 콩나물처럼 꼭 붙은 노란 움싹이 앞서거니 뒤서거니 자란다. 흐릿하다가 또렷하다가 때로는 잊기도 하면서 숨결보다 익숙했을 오누이. 조금씩 달라지는 모습을 거울처럼 보면서 알게 모르게 닮아갔으리라.

　훌쩍 큰 그가 자랑스레 꺼내 들던 갖가지 장난감이 어리댄다. 으쓱 어깨를 펴며 내민 자질구레한 물건. 계집애가 부신 눈을 들어 바라본다. 대놓고 감탄 못 한, 조용한 기쁨이 살아난다. 일일이 좇던 시선이 추레한 뒷모습에 멎는다. 모르긴 해도 둘을 가른 손길이 있었을 것이다. 혼자 당했을 소소한 차별을 그가 입에 올린 적이 없다. 드러나지 않게 밀리는 처지를 차마 떠들지 못하고 아닌 척 가슴에 묻었을까. 애꿎게 당하는 자신이 억울했을까. 으레 그러려니 길들었을까. 나는 반을 뚝 잘라 나눠준 보름달 빵에도 혐의를 둔다. 조금 더 커 보였을 내 것을 힐끔거렸을 텐데. 울컥 상한 속을 애써 눌렀을까. 투정부렸을 텐데 떠오르지 않는다. 내 앞으로 민 달걀찜과 장조림에 팔을 뻗으며 멀다고 짜증 냈을까. 누구랄 것 없이 미운, 울뚝불뚝 끓였을 악념이 살아난다. 무심코 쓰다듬는 손길조차 그와 내가 달랐을 것 아닌가. 따지자면 한두 가지가 아닌 일이 숱해 되풀이되었으리라. 내게 흐릿한 일을 그는 또렷하게 새겼을까. 아닌 척 응어리진 속을 삭혔을까. 원혼처럼 그를 파들었을 맹독을 여기서 돌아본다.

그가 왜 그리 자주 사람들의 눈을 거슬렀는지. 딱히 나무라지 않아도 될 하찮은 일이 왜 그에게는 큰 잘못이었는지. 외톨이가 되어서 겉돌던 서늘한 안색이 눈에 밟힌다. 어쩌다 떨어진 풀씨지만 살뜰하게 거둔 누가 있다면 그리 허술하게 짓밟히지 않았으리라. 그늘진 얼굴이 둘만 남으면 알아보게 밝아졌는데. 나는 처음과 지금, 그 두 끝을 되풀이 오간다. 꽉 찬 보름달처럼 티 없이 환하던 얼굴이 지워지지 않는다. 버릇이 된 회의가 여기서도 마찬가지다. 꼭 이렇게 되어야 했을까. 나는 왜 여기까지 왔을까.

가끔 집에 들르던 집안 아저씨가 후닥닥 뛰는 사촌을 불러 세웠다. 방바닥에 배를 깔고 만화책을 보던 나는 어리둥절했다. 팔꿈치를 책상에 세우고 턱을 괸 아저씨 얼굴이 딱딱했다. 제대로 신발을 꿰지 못하고 몇 걸음 내닫던 사촌이 돌아섰다. 뻣뻣한 어른 눈길이 마당에 꽂혀 있었다. 나는 납덩이처럼 무거운 얼굴을 훔쳐보았다. 평소에도 나긋한 표정을 짓지 않던 어른이었다. 작은 기척이라도 내면 버럭 고함이 날아들 듯했다. 왜 화가 났는지 알 수 없었다. 차가운 음성이 딱딱 부러졌다. 나는 읽던 잡지를 들고 소심하게 일어났다. 열어 놓은 여닫이 유리문 뒤에 낀 것처럼 앉아서 숨을 죽였다. 소리에 붙들린 사촌이 세운 발끝으로 땅을 후볐다. 혼자 마당에 붙잡힌, 묵직한 외로움이 내게 스몄다. 나무라는 목청이 점점 높아졌다. 뭔지 모르지만 둘은 어긋났던 것 같다. 뻑뻑한 공기가 목을 조였다. 사촌이 딴청을 했다. 매서운 어른 시선이 아이를 쏘았다. 사촌이 외로 고개를 틀었다. 아저씨는 관심을 보였을 테고 사촌은 간섭으로 받아들였으리라. 아저씨가 들리게 한숨을 쉬었다. 그 틈에 사촌이 입 모양을 만들어서 소리쳤다. 웃기지 말라고. 지가 뭔데. 넌 구경 말고 저리 가.

한 시간 남짓 어른과 아이가 관심과 간섭을 타고 오르내렸다. 아저씨가 마침내 말을 뚝 그쳤다. 관자놀이 혈관이 터질 것처럼 부풀었다. 아저씨가 벌게진 얼굴을 체념하듯 떨어뜨렸다. 창백한 낯빛으로 서 있던 사촌이 발그레해서 뛰어나갔다. 때를 만난 듯 뛰는 사촌을 보며 혼자 조마조마했다. 몰래 엿본 잘못이 나를 죄었다. 밖에서 그는 무엇을 하면서 시간을 보냈을까.

밥시간은 용케 맞춰서 돌아온 듯하다. 둥근 상에 고개를 박은 그가 둘러앉은 여섯 속에 끼어 있다. 다들 묵묵히 밥을 먹는다. 사촌이 숟가락을 그릇에 푹푹 박는다. 씹는 소리가 크다. 수저를 들던 어른이 못마땅한 시선으로 그를 흘긴다. 말없이 훔쳐보던 계집애는 애가 탄다. 말 못한 연민과 애달픈 동정이 쌓인다.

긴 겨울밤이었다고 기억한다. 귓가에 쏟아지는 숨소리에 퍼뜩 잠이 깼다. 자는 척 숨죽였던 나를 설명할 수 없다. 후끈 단 손이 속살을 더듬었다. 왠지 조마조마했다. 잠든 척도 깬 척도 할 수 없었다. 뭔가 선택한다는 게 내게 쉽지 않았다. 자꾸 침이 괴었다. 감은 눈자위가 떨렸다. 갑갑한 시간이 이어졌다. 그가 언제 내 방에 들어왔고 얼마쯤 지나서 나갔는지 모른다. 몇 번 더 그 일이 되풀이되었다. 모든 일이 그렇듯 처음만 어려웠다. 잘못인 줄 알면서 어쩌지 못할 날이 이어졌다. 뚝 자르지 못한 잘못과 순순히 받아들일 수 없는 마음이 서로 얽혔다. 숨 죽인 연민과 관능의 야합이 나를 죄었다.

텅 빈 눈빛은 진짜 그런가. 그러려니 착각한 건가. 그의 앞에서 작아지던 마음이 왜였을까. 혼자 만든 부채감이 나를 눌렀다. 그에게 없는 울타리가 내게는 있다. 고른 정을 베풀지 못한 어른의 잘못까지 쌓여 있었다. 부러 떠맡은 짐이 이제야 본색을 드러낸다. 설익은 시선으로 그릇 해석한 탓에 왜곡되었다. 모두의 눈 밖에 난 소년은 갈수록 구석으로 몰렸다. 저지레한 아이처럼 그늘 내린 얼굴을 보며 앰한 자책과 동정을 키웠다. 도울 이 없는 그의 처지가 안타까웠다. 어쩌다 보니 사촌과 나 둘 다 좁은 길로 들어섰다. 각인된 기억이 화상처럼 깊다.

저지르고 뉘우치는 일이 되풀이되었다. 소리를 치던지 잘못 이은 끈을 단칼에 잘라야 했지만 용기가 없었다. 그가 집을 나가고 나는 부모가 시키는 대로 서둘러 결혼했다. 대학교 졸업식이 다음 달이었다. 조이는 불안과 뼛속에 밴 추위가 가시지 않았다. 찌는 여름에도 시린 무릎을 감쌌다. 앉아 있어도 허공을 둥둥 떠도는 듯했다.

5

                    나는 등 떼밀려 남자를 만나고 허둥지둥 식을 올렸다. 급한 여울에 휩쓸린 것처럼 빠르게 일을 치렀다. 이렇게 합법적으로 집을 나올 수 있다니. 어딘가 후련했다. 예정일보다 일찍 태어난 아이를 남편이 어떻게 여겼을까. 덤덤한 남편을 으레 그러려니 여겼다. 나는 한몸이 된 아이에게 전부를 쏟았다. 맑은 눈동자로 바라보리라 여긴 곳이면 미리 길을 열었다. 다른 건 눈에 들어오지 않았다. 아릿하게 에던 추위가 가셨다. 흔해빠진 모성애로 몰아붙이면 안 된다. 지우지 못할 자괴감에서 나를 끌어낸 게 아이였으니까.

    막 땅을 디딘 아이가 푸른 눈으로 나를 올려다보았다. 나는 비칠 듯 맑은 눈동자에 매혹되었다. 아이는 나와 사촌을 뛰어

넘어 씩씩하게 자랄 것이다. 흙탕이 일거나 허물어지지 않는, 마르지 않는 샘을 마련해야지. 모자라서 애태우거나 넘쳐서 버리는 버릇이 들면 안 되었다. 불꽃같은 바람이 커졌다. 모를 집착이 나를 쓸었다. 그조차 헝클어진 실꾸리처럼 엉킨 사념을 간추려서 얻은 결론이긴 했다. 남편이 어떤 눈으로 보았을지, 비로소 돌아본다.

남편을 태운 차가 살얼음 깔린 굽은 길을 돌다 미끄러졌다. 그는 언 강에 박힌 버스에서 빠져나오지 못했다. 주검 없는 관이 묻히는 동안 나는 물기 밴 얼굴로 서 있었다. 빠른 물살에 떠내려가면 찾을 수 없다고. 옆에서 하는 말이 똑똑히 들렸다. 아이가 잡힌 손을 빼려고 꼬물거렸다. 나는 빠져나가지 못하도록 힘주어 잡았다. 막 뛰기 시작한 꼬마가 자칫 손을 벗어나면 안 되었다. 앞뒤 못 가리고 뛰다가는 위험에 빠질 테니. 어린 숨결을 내가 지킬 것이다. 자칫 한눈팔다가 가슴 칠 일이 생기면 큰일이었다. 잠깐 기다려. 시간을 참을 줄 알아야 해. 때가 되면 엄마가 길을 열어줄 거야. 안전하게 걷도록 거치적거리는 것을 몽땅 치워줄게. 내게 든 작은 주먹이 움찔거렸다. 곧 끝나. 기다려. 땀 밴 손이 속삭이는 소리를 알아들었을까. 눈앞에 벌어진 장례야 수순대로 치러질 일이었다. 낯선 분위기에 질린 아이가 칭얼거렸다. 소리 내어 달랠 자리가 아니었다. 맵찬 바람이 살을 파들었다.

나는 뒤에 나온 보상금을 반색했다. 아닌 척하면서 몰래 돈을 헤아리던 그때. 한 겹 살갗 밑에 떠돌던 걱정과 씨앗처럼 숨은 기대가 엇갈렸다.

장례를 치른 뒤 나는 디자인 학교에 들어갔다. 아이로 꽉 찬 마음이 늘 집에 있었다. 나는 끝나기만 기다렸다가 뒤도 돌아보지 않고 집으로 달렸다. 문을 열기 전에 들리는 아이 목소리.

"엄마다!"

대답도 듣기 전에 통통 마루를 뛰는 서툰 걸음. 내게만 맞춰진 투명한 시선. 와락 다리를 붙잡고 매달리는 가냘픈 열정. 나는 눈과 마음은 물론 모든 존재를 아이에게 맞추었다. 아이는 집을 나간 사촌이었고 불행을 지우는 부적이었다. 활짝 웃는 작은 얼굴이 세상의 잿빛을 단박 지웠다. 나는 흠씬 빠졌다. 풋풋한 초록으로 가득 찬 세상이 드디어 열렸다. 연약한 목숨이 나를 지지하고 버티었다. 허술한 자아가 함께 기대었다. 아이는 드러나지 않은 진실을 알 것이었다. 조건에 휘둘리는 건 참이 아니라고. 어미가 그것을 넘어왔다는 것을.

스산한 밤이 지났다. 호되게 치른 세한 독감이 끝났다. 다순 봄볕이 어디나 넘쳤다. 햇살 같은 웃음이 사방에 퍼졌다. 들숨까지 쾌청했다. 얽히고설킨 매듭이 풀렸다. 폭염에 영그는 석류알처럼 삶이 부풀었다. 둘로 꽉 찬 날이 언제 지났는지 알지 못한다. 새순 같은 숨결이 새겨 있다.

푸르게 맑은 눈동자는 눈앞에 매달린 등불이었다. 꼭 그만큼의 거리에서 아이는 진홍 정열을 품은 석류꽃을 피웠다. 나는 힘껏 뛰기만 하면 되었다. 다투어 터지던 세포의 함성이 스러지고야 냉정하게 돌아본다. 나만의 잔치는 끝났다. 벅찬 흥분과 부신 빛 타래가 스러졌다. 남은 기억만 뜬구름에 실려 오간다.

첫 불씨는 시시했다. 사나운 겨울이 물러났다. 내 아이 수가 중학교 상급학년으로 올라갔다. 흠잡을 데 없는 계절, 오월이었다. 옆자리에 앉은 옆얼굴이 조금 거친 듯 보였다. 코밑이 거뭇해진 건가. 요즘 들어 흔들리는 눈빛을 설핏 훔쳐보았다. 저렇게 사내가 되어갈 것이었다. 나는 아이를 읽으며 브레이크에 올렸던 발을 액셀러레이터로 옮겼다. 힘찬 엔진 소리가 일었다. 아이는 전처럼 재잘거리지 않았다. 짙어진 체취가 바람결에 스쳤다. 나는 코를 벌름거렸다. 조금 열린 창으로 달차근한 냄새가 스몄다. 그러고 보니 먼 산등성이가 밥풀을 쏟아부은 듯 희었다. 아카시아가 피고 있었다. 산과 들이 살아나는 오월에다 내 전부인 아이가 함께 있었다. 나는 말수 준 아이를 돌아보며 심상하게 물었다.

"무슨 일 있어?"

뻣뻣한 시선을 창밖에 둔 소년이 고개를 저었다. 공기가 삐걱거렸다. 무슨 일이 있는 거야? 괜히 그러는 거야? 돌아선 고개인지 마음인지 돌려 봐. 해도 곧 풀릴 것이었다. 아이가 불쑥 뱉었다.

"옷."

자른 뒷말을 못 알아들을 수 없었다.

"옷 많잖아. 그런데 또?"

나는 대수롭지 않게 받았다. 방마다 쌓인 게 옷이었다. 게다가 학생에게 터무니없이 비싼 브랜드였다. 나는 고개를 저었다. 자고 나면 자라는 청소년인데 입지도 못하고 버릴 것이었다. 호락호락 비쳐서 버릇이 잘못 들면 안 되었다. 처음이 중요해. 싹을 끊어야지. 이글거리는 사랑을 헤프게 흘리면 둘 다 느슨해질 것이었다. 나는 딱 잘랐다.

"안 돼. 엄마 요즘 힘들어. 회사 다니며 살림하는 게 쉬운 줄 알아? 다른 집에서는 아빠가 할 일을 엄마가 해. 앞으로 어찌 될지 모르는데 아낄 수 있을 때 아껴야지. 그리고……."

나는 한 박자를 멈춘 뒤 힘주어 말했다.

"그 옷이 학생에게 어울린다고 생각하니?"

외로 튼 고개가 그대로였다. 말이 말을 끌어냈다. 빠듯한 살림을 꾸리는 어려움과 어쨌든 아껴야 하는 까닭을 하나씩이었다. 아이는 무겁게 침묵했다. 쓸데없는 데 한눈팔지 않도록 말 나온 김에 못을 박으리라. 성난 눈을 흡뜬다 해도 열다섯 사내 녀석이 화톳불 같은 어미사랑을 모를 리 없지. 꽁꽁 감추어도 사랑이 사랑을 알아챌 테니까.

"너는 다른 아이들과 달라. 걔들처럼 해선 뒤처져. 조건이 나쁘다는 얘기가 아냐. 넌 열심히 공부만 하면 돼."

창밖에 둔 시선이 꼼짝하지 않았다. 이쯤 말하면 충분히 알아들었겠지. 어미가 연 길로 힘차게 달릴 모습을 그리며 마음을 놓았다.

미뤄도 될 일을 핑계 대고 나는 아이 졸업식에 가지 않았다.

"이제 혼자서 네 일을 해. 중학교 졸업이 특별한 일이 아냐. 앞으로 졸업할 학교가 얼마나 많은데."

부러 말하지 않아도 불잉걸처럼 타는 어미 사랑을 아이가 알 것이었다. 덤덤한 쪽이 둘에게 나았다. 누구에게 기대지 않고 바로 설 모습을 그렸다. 탄탄한 길을 달리자면 혼자 균형을 잡아야 해. 잘못 든 길이면 돌아서고 꺾인 길에서는 에돌며 스스로 길을 찾아야지. 쇳조각 같은 음성이 날아들었다.

"안 와도 돼."

외면한 시선이 그대로였다. 나는 자신만만했다. 곧 화를 풀

테니. 내가 모를 일로 토라졌는지 토라지려고 빌미를 잡았는지 알지 못한다. 졸업식장에 선 아이를 여기서 돌아본다. 강당을 가득 메운 환호와 꽃다발에 묻힌 친구를 보며 움츠러들었으리라. 오지 않은 어미에게 칼끝 같은 미움을 날렸을 텐데. 미리 그린 그림 탓에 정작 보듬어야 할 마음을 지나쳤다.

이어진 끈이라면 모조리 자를 듯 아이는 갑자기 사나워졌다. 너 당해봐. 하는 눈치여서 외려 어리둥절했다. 더는 학교에 가지 않겠다고 아이가 대놓고 악을 썼다. 나는 애초부터 눌렀다. 대거리하면 더 나빠질 것이었다. 그렇게 되면 지옥이었다. 애써 쌓은 날들이 무너지면 안 되었다.

어떻게든 이때만 견뎌. 비틀린 속이야 곧 풀릴 테니. 나는 헛된 바람에 매달렸다. 지금이 중요해. 엉킨 속을 누르고 다독였다. 밤의 꿈에서 순해진 아이를 안았다. 아침이면 문득 잠을 깬 아이가 선하품을 물며 가슴을 파고들 것이었다. 지난 그림자가 줄기차게 어른댄다.

아이는 여섯 시 삼십 분에 일어나야 했다. 한창 크는 아이였다. 눈을 끌어내리는 잠의 무게를 모르지 않았다. 끈끈한 점액질의 수마가 막무가내 눈시울에 매달릴 것이었다. 일어나야지 하면서 일어날 수 없는, 악지 세게 버틸 몸과 마음을 그리며 문밖을 바장였다. 숨죽인 몽니를 자칫 도발하면 안 되었다. 기다릴수록 애가 탔다. 초를 다투는 아침이었다. 빨리 일어나지 않으면 일곱 시에 시작하는 자율학습시간에 늦을 텐데. 나는 다섯 시부터 발소리를 죽이며 움직였다. 초까지 맞추어 깨우려고 시계와 아이 방을 번갈아 살폈다. 미리 깨우면 아이가 버럭 소리칠 것이었다.

"아직 시간 안 됐잖아!"

나는 움직이는 초침이 정확한 자리에 놓였을 때 문을 두드렸다. 기다리는 잠깐이 무한을 그렸다. 되도록 온순하게 들리기를 바라며 짧게 말했다.

"학교 가야지. 일어나."

자다가도 숨을 멈추는지 잠긴 문 안쪽이 뻑뻑했다. 미세한 톱밥이 눈 코 입으로 쏟아졌다. 부서져라 문을 두드렸으면 하는 마음과 일어나려던 아이가 도로 누워버릴 그림이 서로 버텼다. 엄마 때문이야. 핑곗김에 맘껏 벋댈 모습이 어리대었다. 파닥거리는 성깔을 억지로 눌렀다. 길어질 대로 긴 이십 분이 지났다. 기다릴 여유가 없었다. 타는 속을 들키면 안 되었다. 나는 가라앉은 목소리로 재촉했다. 문 저편이 잠잠했다. 그래서 아이가 더욱 빗갔을까. 뒤늦은 생각이 거기 미친다.

이때라는 듯 볼멘소리가 터졌다.

"안 가. 늦었어."

더 깨우거나 돌아설 배짱이 없었다. 너는 너 나는 나, 뚝 자를 사이는 더욱 아니었다. 꺼지지 않는 불이 활활 탔다. 나는 터지려는 울화를 힘껏 눌렀다. 뜻 모를 두려움이 몰려왔다. 더 견뎌. 성마르면 일을 망쳐. 앞이 보이지 않았다. 나는 어둠 속을 서성였다. 작은 까탈이라도 잡히면 아이가 어깃장을 부릴 것이었다. 맘대로 해. 쏟아지려는 악다구니를 힘껏 물었다. 자칫 내 실수로 아이가 망가지면 큰일이었다. 공들인 모든 날이 흔들렸다. 회오리치는 불안과 앞날에 대한 염려가 나를 공황상태로 몰았다. 언제 겨울이 가고 봄이 왔는지 알지 못한다.

잘못 둔 바둑돌 하나로 졸업식 뒷날이 모조리 망가졌다. 차디찬 바람이 내게만 몰아쳤다. 잿빛뿐인 날이 이어졌다. 내가 목소리를 높이면 아이는 발악했다. 하찮은 불티가 거센 화염을 키웠다. 아이는 무섭게 타는 불이었다. 무엇이든 가리지 않고 활활 태우려 들었다. 목에 박힌 미늘이 빠지지 않는다. 지나서야 아는 일이 얼마나 많은가.

6

얼마 안 가서 지뢰표시가 끝난다. 파석 깔린 벌판이 이어진다. 무너진 집이 드문드문 서 있다. 바람에 깎이고 비에 쓸린 벽이 반쯤 남아 있다. 나는 멈추어서 본디 땅으로 돌아가는 흙벽을 훑는다. 지키는 사람커녕 스치는 그림자조차 없다. 나는 버려진 주택을 기웃거린다. 날아간 지붕 너머로 푸르고 넓은 하늘이 비친다. 흐릿하게 남은 벽화가 햇살과 바람을 맞는다. 퇴색한 물감 위에 갈변한 흙물이 얼룩져 있다. 칸칸을 살피다 돌아선다.

한때 여기 살았던 이도 때로 기쁘고 가끔은 슬펐으리라. 삭히지 못한 미움을 쌓으며 앰한 일에는 울화가 끓었을 테지. 어쩌다 패악을 부리기도 했을 것이다. 얽히고설킨 사연이 흙에 묻히고 바람에 쓸린다. 믿고 기대다가 배척하며 갈라선 이들이 유령처럼 떠돈다. 애와 증, 연민과 비탄, 묵은 감상이 비바람에 날린다. 불길처럼 타올랐을 격정 또한 한 줌 가루가 되어 흩어졌다. 시간에 갇힌 삶이 축복인지 재앙인지. 빈터를 훑는 바람이 흙먼지를 말아 올린다. 속살거리는 소리가 떠돈다. 잠깐 살다 바람처럼 사라지는 것도 괜찮지 않아? 흐르던 시간이 문득 멈춘다. 속박이 풀린다. 어딘가 섬뜩하다가 곧 안심한다.

어딘지 모를 묘지를 걷고 있다. 넓은 들판에 봉긋하게 쌓인 돌무더기가 끝 간 데 없이 널려 있다. 평토장 위에 자갈을 도도록이 덮는 것으로 매장이 끝이다. 나뭇가지를 허술하게 엮은 십자가가 꽂혀 있다. 한날 한꺼번에 죽은 이들이 흔하다. 내 남편도 스무 명의 주검에 쓸려 들었다. 같은 날 같은 때 여기저기서 제삿밥을 차린다. 바삐 자손을 찾아가던 넋이 서로 부딪칠 것도 같다.

버려진 전차나 허물어진 집터 가까이 무덤이 있다. 죽은 사람이 많아서일까. 아니면 황망하게 도망쳐야 할 만큼 쫓긴 탓일까. 건듯 분 바람이 메마른 들을 쓴다. 지천으로 내린 볕이 칙칙한 기운을 날린다. 해말간 바람이 음습할 무덤자리를 쓸고 간다.

어쩌다 들어선 묘지가 예전에 갔던 고인돌 마을을 끌어온다. 유네스코가 세계문화유산으로 지정했다는 말이 빌미가 되었다. 전라도 화순까지 갔으니 회사 야유회치고 꽤 먼 나들이였던 셈이다. 부장의 고향이라던가, 팀장이 자란 고장이라던가. 고속도로를 벗어난 차가 국도와 농로를 타고 한참 달렸다. 임간도로일 산길을 십여 분 탔다. 차가 야산에 놓인 커다란 바위 앞에 멈췄다. 나지막한 산 여기저기에 집채만 한 돌덩이가 놓여 있었다. 한때의 지각변동이나 산사태 탓에 굴러 내린 바위와 다르지 않았다. 한나절 시달리며 달려온 수고가 허탈해지려 했다. 어디나 보이던 바위인 줄 알았더니. 세계 문화유산이었어? 중얼거린 소리가 들렸을까. 옆에 섰던 동료가 맞장구쳤다. 내 말이.

아는 만큼 보이고 들린다더니. 주검을 덮었다는 바위가 엄청나게 크기는 했다. 한데 모인 예닐곱이 와글와글 떠들었다. 버려진 바위를 밖에서 알아보고 문화유산으로 정했다고? 스치는 바람이 감춘 사연을 들춘 듯했다. 그림자로 다가온 사촌이 냉소 띤 입가를 비틀었다. 얼굴로 핏물이 쏠렸다. 나는 나눠준 프린트를 읽는 척 멀찌감치 떨어졌다.

덮개돌은 자연 암석이기도 하지만 거의가 암반에서 떼어 냈다고. 별다른 장비나 도구도 없었을 때에? 글자를 읽어 내렸지만 열감이 식지 않았다.

백 톤이 넘는 거대한 바위 중에서 큰 것은 이백팔십 톤쯤이다. 고인돌 군 위 산기슭에서 덮개돌을 채석하던 곳이 발견되었다. 아직 남아 있는 채석장에서 상석의 채석과정을 추론할 수 있다. 지석을 괸 기반식 고인돌, 석실이 노출된 고인돌, 덮개돌이 없는 석실이 있다.

"여기 보세요. 주목!"

팀장의 목소리가 솟았다. 나는 떨어진 자리에서 지켜보았다. 고인돌이 어떻게 만들어졌는지 한눈에 볼 수 있는 가장 좋은 곳이라고. 프린트에 적힌 내용을 굳이 되풀이하는 그를 우두커니 지켜보았다. 열 올린 팀장 건너편에서 동료 서넛이 바위를 건너뛰었다. 집채만 한 바위를 그 옛날에 어떻게 옮겼을까. 나는 떠도는 사념과 함께 어둑신한 바위 밑동을 기웃거렸다. 풍우에 바스러졌을, 이천 년 전 청동기 때 주검이 남아 있을 리 없었다.

무덤을 만들고 사체를 눕힌 뒤 바위를 덮었으리라. 바람에 맡긴다는 풍장과 새가 뒤처리를 맡는 조장이 이어졌다. 이들은 품이 드는 매장을 치르면서 무엇을 바랐을까. 몸을 떠난 영혼이 음기를 부렸을까. 어딘가 서늘했다. 살과 뼈가 비바람에 바스러져도 남은 넋이 오래 떠돈다던데.

이끼 덮인 바위에 담쟁이가 긴 줄기를 벋었다. 나는 무심코 당겼다. 마른 돌덩이를 옮긴 부정근이 뜻밖에 앙칼지게 버텼

다. 돌에 스민 빗물과 이슬을 믿었으리라. 박지에 갈고리를 박
아서라도 목숨을 잇는다. 바윗돌에 내린 뿌리가 악지 세게 습
기를 빨아들인다. 목숨이 무섭다. 나도 모르게 뇌었다. 식물조
차 집착에 가까운 생존으로 종을 잇는다. 나는 빈손을 털고 되
풀이 바위 밑을 살폈다. 괸 돌은 주저앉거나 빠져 나갔다. 누가
손을 댄 게 아닐 텐데. 지층의 몸살을 견디다가 어긋나고 뒤둥
그러졌겠지.

나는 묘지를 걸으며 여러 매장방법을 그린다. 모난 자갈더
미를 소복하게 올린 무덤이 끝을 보이지 않는다. 허술하게 쌓
은 돌무더기가 바람만 세게 불면 날아갈 것 같다. 뭇발길에 차
이면 힘없이 흩어질 텐데. 인적이 없다. 삭정이로 만든 십자가
가 평토장한 무덤 앞에 꽂혀 있다. 구 구 목엣 소리로 우는 잿
빛 비둘기 한 떼가 먼지를 일으키며 몰려다닌다. 바람조차 잦
을 것 같은 적적한 벌판. 구름 사이로 희뜩거리던 해가 흰 빛줄
기를 쏜다.

아무것도 아니군. 죽을힘을 쓴다 해도 결국 흙이 된다. 가쁜
숨을 아득바득 몰아쉬다가 햇살에 삭고 바람에 흩어진다. 한바
탕 인 바람이 곧 멎는다. 발끝에 걸린 것을 힘주어 찬다. 돌무
더기에 섞였던 흰 뼈가 구른다. 나는 삭은 백골을 보며 후닥닥
멈춘다. 목숨의 끝을 보며 가슴 그득 들숨을 마신다. 찬 공기가

쓸려 든다. 허깨비 같은 상념이 스러지지 않는다. 아이가 가슴을 파고든다. 따뜻한 체온이 추위를 던다. 나와 같으면서 다른. 살가운 목소리가 귀를 울린다.

"엄마는 왜 나만 좋아할까요."

넝쿨 같은 팔이 목을 감는다. 시르죽어가던 세포가 생기를 얻는다. 나는 말없이 대꾸한다. 너는 왜 나만 좋아하니? 살과 살, 뼈와 뼈가 겹치며 결빙된 얼음이 녹았다. 세세연년 이어질 줄 알았는데. 이리 허망하게 끝날 줄 짐작 못 했다. 나를 알 리 없는 아이를 착각했다. 잘못 헤아린 앞날이 매섭게 다그친다. 때 되면 드러난다. 주머니 속 송곳이 그렇듯 뾰족하게 드러난 진실이 살을 찌른다. 뜻과 달리 흐르는 삶이 내 테두리에 갇힐 리 없다. 필요를 필연으로 알았던 어리석음과 좁은 틀로 자른 오해가 되돌아 목을 쥔다. 깍지 속 콩알이 그렇듯 마침내 튕겨나갈 줄 가늠 못 했다. 나는 하릴없이 번다. 내가 던진 부메랑이 돌아온 거야. 억울할 것 없어.

엉그름 번 낌새를 미리 눈치챘다면 뭔가 달라졌을까. 이명 같은 노랫말이 짜랑짜랑 울린다. 바윗돌 깨뜨려 돌덩이. 돌덩이 깨뜨려 돌멩이. 돌멩이 깨뜨려 자갈돌. 자갈돌 깨뜨려 모래알. 나는 순서를 바꾼다. 모래알 모여서 조약돌. 조약돌 모여서 돌덩이. 돌덩이 모여서 바윗돌. 모래밭에서 멋모르고 헐헐대

65

다가 느닷없이 바위에 깔렸다. 비웃음 문 아이가 흰 눈을 치켜
뜬다. 시위 떠난 화살을 잡으려 했을까. 벼린 날이 나를 엔다.
나는 삭정이가 되어서 날마다 바스러졌다.

7

아이가 나간 집에 혼자 남았
다. 날마다 커진 독수리가 검은 날개를 폈다. 나쁜 기억과 거친
상상이 나를 쪼아댔다. 일마다 시간마다 조마조마했다. 맨정
신으로 견디기 힘들었다. 나는 잠으로 숨으려 했다. 손쉽게 털
어 넣던 수면제가 도리어 나를 죄었다. 옆에 약이 있어야 마음
이 놓였다. 그렇다고 잘라내듯 깊이 잠드는 것도 아니었다. 얕
은 꿈이 이어지다가 가위눌려 소스라치고는 했다. 잠으로 숨으
려 하는 의식과 맥없이 풀리는 무의식. 엇갈리는 숨바꼭질에
몸과 마음이 녹아내렸다. 저무는 낯선 거리에 홀로 떨어진 듯
온통 흐렸다. 누워서 눈을 감았어도 시끄러운 사념이 잦아들지
않았다.

전화벨 소리가 조용한 방을 자지러지게 울렸다. 전화 올 데가 없었다. 나는 벨 소리가 그치기를 기다렸다. 한번, 두 번, 세 번…… 열한 번을 세었을 때 소리가 멎었다. 우웅 떠도는 공명음을 덮으며 도로 벨이 울렸다. 지치지 않고 신호를 보내는 것으로 보아 끝까지 성가시게 할 모양이었다. 나는 마지못해 송수화기를 들어 올렸다.

"여보세요."

내 목소리를 알아들은 저쪽에서 쉴 틈 없이 말을 쏟았다. 잔뜩 화난 음성이 전화선을 타고 왔다.

"이런 나쁜 놈이 있다니?"

나는 얼떨떨해서 되물었다.

"누구 말인가요?"

"니 사촌 말이다. 걔 안사람을 내가 중매했지 않니? 모른 척하자니 마음 쓰이고 알면 속 터지고. 장가라도 들이면 잊고 살겠다 싶었는데…."

전화선의 잡음이 직직 끓었다. 송수화기에 눌린 귓바퀴가 아팠다. 나는 다른 귀로 옮기고 눌린 데를 쓸었다. 소리가 와글와글 몰려왔다.

"어떻게 사는지 궁금해서 전화를 했더니……. 그놈이 받더라."

소리가 들리다 말다 했다. 그리고 보니 사는 곳이 산 밑인데다 전화기까지 오래된 것이었다. 통화품질이 나쁠 필요충분조건을 갖춘 셈이었다. 나는 기계에 쌓인 먼지를 손가락으로 문질렀다.

"시시하게 살지 않겠어."

차갑게 뱉던 사촌이 어른거렸다. 결기 찬 눈빛도 함께. 한번 떨어진 대입시험을 끝으로 그는 진학을 포기했다. 남보다 먼저 돈을 벌겠다고, 그래서 잘 살겠다는 말이었다. 돈을 바라는 마음을 모르지 않았다. 오래 엉덩이를 붙이고 공부만 할 사람이 아니었다. 밖에만 쏠리는 시선으로는 책과 씨름하는 게 무엇보다 어려울 테니. 모두 헐뜯는다고 해서 나까지 나서면 안 되었다.

"책을 보면 뭐가 생기냐?"

입가를 이지러뜨리며 웃던 얼굴이 떠돌았다. 딴 데 눈을 파는 모습도 함께. 허전한 처지를 그렇게라도 메워야 했으리라. 그런저런 속내를 훔쳐보면서 하찮은 군말 따위 끼워 넣을 수 없었다. 게다가 그는 나보다 씩씩했다. 저 인사는 무턱대고 뛰기부터 한다니까. 매몰차게 쏘아붙이던 소리가 윙윙대었다.

"안사람을 바꾸라고 했지. 왜……"

지글지글 끓는 소리가 섞이더니 들리지 않았다. 달아오른 아저씨 얼굴이 보이려 했다. 관자놀이 핏줄이 터질 것처럼 붉어진 얼굴.

"죽었다지 않니."

느닷없는 말이 튀어들었다. 나는 바보처럼 물었다.

"누가요?"

"안사람 말이다. 설명도 없어. 그냥 죽었다고……. 알리기나 하지."

전화가 쉴 새 없이 직직거렸다.

"그런가요? 그렇게도 죽는군요."

나는 눈앞의 벽지를 멀거니 바라보았다.

"감기몸살조차 앓은 적이 없다 했는데. 뜬금없이 죽었다고."

나는 무감각하게 서 있었다. 어디 서서 무슨 말을 듣고 있는지. 안팎이 휑했다. 사촌의 아내를 본 적이 있었을까. 동글납작한 얼굴에 주근깨가 덮인 여자를 떠올리는 건 내 기억인가. 소문을 듣고 그린 그림인가. 작고 오동통한 몸매를 사진에서 보았을까. 죽기에는 이르다고 아저씨가 말했다. 직직거리는 기계음이 지치지 않고 끼어들었다. 소음이 거슬렸다.

사촌은 도마 위에 놓인 물고기처럼 죽일 놈 살릴 놈 토막 나고 있었다. 모를 그의 행적이 하나씩 끌려 나와서 바스러졌다.

알리고 싶지 않을 만큼 사람들이 싫었겠지. 알려봐야 쓸데없는 줄 진작 알았을 테니. 모른 척 눈길 한번 주지 않다가 일만 벌어지면 떼로 몰려 떠들어대면서.

혼자 일을 치렀을 사촌, 문상객조차 뜸했을 영안실에 혼자 고개를 파묻고 앉아서 무슨 생각을 했을까. 살면서 찌든 미움을 끓이느라 속이 풀럭거렸을까. 보태는 이 없는 처지가 서글펐을까. 처진 어깨로 따로 겉돌던, 쓸쓸한 뒷모습이 허깨비처럼 떠다녔다. 전화는 어느 틈에 끊겨 있었다. 써늘한 한기가 몰려왔다. 왠지 모르게 아득했다. 나는 이불 속에 고개를 묻고 숨죽였다.

8

이른 시각에 호텔을 나선다. 마을 가장자리를 에두른 산봉우리에 흰 눈이 꽃부리처럼 얹혀 있다. 눈이 왔네. 감탄 섞인 혼잣말이 샌다. 문 앞에서 마주친 구레나룻이 재깍 받는다.

"바미안은 드물게 날씨가 좋은 곳이야. 다른 도시가 무릎까지 쌓인 눈으로 길이 막혀도 여기는 괜찮아."

바미안을 말하는 얼굴이 자랑으로 빛난다. 나는 그를 미심쩍게 바라본다. 가는 데마다 검은 수염이 빽빽한 그를 만나는 게 아닌가. 일없이 맴돌다가 빈틈만 보이면 해코지하려는 치일까. 그가 좁은 길을 비켜서면서 싱긋 웃는다. 표정이 순박하다. 이런! 나는 곧 뉘우친다. 어디서든 의심부터 인다. 시시로 도지는 불온한 추측을 얼른 지운다.

머쓱한 속내를 누르며 수긋이 귀를 기울인다. 이런저런 얘기가 이어진다. 이 나라는 파슈툰, 타지크, 하자라, 우즈베크족이 모여 있고 생긴 모습과 쓰는 말이 서로 다르다고. 듣고 보니 짜장 그렇다.

"빵과 물을 가리키는 말이 지역마다 달라. 남쪽에서 난을 먹고 파니를 마시면 중부에서는 두데이와 업, 여기서는 베르베리와 수가 되지."

발음만 같은 말이 나를 친다. 느닷없이 튀어든 '수'가 불보라를 일으킨다. 둥글게 키운 눈을 그에게 꽂는다. 내 이름에 든 수와 나를 떠난 수, 그리고 여기서 듣는 수가 하나로 겹친다. 같은 발음인데 다른 뜻을 지닌 글자가 우연을 가장한 필연으로 다가온다. 하찮은 낱말이 이때 여기인 까닭을 드러낸다. 내 발로 왔으면서 팽개쳐졌다고 느끼는 곳. 여기서도 수는 물을 나타낸다고. 어수선한 그림자가 물러난다. 우연이 겹치면 필연이 된다던데. 보이지 않는 손길에 잡힌 듯하다. 인연의 줄을 따른다던 말을 불심 깊은 노인에게 들었을까. 책에서 읽은 건가. 흘러간 영화의 한 장면인가.

구레나룻이 손짓과 함께 토막 영어를 잇는다. 말이 다른 건 여러 종족이 섞여 살기 때문이라고. 온몸을 덮는 여자 옷 부르카 또한 여러 이름으로 불린다고 한다. 부르카, 부크라, 차도르, 차대리. 이곳 사람이라도 다른 지방 방언을 모두 알아듣지 못한단다. 나는 솔깃하게 듣는다. 그의 말에 탄력이 붙는다. 남쪽 도시 저잣거리에서 만난 원주민 여자가 다가온다. 눈앞에 몽과 환이 어린다.

팀원들과 함께 거기 들렀다. 점심식사를 마친 뒤 1시간의 자유시간이 주어졌다. 나는 사원을 찾는 일행과 따로 가까운 시장을 찾았다. 남자뿐인 상인이 지나는 행인을 지켜보았다. 양쪽에 늘어선 허름한 가게를 훑으며 걸었다. 수레 끄는 행상이 어수선한 거리를 비집었다. 온몸을 내리닫이 옷으로 덮은 여자가 마주 걸어왔다. 엇갈린 여자가 그물망 덮인 눈으로 돌아보았다. 말을 건넬 주변이 못 되는 나는 슬그머니 미소 지었다. 한마디 영어조차 못하는 원주민여자 또한 미리 사릴 것이었다. 마음으로 바라는데 몸이 따라주지 않는다. 나는 엇가는 괴리를 짚으며 서둘지 않고 걸었다.

걷는 서슬에 방방하게 부푼 부르카가 마주 왔다. 뒤집어쓴 내리닫이 옷을 만져봤으면. 십 년 가까이 일한 의류회사에서 얻은 버릇이 도지려 했다. 날마다 부딪치던 얼굴이 신기루처럼 떠돌았다. 말썽을 부리는 아이는 아이대로 비아냥거리는 동료는 동료대로. 벅차던 날이 아린 그림자를 드리웠다. 잡힌 물고

기처럼 퍼덕거리던 그때. 얽힌 매듭을 단칼에 자를 비법이 있을까. 흐린 시야로 두리번거리던 날과 마찬가지로 여전히 잡히는 게 없었다.

정 들지 못할, 빳빳한 화학섬유가 포장 안 된 길을 쓸었다. 천에 인 정전기가 흙먼지를 빨아들일 텐데. 수가 쿡 찔렸다. 괜한 걱정을! 허름한 여인이 곁을 스쳤다. 질긴 질감일 천이 나달나달했다. 헤질 때까지 입다니. 나는 얼굴을 덮은 여인을 뒤돌아 살폈다. 세탁할 물이 없을까. 모양이 같아도 청결여부가 다른 옷이 여럿 지나갔다. 빨고 안 빠는 차이로 빈부가 갈라질까.

내키는 대로 걷다가 옷가게를 만났다. 언젠가 쓸모가 있을 테니 이참에 사 두자. 나는 길이대로 늘어뜨린 옷을 보며 다가갔다. 문설주에 기대었던 소년이 찾아든 손님을 반겼다.

"부르카를 보여줘."

내가 아는 이름을 댔다. 열서너 살로 보이는 소년이 고개를 갸웃했다. 몇 마디 영어가 아무 도움이 안 됐다. 나는 몇 아는 이곳 말을 섞어서 손짓으로 옷을 그렸다. 갈색 눈동자를 또렷또렷 굴리던 소년이 알 수 없다는 듯 빤히 보았다. 어쩔 수 없지. 나는 벽에 빼곡히 걸린 옷을 훑다가 귀퉁이에 낀 부르카를 가리켰다. 내 손끝을 좇던 소년이 활짝 웃었다.

"아! 부크라."

밝게 외친 소년이 길게 늘어뜨린 회청색 옷을 걸대에 걸어 내렸다. 넓은 치마폭을 부풀린 바람이 곧 잦아들었다. 옷 머리를 잡은 소년이 내게 건네었다. 하나만 보고 살 수 없지. 나는 미진한 눈길로 돌아보았다. 내 시선을 좇던 소년이 들고 있던 옷을 내려놓고 안으로 들어갔다. 이번에 꺼내온 건 흰색이었다. 잿빛 도는 푸른색과 흰색. 둘을 나란히 펼치고 나를 지켜봤다. 옷 색깔까지 나라에서 정하는 걸까. 어둠침침한 가게에서 밖을 내다보니 내리붓는 불볕이 한창이었다. 덮개 옷 부크라에 몸을 감춘 여자들이 가게를 힐끔거리며 지나갔다. 그물망으로 보아서야 제대로 보일 리 없을 텐데. 방방하게 부푼 회청색 치마폭이 길 끝을 휘어 돌았다.

마른 흙을 튕긴 햇살이 시린 빛을 날렸다. 길 양쪽에 다닥다닥 붙은 가게마다 얼굴을 내민 사내들이 넋 놓고 이쪽을 지켜보고 있었다. 언제 모였을까. 문설주에 붙어선 한 무리의 아이들이 나를 구경했다. 소년은 어쨌든 신나는 눈치였다. 환한 얼굴로 싱글거리며 어깨를 으쓱 폈다.

나는 서둘러 값을 치렀다. 문 앞을 메운 꼬맹이들이 둘로 갈라지며 길을 내었다. 나는 회청색 부크라가 든 검은 비닐봉지를 들고 가게를 빠져나왔다. 아이 몇이 줄기차게 따라왔다. 바지와 재킷을 차려입은 동양여자가 신기하겠지. 제물에 흩어지기나 바랄밖에.

　둘씩 셋씩 짝진 부크라가 씽씽 바람을 일으키며 곁을 스쳤
다. 여인들의 나들이랬자 시장이나 집 언저리가 고작이리라.
뒷골목을 지나면서 우리네 시골 아낙과 다르지 않은 여자를 본
기억이 났다. 평상복을 입은 모습이 외려 낯설었다. 예전 우리
가 쓰던 쓰개치마처럼 부크라 또한 외출용 가리개일까. 나를
지나친 여인이 놀란 것처럼 돌아보았다. 나는 그물망에 대고
조금 웃었다. 옥상이나 베란다에서 내려다볼 때는 몰려다니는
비둘기 떼처럼 보이더니.

9

나그네야 어찌 생각하든 구
레나룻은 한 번 꺼낸 말을 놓지 않는다. 지방마다 서로 다른 말
을 쓰다니. 나는 혼자 휘둥그러진다. 구레나룻은 아무렇지 않
다. 나는 곧 뉘우친다. 이말 저말 버무려 사는 게 뭐 그리 대수
라고. 어디서든 내 잣대를 들이댄다. 구레나룻이 파슈툰정신
을 얘기한다.

"용기 자유 독립을 기리는, 이슬람교 이상으로 우리를 지키
는 이데아야. 그 정신으로 영국과 소련을 물리쳤다고."

헐벗었으면서 할 말을 다하는 건 그래서일까. 굽히지 않고
씩씩하다. 꾸미지 않고도 당당하다. 한발 물러선 나그네에게
는 듣는 얘기마다 그럴싸하다. 추상인 이미지가 나그네를 깨운

다. 나는 고개를 끄덕이며 귀를 기울인다. 빛나는 정신을 제대로 알릴 듯 말이 길어진다.

"용기라는 말 '투우라'는 일 미터쯤 되는 칼을 뜻하기도 해. 용기를 받드는 전통이 얼굴을 다치는 걸 명예로 여기도록 해. 등에 칼을 맞으면 비겁자로 낙인 찍혀. 도망치는 건 사형을 당할 만큼 큰 죄가 되지."

오래 이어온 내력이 펼쳐진다. 그리던 이상향으로 어쩌다 들어왔을까. 나는 눈을 뜨고 꿈을 꾼다. 몽과 환이 나를 싼다. 손님 대접 또한 실질적이고 굳센 기상을 드러낸다고. 니야즈(진심)만 있으면 피야즈(양파)라도 괜찮아. 리드미컬한 어감이 웃음을 부른다. 진수성찬보다 정성스런 마음이 먼저다. 복수라면 끝까지 멈추지 않는다. 내가 이루지 못하면 후대로 이어진다. 위험에 놓인 사람이 도움을 빌면 내쫓거나 해치지 않을 뿐 아니라 힘을 다해 지킨다. 명예를 위해서라면 모든 것을 건다. 이들의 '파슈툰정신'이 빛을 뿜는다. 드물게 바른 표상이 여기 있다. 치켜든 깃발이 힘차게 나부낀다. 시르죽은 세포가 살아난다. 아이가 배워야 할 정신이 여기 있다. 밤거리가 아닌 이곳에 와서 보고 들어야 했다. 품격 높은 가치를 마다하고 어둔 길을 헤맨다. 밤을 밝힌 휘황한 불빛에 제 몸을 부딪치는 나방이가 점점이 뜬다. 빛나는 이상 대신 환과 멸을 좇다니. 해

바라기를 닮으려니 했는데 부나비가 되었다. 어둔 아이 성정을 모르고 엉뚱한 쪽으로 끌어댄 걸까. 자책과 원망이 검불처럼 난다. 내가 바란 싹이 아예 없었을까. 나와 다른 줄 모르고 으레 같으려니 여겼다.

듣고 있으려니 다리가 아프다. 나는 두리번거리며 앉을 자리를 찾는다. 엉덩이를 걸칠 나무토막 하나가 없다. 길 가던 원주민 남자가 발을 멈추고 빤히 쳐다본다. 그 옛날 우리가 서양 사람을 바라보던 것보다 더 신기한 눈치다. 그들 눈에 비친 나는 노란 얼굴의 동양여자일 뿐이니까 쳐다보는 게 맞다.

구경꾼의 시선이 떨어지지 않는다. 나는 모른 척 구레나룻을 마주 본다. 검거나 희지 않은 살갗, 볼과 이마를 빼고 덮인 빽빽한 검은 털. 같은 아시아권이지만 우뚝 솟은 콧대와 깊은 눈자위가 서양에 가깝다. 콧대 높은 서양 얼굴에 익숙해서일까. 동양과 서양이 알맞게 섞인, 잘생긴 이들이 가난하게 사는 모습이 맞물리지 않는다.

빤히 바라보는 동양여자시선이 멋쩍으리라. 눈코입이 또렷한 구레나룻이 덤덤한 눈길을 멀리 둔다. 남자치고 아담한 키에다 통통한 몸매가 웹툰 속 텁석부리 아저씨를 불러낸다. 그러자 해서 그런지 친근하기까지 하다. 어떤 말을 들어도 고개를 끄덕이리라.

"오랫동안 이 나라는 안팎의 전쟁이 그치지 않았어. 종족 간의 주도권 다툼에다 영국과 소련의 지배를 받은 적도 있지."

그치지 않는 싸움을 얘기한다. 테러수출국의 혐의를 받는다던가. 들리는 말을 나름으로 자르고 보탠다. 용기와 독립을 앞세워 복수의 칼을 벼린다. 피를 부른 복수가 대대로 이어진다. 평온할 날이 없다. 오랜 세월 편을 갈라 싸운 흔적이 곳곳에 널려 있다.

싸움이야 이익을 얻으려는 속셈 아닌가. 끊임없이 큰 떡을 좇는 건 누구든 다르지 않다. 큰 힘에 눌리면 자유와 독립을 바라는 게 맞다. 잠깐 나를 매혹했던 추상이 보잘것없는 뿌리를 드러낸다. 어디나 사람 사는 건 같다. 달리 보이는 건 앞서거니 뒤서거니 하는 시간차일 뿐이다. 아직 산업화 되지 못한 이 나라 또한 언젠가는 상업주의를 따라올 것이다. 살림살이가 나아진 대신 이웃과 틈이 번다. 어우렁더우렁 부대끼던 이들이 여유가 생기면 혼자의 자리부터 마련하려 들 테니. 살을 부딪치며 만든 미운 정 고운 정이 칸칸의 벽에 막힌다. 우리가 지나온 길을 그들이라고 달리 걷지 않을 것이다. 집과 방, 거기 따른 화장실, 자동차나 휴대폰, 컴퓨터를 혼자 쓰게 된다. 만드는 쪽에서 보면 잘게 쪼개질수록 팔 데가 많아진다. 때를 만난 수요와 공급이 불일 듯 번진다.

다 마찬가지라고 생각하니 지루하다. 쉽게 빠져나가지 못하는 건 성격 탓이다. 몇 번 틈을 보지 않은 것은 아니다. 나는 말을 자를 셈으로 묻는다.

"이 나라의 특산물이 뭔데?"

그가 설핏 이맛살을 좁힌다. 꼭 알고 싶은 건 아니다. 떠올리는 시간이 길다. 이 틈에 돌아서야지. 발을 움찔거릴 때 그의 입이 열린다.

"라피스라줄리"

앤틱 가게에서 보았던 진남색 불투명한 돌이 떠오른다.

"우리나라에서 많이 나고 성실과 진실을 나타내는 준보석이야. 몸에 지니면 판단과 지혜와 영감을 주어."

토막토막 들리는 영어를 하나로 이으며 나는 그러려니 듣는다. 사랑과 기쁨, 믿음, 용기를 준다고? 앤틱 가게에 놓여 있던, 새 모양으로 깎은 라피스라줄리가 떠오른다. 흰 점 박힌 진남색 돌이 먼지를 뒤발하고 있었다. 볼품없고 비싸기만 한 공예품을 보기만 하고 돌아섰다. 푸른 물감을 그 돌에서 얻는다는 말을 들었다.

"딴 건 없어?"

그가 고개를 갸웃하고 뜸을 들인다. 물었으니 돌아설 수 없다. 그가 입술을 잘근잘근 깨문다. 이쯤에서 몸을 빼자. 때맞추어 입이 열린다.

"양과 카펫."

길 가운데서 어슬렁거리던 양이 하필 내 쪽으로 몸을 튼다. 뒤룩거리는 살덩이가 엉덩이에 매달려 있다. 선홍빛 지방 덩어리가 이물스럽다. 아니 민망하다. 눈을 마주친다면 물정 모르는 짐승이 달려들 것 같다. 추저분하게 엉긴 털을 비벼대면 어쩌나. 나는 얼른 눈을 돌린다. 길 건너 문을 연 가게에 거무죽죽한 카펫이 걸려 있다. 넝마 같은 상품이 날아드는 먼지바람을 맞는다. 어떤 종류의 양털은 대단히 훌륭하다고. 자부심을 가질 만큼. 말하는 얼굴이 자랑으로 빛난다. 어깨를 으쓱 편 그가 고개를 돌려 카펫을 바라본다. 후줄근하게 걸린 카펫이 갑절로 누추하다. 누가 저런 누더기를 사는 걸까.

그가 줄줄이 말을 잇는다. 빠져나갈 틈이나 돌아설 배짱이 없다. 어쩔 수 없이 잡혀서 그가 걸친 입성을 훑는다. 여기 남자마다 걸친 내리닫이 윗옷과 바지를 제대로 살핀다. 바람과 흙먼지가 무시로 오가는 땅. 풍성한 터번과 바람에 날리던 넓은 숄이 내게 새겨 있다. 탄탄한 어깨를 감싼, 우아한 곡선이 아름다웠다.

내 눈길을 좇던 그가 혜잡과 차판을 말한다. 무릎을 덮은, 깃 없는 셔츠가 차판일까. 때에 절어 꾀죄죄한 옷이지만 대대로 이어온 품격이 배어 있다. 저런 디자인을 빠른 크로키로 스케치북에 채우던 때가 있었다.

나는 헐렁하게 몸을 감싼 실루엣을 즐겨 그렸다. 4B 연필이 지나간 자리에 부드럽게 흘러내린 날씬한 선. 옷을 칠했던 파스텔 톤의 연한 블루, 핑크, 베이지색이 여기도 마찬가지다. 내가 여자를 그린 것과 달리 남자 입성이라는 것. 허벅지에서 자른 밑단이 종아리에 닿는 것만 빼면 꼭 같다. 버릇처럼 그리던 옷이 이곳 고유의상이라니. 꿈에서 꿈을 꾸는 듯 사물이 흔들린다. 작은 일치가 부싯돌 같은 빛을 피운다. 머릿속은 외려 흐릿하다. 나는 눈가를 좁히고 바라본다. 연기처럼 핀 사념이 보이는 현실을 덮는다. 오랜 전쟁 탓에 엉망인 살림살이지만 옷만큼은 이들의 정체성을 드러낸다. 서방에 꽤 알려진 옷이라고. 나는 물색없이 끄덕인다.

구레나룻 키가 나와 엇비슷하다. 어쩌다 눈이 마주친다. 잠깐 쩔쩔매던 시선이 길 가는 바꿀에 멎는다. 모직베레모 비슷한 그 모자를 이 땅 어디서나 볼 수 있다. 테두리를 둥글게 말아 올린 바꿀이 길을 꺾어 든다. 나는 구레나룻이 쓴, 무슬림을 알리는 작은 모자를 살핀다. 둥글고 납작한 유대인의 것과 달리 모서리에 각이 있다. 예전 우리 족두리가 그 위에 겹친다. 혼례용 머리장식과 이들 모자가 닮아 있다. 풀린 연상이 비약

한다. 혼례식용 구슬장식과 달리 늘 쓰는 이들의 것은 밋밋하다. 락치나 또는 콜리라고 부르는 작은 모자 위에 터번을 두르는 모습을 본 적이 있다.

앙증맞은 콜리가 이네들 전통을 지킨다. 관심이 눈을 밝힌다는 게 맞다. 다른 데서 보지 못한 남자 머리치레가 눈을 끈다. 여자를 덮은 밋밋한 부르카에 견주면 이 작은 모자는 화려하기 짝이 없다. 내리닫이 통짜 여자 옷은 같은 모양에다 색깔조차 몇 안 된다. 콜리를 수놓은 구슬장식은 헤아릴 수 없이 많다. 콜리만 쓰든 두툼한 터번을 겹쳐 두르든 남자머리에 들이는 정성이 놀랍다. 사치스럽기까지 하다. 마주 선 둘을 지켜보던 원주민이 끼어든다. 나는 반걸음 물러선다. 구레나룻이 알아서 대꾸하겠지. 낯선 토속어가 흩어진다. 나는 두 원주민을 갈마본다. 모자를 빼곡히 덮은 구슬이 햇살을 튕긴다. 스팽글에 부딪친 빛이 서로의 눈동자에 담긴다. 검은 속눈썹이 촘촘히 돌아간 눈가. 잘게 일렁이는 조롱조롱한 빛이 동공을 꾸민다. 나는 번갈아 마주 선 눈동자를 살핀다. 찬란한 오색이 잘게 흔들린다. 멋쩍었을까. 시선을 비킨 구레나룻이 입가를 끈다.

모자, 옷, 어깨에 두른 터번, 몸을 감은 망토까지. 삼천 년 넘는 긴 발자취가 허름한 차림새에 담겨 있다. 권력에 잇댄 겉치레가 대대로 이어진다. 몽땅 부서지고 망가진 땅, 수컷들의 모양내기가 생존을 건 약육강식을 부른다. 오래 이어 내린 이들의 옷차레가 이방인을 도발한다. 힘이 곧 정의야. 주먹을 부르쥔 사내가 상대를 누른다. 눈 뜨고 꾸던 꿈이 허망하게 스러진다.

모자나 옷, 액세서리를 볼 때면 낡은 옷을 벗듯 떠난 회사가 떠오른다. 승진했다던 팀장은 급한 성깔이 눅었을까. 쫀쫀하게 캐던 남자를 몰래 씹었다. 잠을 못 떨치고 뛰던 아침과 일이 끝나야 돌아오던 불규칙한 퇴근을 툴툴거렸다. 볼이 홧홧 달던 그 아침이 돌아온다.

떠나려는 버스에 뛰어올랐다. 늘 그렇듯 빈자리가 없었다. 다음 정거장에서 자리가 비었다. 타자마자 자리를 잡다니. 좋은 예감이 일었다. 안팎이 함께 펴졌다. 나는 등받이에 기대어 눈을 감았다. 설핏 풋잠이 들려 했다. 누군가 얼굴을 훑는 기척에 퍼뜩 깼다. 통로에 선 남자가 잽싸게 시선을 돌렸다. 입가에 번진 웃음이 착해 보였다. 운 좋은 날이라 안색이 밝아 보인 걸까. 처음 바른 립스틱 색깔이 잘 어울린 거야.

갠 날씨만큼 기분이 밝았다. 조금 달콤하고 어딘가 설레었다. 나는 도로 눈을 감았다. 비켰던 시선이 도로 돌아왔다. 언제까지 볼 건데? 훤칠한 키에다 한쪽만 쌍꺼풀인 선한 눈매가 어리댔다. 내릴 정류장이 가까워졌다. 나는 자리에서 일어났다. 시선을 거두지 않은 그가 더듬더듬 입을 뗐다.

"저……."

사람이 많은 데다 서둘러야 했다. 나는 재빨리 움직였다. 당황한 남자가 비켜섰다. 여기서 내리지 못하면 지각이었다. 무던하게 넘길 팀장이 아니었다.

그냥 내릴 거야? 미련을 못 버린 수가 꼬드겼다. 아쉬울수록 빨리 터는 게 나아. 나는 부러 후닥닥 뛰어내렸다. 길 가던 이들이 나를 힐끔거렸다. 햇발을 받은 안색이 더욱 환할 것이었다. 나는 활짝 어깨를 폈다.

"수연씨, 거울 안 보고 나왔어?"

회사 문에서 마주친 동료가 나를 훑으며 화장실을 가리켰다. 나는 거울 앞으로 뛰어들었다. 산호색 윗입술 아래서 거칠하게 드러난 아랫입술. 착각에 빠진 피에로가 쓴웃음을 물었다. 고춧가루를 짓이긴 듯 얼굴이 화끈거렸다. 웃으며 넘길 만큼 날이 흘렀다.

쉴 틈 없이 바쁘다고 투덜거리던 때가 나왔다. 디자이너라는 이름을 달고 잡동사니 일에 매달렸다. 자리 지킬 틈이 없었다. 시장조사를 하고 단추나 지퍼, 레이스 같은 부자재를 사들이고 디자인에 맞는 옷감을 찾아야 했다. 틈틈이 외국의 신간 패션잡지를 뒤지고 길거리 유행을 눈여겨보는 일까지. 종일 뛴

오후면 발바닥이 후끈거렸다. 퇴근 뒤에 마시던 생맥주 한 잔이 그립다. 차디찬 알코올이 빠르게 핏속을 돌면 어수선하던 하루가 지워졌다. 피 속을 돈 알코올이 쌓인 말을 끌어냈다. 몇 잔 맥주에 쾌활해지던 그때. 바쁜 하루가 끝나고 고단한 몸을 잠자리에 눕히면 이어질 또 다른 날이 어른거렸다.

끼어들었던 구경꾼이 제 갈 길로 돌아선다. 구레나룻이 나를 지켜보고 있다. 무슨 말을 하고 있었지? 나는 끄덕일 준비를 한다. 목이 마르다. 석류주스가 있었으면. 그가 말하는 대로 건성 고개를 끄덕인다. 흑갈색 빈들에 흰 볕이 쏟아진다. 휑한 벌판에 듬성듬성 서 있는 집마다 흙색을 띤다. 중턱에서 뚝 자른 듯 보이는 나지막한 언덕이 너른 들 여기저기 솟아 있다. 비탈진 가풀막으로 사람들이 오르내린다. 거친 풍경 어딘가에 숨었을 울창한 과수를 그린다. 언덕 어디쯤 우거진 수목이 숨어 있으리라. 석류나무마다 핀 핏빛 꽃이 햇살을 듬뿍 받고. 조붓한 이파리가 지금쯤 졌을까. 혀뿌리에 신 침이 고인다.

나는 미진해하는 구레나룻에게 손을 흔들고 돌아선다. 흙먼지 이는 길이 이어진다. 애 어른 할 것 없이 길가에 내놓은 좌대를 빙 둘러싸고 있다. 나는 번 틈을 비집고 고개를 드민다. 설탕에 눅진하게 절인 대추야자열매가 켜켜이 쌓여 있다. 찬 날씨쯤 아랑곳 않는 파리 떼가 끈질기게 치근거린다. 나는 얼굴로 날아드는 날벌레를 손사래 치며 걷는다. 구경꾼 없는 좌판에 각진 검은 덩어리가 놓여 있다. 나는 무심코 다가선다. 새까만 파리가 한꺼번에 난다. 날벌레에 덮였던 대추야자가 붉은 색깔을 드러낸다. 나는 덴 것처럼 돌아선다. 구경꾼이나 파는 사내는 그쯤 아무렇지 않다. 오히려 내가 신기한 눈치다. 내게 붙은 따가운 시선이 떨어지지 않는다.

대각선으로 지른 빗장 위에 자물쇠를 물린 가게가 드문드문서 있다. 예상보다 손님이 없었을까. 달리는 차 소리가 가까워진다. 나는 두어 걸음 물러선다. 투박한 짐차가 와살스레 진창을 튕긴다. 가까스로 흙탕을 피한다. 상가 벽과 창에 범벅된 개흙이 길 사정을 알린다.

자물쇠를 푼 앤틱 가게가 보인다. 튄 흙물이 나무 벽을 칠갑하고 있다. 나는 얼룩진 유리진열장을 기웃거린다. 쓸 만한 물건이 보이지 않는다. 가게 앞에 걸린 치렁치렁한 천 자락을 훑는다. 궂은 날의 흙탕과 해 밝은 날의 흙먼지를 고스란히 받은 상품이 너덜거린다. 넝마 아닌 것이 안에 있을까. 나는 가게 깊숙이 앉은 주인을 곁눈질하며 유리문을 민다. 문에 매달린 딸랑이가 애달픈 쇳소리를 낸다. 팔꿈치를 바닥에 괸, 예의 무슬림 자세의 사내가 말끄러미 바라본다. 숱 많은 검은 수염이 얼굴을 반 넘어 덮고 있다. 기다란 유리진열장이 주인과 손님을 가른다. 나는 그를 못 본 척 휘휘 둘러본다.

넓지 않은 가게에 변변한 것이라고는 없다. 풀기 가신 천 조각이 벽을 빼곡히 두르고 있다. 진열장 칸칸마다 낡아빠진 잡동사니와 깨진 사금파리가 되는 대로 섞여 있다. 먼지를 뒤발한 허섭스레기를 손끝으로 헤친다. 어린 날 벌이던 소꿉놀이가 어린다. 이런 사금파리를 주워서 상을 차렸다.

"수연아."

나는 움찔 놀란다. 수연이라기보다 쑤연이로 들리는 발음. 떨어진 감꽃을 주워 사금파리에 밥이라 담고 붉은 꽃을 잘게 썰어서 김치를 만들었다. 상에 차린 초록색 나물반찬이 여럿이다. 돌나물, 비름나물, 괭이밥, 쇠비름, 창포 잎 따위. 붉은 벽돌쪼가리가 있다면 태깔 나는 밥상을 차릴 수 있다. 끝이 뾰족한 돌멩이로 벽돌을 갈면 발 고운 가루가 생겼다. 그걸 솔솔 뿌려서 고춧가루 흉내를 냈다. 석류나무 아래 차린 밥상이 호사스럽다.

"밥 먹으세요."

여보라고 했던가. 오빠라고 했던가.

"이제 잘 시간이야."

사촌이 손바닥으로 돗자리를 쓱쓱 쓸었다. 올망졸망 차린 밥상을 옆에 두고 두 오누이가 나란히 눕는다. 나무 사이로 비친 파란 하늘이 부시다. 거칠한 돗자리 위에서 둘은 오순도순 정답다. 서늘한 그늘 아래 팔베개를 베고 누우면 잉크 빛 하늘이 눈으로 쏟아졌다. 나무에 점점이 매달린 붉은 꽃은 축포처럼 벌어지고. 해맑간 기쁨이 불꽃처럼 피던 날. 기껏 차린 밥상을 발로 짓이기던 사촌이 걸어올 것 같다.

나는 먼지 덮인 부연 진열장을 일일이 살핀다. 헐어빠진 단추와 녹슨 볼트가 그릇마다 담겨 있다. 흙가루를 수북하게 덮어쓴 쓰레기를 상품이라고 모아놓다니. 머뭇거리던 걸음이 도로 빨라진다. 등을 세우던 주인이 도로 팔꿈치를 괸다. 돌아 나오는 나를 보기만 했지 빈말로라도 붙잡지 않는다. 돈 없이 구경만 하는 사람으로 보일 만큼 내 차림새가 꾀죄죄한가. 여기 장사 방법인가. 원주민의 푸대접이 마음을 흔든다. 귀찮다 하면서도 붙잡았으면 싶은. 돌아서는 데 모른 체하면 서운한. 늘 갈라지는 속내가 여기라고 다르지 않다. 그럴싸한 물건이 있다 쳐도 대뜸 살 수 없다. 하나씩 챙긴 것들이 자칫 짐무게를 더할 테니.

10

　　　　　　　길을 따라 단층목조상가가
빼곡히 늘어서 있다. 흙먼지 날리는 어수선한 거리에 되는대
로 날려 지은 가게가 울적한 심사를 돋운다. 행인들이 보도와
차도를 가리지 않고 걷는다. 상인이 떠들썩하게 목소리를 높인
다. 거친 고함에 잇속만 챙기는 속내가 묻어난다. 도시와 뚝 떨
어진 산골이라서 그럴까. 조악한 물건이 보기보다 비싸다. 나
는 집어 든 몇 가지로 미루어 이곳 형편을 헤아린다. 손님 맞는
기본을 모른 채 판부터 벌였으리라. 이악스런 셈속에 먼저 물
들었을 테고. 외지인이라서 바가지를 씌우려는 건지 원래 그런
지 알 수 없다. 물정을 모르는 터라 더욱 꺼림칙하다.

　사려던 물건이랬자 대단찮은 것들이다. 루비 알 같은 진홍

알갱이가 빼곡히 박힌 석류나 씨 없이 단 포도 따위. 성기게 매달린 포도송이를 보며 망설인다. 시원찮은 겉보기와 달리 알갱이마다 듬뿍 담겼을 다디단 즙이 목젖을 건드린다. 짐작보다 비싼 그것 대신 노랗고 빨간 사과를 몇 개 산다. 윤기 나는 색깔이 볼수록 곱다. 알맞은 크기로 때깔 좋은 그것을 쓱쓱 닦은 뒤 크게 베어 문다. 밍밍하고 푸석하다. 넘길까, 뱉을까. 내 나라에서 익숙했던 맛과 영판 다르다. 그조차 쌓아놓고 파는 것도 아니다. 여기서 난다기보다 외지에서 들여온 것 같기는 하다. 넓은 벌판 어디나 밭밖에 과수 한 그루 보이지 않는다. 어른 주먹 크기의 석류가 길에 산처럼 쌓인 광경이 흔하다. 차 째부린 것으로 보아 어딘가 석류과수원이 나타날 것 같다.

나는 버릇처럼 벌판을 훑으며 걷는다. 촘촘하게 박힌 선혈빛 알갱이가 곧 나타날 듯하다. 긴 가시를 세운 나뭇가지가 지워지지 않는다. 나는 가쁜 숨을 쏟으며 막아선 언덕을 오른다. 걷다가 멈추어서 치솟은 호흡을 가라앉힌다. 쓴웃음이 샌다. 수가 빈정거린다. 과수를 찾아서 뭘 하려고? 석류나무나 찾으려고 여기 왔니? 마을에 서 있는 건 미루나무뿐이다. 열매를 맺을 만한 나무가 보이지 않는다.

내 어린 날을 밝힌 석류나무가 이쪽에서 왔다고? 나는 설핏 놀란다. 그것도 구레나룻에게 들은 얘기다. 내가 나기 전부터 꽃을 피우고 열매를 매단 그 과수가 이란, 인도 북서부, 파키스탄, 히말라야, 아프가니스탄이 원산지라니. 태울 듯 열기를 뿜던 볕과 등불처럼 환하던 붉은 꽃송이가 어우러진다. 흰 얼굴의 사촌이 한낮의 땡볕을 받는다. 어김없이 우물가에 둔 장독대가 딸려온다.

나는 시디신 과일을 매단 그 나무를 으레 우리 토종이려니 여겼다. 봄부터 가을까지. 피는 꽃과 함께 매달린 석류를 보며 자랐다. 장독대 귀퉁이를 밝힌 선홍빛 통꽃과 조붓한 잎사귀. 쏟아지는 땡볕이 따갑다. 속속들이 영근 알갱이가 껍데기를 쪼갠다. 붉은 유리알 같은 속살이 독처럼 신맛을 품는다. 선홍빛 과육이 어린 계집애를 유혹한다. 계집애가 활짝 번 핏빛을 보며 깨금발을 딛는다. 허공을 젓는 손이 닿을락 말락 안타깝다. 조바심과 함께 어질 머리가 인다. 희어진 머릿속이 핑 돈다. 에비! 고함 소리가 덜미를 움킨다. 자지러진 계집애가 시큼한 좌절을 잇새에 문다. 설핏 진저리가 인다. 유년의 기억이 화인처럼 새겨 있다.

거기 견주면 이곳 석류는 큼직하고 달다. 넉넉히 품은 과즙이 혀뿌리에 밴 신맛을 단박 지운다. 날씨와 땅에 따라 맛과 크기가 달라진다. 자라는 곳이 내용을 바꾼다. 때와 환경 따라 바뀌는 게 진실일까. 느닷없이 망치로 머리를 맞은 듯 떵하다.

11

걷는 것으로 시작한 하루가
걸음을 멈추면 끝난다. 높은 건물이라고는 없다. 흙벽을 쌓은
납작한 주택이 드문드문 서 있다. 너른 들이 어디나 널려 있다.
어디가 땅이고 집인지 가려지지 않는다. 흙만 쓴 벽과 지붕이
제가 온 땅으로 돌아간다. 툭 터진 하늘이 넓을 대로 넓다. 악
머구리 끓듯 바글거리던 도시가 사뭇 멀다. 사표를 썼을 때 팀
장이 말렸던가. 말리는 척하면서 밀어냈던가.

"직장이라도 가지고 있어야 하지 않겠어? 하긴 요즘 수연씨
마음이 딴 데 있더라. 잠깐 쉬는 것도 좋지. 이런 판에서 살아
남는 게 말처럼 쉽나? 날고뛰는 젊은 애들을 제치고 넘어서려
면 쉬면서 재충전하는 것도 방법이겠지."

일을 오래 했다는 게 낡았다는 말이 되었다. 쓸모로 따지면 나는 오래된 기계보다 못했다. 이 바닥에서 살아남자면 바뀌고 또 바뀌어야 했다. 어떻게 해야 새로워질까. 풀 수 없는 숙제였다. 숨차게 달려서 바꿀 수 있다면 죽도록 뛰었으리라. 해마다 새 얼굴이 첫 봄 맞은 나비처럼 발랄하게 날아들었다. 오르지 못할 자리를 지키고 있는 스스로가 부끄러웠다. 새 감성과 겨룰 촉이 바닥났다. 재잘거리는 새내기를 지켜보노라면 힘이 팽 겼다. 풋풋한 얼굴과 섞일 자신이 없었다.

그 무렵 부자재를 잘 못 사온 적이 있었다. 단추를 받아 든 미싱사가 빤히 올려보았다. 바지를 마무리할 지퍼자리가 비어 있었다. 나는 어색한 웃음을 물었다. 마무리 바느질감을 든 아르바이트 여자에게는 레이스를 내주었다.

"수 테이프를 붙이라면서요?"

높은 목청이 솟았다. 나는 아차, 했다. 지켜보던 팀장이 희뜩 눈빛을 날렸다. 하찮은 실수를 그냥 지나칠 사람이 아니었다. 서운하거나 오기 따위 일지 않았다. 다 사실이니까. 한물간 주제에 알아서 길 노릇이지. 뒤에서 수군거릴 말이 귓속을 날았다. 본때를 보여. 수가 속살거렸다. 어떻게? 대답 못 할 물음이 떠돌았다. 어쩌지 못할 피로가 몰려왔다. 어떻게 어디로 가야 할지 알려줄 누가 있었으면.

눈뜨고 코 베이는 싸움터야. 마냥 어릿거릴 거야? 수가 바싹 날을 치켰다. 나는 보이지 않는 길을 갈팡질팡 오갔다. 흐린 머리에 헝클어진 소망이 느릿느릿 떠돌았다. 절망에서 일어나게 하는 힘은 가능성이라던가. 어디선가 읽은 얘기가 끼어들었다. 가능성이라는 게 내게 있었던가. 나는 고개를 저었다. 처음부터 없던 것이 바란다고 생기지 않을 것이었다. 이런저런 빌미로 밀려왔다는 게 맞았다. 비루한 변명으로 꼬인 매듭이 풀릴 리 없었다.

실마리를 잡은 사념이 줄기차게 이어진다. 밀리고 차이던 날이 지워지지 않는다. 정한 데 없는 길을 무작정 걷는다. 팍팍하게 걷다 보니 갈증이 인다. 타는 목을 식힐 차가운 맥주가 있었으면. 없는 줄 알면서 입 축일 데를 찾는다. 술을 팔지 않는 나라로 와서도 묵은 버릇이 때마다 도진다. 보이는 간판을 하나씩 훑는다. 이곳에 알코올이라고는 없다. 흥청거리던 밤거리가 다가온다. 밤을 밝힌 현란한 불빛과 정신 줄을 놓은 취객이 어지럽게 섞인다. 나도 모르게 물 들었던, 으레 그런 줄 알았던 풍경이 뒤집힌다. 낯설고 뒤숭숭하다. 이슬람 교리를 좇아 맨정신인 사람들이 나를 힐끔거린다. 모를 얼굴과 섞인 스스로가 낯설다. 술커녕 술집 비슷한 간판조차 보이지 않는다.

세상에서 가장 명징한 의식을 가진 사람들과 걷는 거야. 수

가 으스댄다. 나는 목을 꼿꼿이 세운다. 알코올 없는 맥주라는
게 술 비슷한 흉내를 내며 팔리긴 한다. 생 과즙이나 맥주가 있
었으면. 카불의 거리에서 마시던 석류주스가 어른거린다. 과
일을 눌러 짜는 가판대가 여기는 없다. 인파와 차 소리에 덮인
카불이 까마득하다. 유리컵에 넘칠 듯 찰랑거리던 핏빛 주스가
지워지지 않는다. 주서기 앞에 우두커니 선 총각이 선웃음을
날린다.

그날 손님 없는 가판대를 보며 다가갔다. 진열장 너머에 우
두커니 서 있던 키 큰 총각이 마주 보았다. 나는 켜켜이 쌓인
석류를 가리켰다. 활짝 웃으며 돌아선 그가 미리 따 놓은 알갱
이를 손 삽으로 퍼서 기계에 넣었다. 버튼 아래 내민 주둥이가
붉은 과즙을 쏟았다. 핏빛 액체가 앞에 놓였다. 보기도 아까운
진홍이 넘칠 듯 찰랑거렸다.

상큼한 과즙이 식도를 훑으며 내려갔다. 그러고 보니 빈속
이었다. 큼직한 유리컵에 넘칠 듯 담긴 양에다 달콤한 맛까지.
눈과 위가 함께 만족했다. 뒤늦게 위벽이 찌릿했다. 뜻밖의 독
기조차 신선했다. 진열대 안쪽에서 지켜보던 총각이 나를 흘깃
거렸다. 입가에 진홍 물이 묻은 게지. 나는 손등으로 훔치며 돌
아섰다. 총각이 재빨리 빈컵을 거두었다.

가판대를 지나서 어지러운 길을 걸었다. 진흙탕처럼 얽힌

인파가 천천히 흘렀다. 부연 매연과 질서없이 방치된 물건, 얽힌 사람들과 짐승으로 온통 떠들썩했다. 하염없이 쓸려가다가 갓길에 마주 앉은 두 소년 앞에 멈추었다. 앳된 얼굴로 보아 내 아이 또래였다. 옆에 산처럼 쌓인 석류가 보였다. 무슨 용도인지 궁금했다. 나를 힐끔거리며 걸어오던 행인이 모른 척 어깨를 부딪치고 걸어갔다. 몸이 물풀처럼 흔들렸다. 그러거나 말거나. 소년이 손에 든 막대기로 반 가른 석류 등을 탁탁 쳤다. 마주 앉은 둘의 손놀림이 엇박자로 어우러졌다. 매타작에 놀란 알갱이들이 우르르 떨어졌다. 투명한 진홍이 나무 자배기를 채웠다. 고운 핏빛이 무채색 거리를 밝혔다. 손톱으로 석류 알을 훑던 사촌이 빙긋 웃음을 물었다.

이곳 바미안에서 주스판매대를 본 적이 없다. 투명한 선홍 알갱이가 햇살을 튕긴다. 혀뿌리가 시큼하다. 달고 물 많은 여기 석류가 어린 날 알아버린 신 과일을 당겨온다. 말간 침이 우르르 괸다. 감춘 상흔이 아린 결을 편다. 눈가를 좁히며 어금니를 문다. 번 석류 틈새로 간드러진 핏빛이 드러난다. 태울 듯 쏟아지던 빛발과 창백한 얼굴, 볼록하게 부푼 핏방울이 다가온다. 시들고야 떨어지던 딴 꽃과 달리 석류꽃만큼은 펄펄 산 채 아깝게 툭툭 지더니.

붉은 꽃을 떠올리면 목 안쪽이 시다. 시리게 붉던 꽃잎과 지붕 없는 우물가, 자갈 위에 얹은 장독대가 앞에 있다. 시어진 햇살이 석류나무 둘레로만 몰린 듯했다. 볕 밝은 우물가에 회상이 멎는다.

오래된 석류나무가 열린 항아리 위에 성긴 그늘을 내린다. 햇살 받은 통꽃이 선혈처럼 붉다. 꽃잎에 홀린 계집애가 장독대로 다가선다. 크고 작은 배불뚝이 항아리들이 옹기종기 모여 있다. 따끈하게 단 질항아리가 구릿한 장 냄새를 풍긴다. 목 잘린 낙화 몇이 땅에 뒹군다. 떨어진 꽃을 굽어보던 계집애가 꺾일 만큼 고개를 잦힌다. 불타는 꽃송이와 가녀린 이파리가 잉크 빛 하늘에 잠겨 있다. 길고 날카로운 가시가 살을 찌를 것 같다. 마음에 둔 그림이 몰래 본 스너프영상처럼 강렬하다.

조금 떨어진 우물 턱에 두 손을 뒤로 짚은 사촌이 기대어 있다. 볕을 받은 소년 얼굴이 백지처럼 희다. 기세를 올린 땡볕과 눈을 쏘는 붉은 꽃, 번 틈새로 촘촘한 알갱이가 비친다. 잇바디 안쪽에 말간 침이 몰린다. 계집애가 어금니를 앙다문다.

집안에서는 나 같은 아이가 지켜야 할 규칙이 많았다. 과일을 딸 수 없는 것이 그 하나였다. 나는 잔잎이 마주난 가지를 만지기커녕 가까이 가기조차 꺼렸다. 떨어진 꽃을 줍기라도 하면 고함이 날아들 것이었다. 에비! 안 돼.

들릴 리 없는 음성이 메아리를 울린다. 나는 엉거주춤 멈추어 고개를 잦힌다. 어린 걸음을 막아서던 그림자가 잿빛 하늘에 어린다. 나와 상관없는 이들이 몸을 부딪치며 지나간다. 모를 땅을 서성이면서 속절없이 멀어진 날을 돌아본다. 색깔이란 색깔은 몽땅 휘발된 한낮. 빛바랜 마당이 변색된 사진처럼 남아 있다.

8월 말 아니면 9월 초 그 어름이었다. 늦더위가 펄펄 끓었다. 약속이나 한 것처럼 식구들은 모두 나갔다. 나와 몇 발자국 떨어진 곳에 사촌이 있다. 알맞은 거리에서 지켜본 그림이 영화의 한 장면처럼 새겨 있다.

우물 턱에 기대어 몸을 꼬던 사촌이 퉁기듯 허리를 세웠다. 그가 성큼성큼 나무로 다가갔다. 나는 가늘어진 눈매로 겁 없이 움직이는 사촌을 좇았다. 무슨 일이든 서슴없이 해치우는 그가 부러웠던가. 아슬아슬했던가. 나는 조바심치며 마당을 돌아보았다. 굳게 물린 대문 빗장과 광각렌즈로 찍은 듯 휑한 뜰, 끝만 잘라낸 바늘을 흩뿌린 듯 눈이 시렸다. 잔뜩 독 오른 늦여름 볕이 정수리를 태웠다. 나보다 머리 하나쯤 큰 사촌이 석류나무 아래 섰다. 한껏 늘인 팔에다 깨금발까지 디디고 틈번 석류를 낚아챘다. 막아놓은 금쯤 아무렇지 않게 넘는 모습. 나는 보이지 않는 금에 막혀서 쩔쩔매기나 하고. 간이 타들었다. 찡그린 눈가가 더욱 좁혀들었다.

"아!"

외마디 외침이 솟았다. 나는 휘둥그러져서 바라보았다. 울상을 지은 사촌이 손등을 내려다보았다. 붉은 꽃 빛깔 핏방울이 동그랗게 부풀었다. 나는 우거지상이 된 사촌을 흉내 내었다. 도로 환해진 그가 피를 쪽쪽 빨았다. 맛있다는 표정도 잊지 않고. 해가 거기만 비친 것처럼 밝았다. 그가 힘 준 손으로 석류를 갈랐다. 나는 조마조마하게 지켜보았다. 햇살 받은 핏빛 알갱이가 투명한 선홍을 쏟았다. 사촌이 반쪽을 내밀었다. 늘 혼자 먹던 오빠가 그것도 큰 쪽을? 머뭇거리는 마음보다 먼저 손이 나갔다. 지켜보던 사촌이 숙달된 조교처럼 한 움큼 알갱이를 훑었다.

"이렇게 먹는 거야"

어깨를 으쓱 치킨 소년이 손에 모은 과육을 한입에 털어 넣었다. 내 작은 우상이 입을 우물거렸다. 나는 사촌을 따라 했다. 나 몰래 씹지 않고 삼킨 것까지 알 수는 없었다. 잇새에 으깨지던 시디신 알갱이. 등줄기에 소름이 깔린다. 얼굴이 일그러진다. 바라보던 소년이 목젖을 드러내어 웃는다. 해보다 밝은 소리가 높이 솟는다. 불타는 마젠타레드 통꽃이 땅에 뒹군다. 붉은 꽃잎이 화인처럼 새겨 있다. 눈과 이뿌리가 함께 시리다.

12

가을걷이를 끝낸 밭이 언덕 아래 펼쳐 있다. 나는 빈 밭을 가로지른다. 걷는 대로 찰진 흙이 엉겨 붙는다. 갈수록 발이 무겁다. 개흙에 묻힌 신발이 빠지지 않는다. 진흙이 진흙을 끌어당기겠지. 끈적이는 흙덩어리가 가슴에 얹힌다. 진흙탕을 뒹굴 아이가 지워지지 않는다. 산채 흙에 묻힌 것처럼 두렵다.

"미친……."

험한 욕이 튀어나오려 한다. 나는 재빨리 입술을 문다. 제풀에 샌 말머리를 누가 들었을까. 넓은 밭을 휘휘 둘러본다. 빈밭에 혼자다. 감자알을 캐낸 땅이 끝을 보이지 않는다. 뛰쳐나간 아이가 목을 쥔다. 나는 꼭두각시가 되어서 끌려간다. 이미

쓸모없이 버려졌어. 돌이킬 수 없는 일이야. 아이에게 용도 폐기되었다고 짐짓 우기지만 쓸데없다. 잔뜩 엉킨 진흙을 떼 내려고 한 발로 다른 발을 문지른다. 눅진 흙덩어리가 어림없다는 듯 찰기를 더한다. 나뭇가지라도 있었으면 했는데 시든 풀뿐이다. 점점 무거워진 발로 어기적거리며 걷다가 한달음에 뛰어넘을 개울을 만난다. 빠른 물살에 실린 검은 비닐봉지가 사납게 떠내려간다. 한데 섞인 나뭇가지와 종이쪼가리가 자맥질한다. 나는 숨차게 오르내리고 감기는 부유물을 우두커니 구경한다.

결심하고 다가가서 희부연 물에 발을 반 걸친다. 세찬 흐름에도 엉킨 흙이 떨어지지 않는다. 갈색 등산화 이음새로 물이 스민다. 얼음처럼 차다. 얼른 발을 빼어 잡풀 우거진 개울 턱에 비빈다. 물 먹은 흙이 그럭저럭 떨어져 나간다. 긴 머리를 잘랐을 때처럼 가뿐하다.

발 디딜 데를 고르며 걷다가 고개를 든다. 쪼그린 아낙이 개울 아래쪽에 있다. 나는 모처럼 만난 여자에게 다가간다. 씻은 그릇을 옆에 내린 여자가 바구니 속 채소를 꺼내어 물에 담근다. 가슴이 뜨끔하다. 물살이 빨라서 그나마 다행이다. 알고 보니 이 물로 설거지를 하고 먹을거리를 씻고 식수로 쓴다. 속사정을 모르는 여행객이라면 급성설사에 걸리기 십상이다. 실상을 알고 나니 물정 모르고 마시던 차가 께름칙하게 명치에 걸린다. 따뜻하게 속을 데우는 온기를 즐겼는데.

끼니마다 차를 곁들이는 건 여기 문화인 셈이다. 불기 없이 을씨년스러운 호텔 방에 웅크리고 있으면 마음까지 옹색해졌다. 문어귀를 차지한 난로를 보아두었다. 나는 붉게 타오르는 불꽃과 마주 섰다. 난로를 돌보는 사내가 따로 있었다. 그가 불을 그느르며 물을 끓이고 찻주전자를 들고 날랐다. 나는 불 앞에 손을 펴고 서서 바장이는 모습을 구경했다. 객실에서 돌아온 일인용 주전자를 헹구고 다시 홍차와 녹차를 넣은 그것을 겹쳐 쌓고 사윈 불에 석탄을 붓느라 그는 쉴 새 없이 움직였다. 사위는 불을 긴 쇠꼬챙이로 쑤석여서 불땀을 키우기도 했다. 부지깽이를 몇 번 놀리면 와작 살아나는 불꽃이 요술 같았다.

물만 부으면 내갈 수 있게 화덕 옆 벽에 피라미드 꼴로 쌓은 주전자가 천장 가까이 솟았다. 오랜 세월 이어왔을 풍습이 푸근하게 스몄다. 시나브로 파고드는, 강팍한 한기가 잦아들었다. 드나드는 사람들이 불 곁에 선 동양여자를 힐끔거리며 지나갔다. 열린 화덕 문으로 너울거리는 불덩이가 비쳤다. 선홍으로 단 불혀가 살기 밴 얼음을 녹였다. 티끌조차 남기지 않는 완전 연소. 내 안 미진한 진애가 활활 탔으면. 붉은 불덩이가 손에 들고 싶을 만큼 고운 빛을 흘렸다.

매운 연기를 내던 아이가 어디서 무엇을 할지. 불온한 추측이 어리대었다. 제대로 피기 전에 스스로 망치다니. 제 길로 순하게 가다 보면 언젠가 활짝 선홍을 피울 텐데. 때 되어 드러날 무한 가능성이 진창에 묻혔다. 불순물 섞였어도 아까운 보석 아닌가. 망가진 아이가 검질긴 갈증으로 남아 있었다.

철제 난로에 올린 둥근 통이 쿨럭쿨럭 끓는 소리를 냈다. 부연 수증기가 피어올랐다. 나는 물통 한가운데 솟은 연통에 대고 고개를 갸웃했다. 물통과 굴뚝이 따로 떨어졌는지. 한데 붙었는지. 돌아가며 살폈지만 알 수 없었다. 원주민은 영어를 모르고 나는 이네들 말을 모르니 물을 재간이 없었다. 들고나는 찻주전자가 그치지 않았다. 벌겋게 튼, 퉁퉁한 사내 손이 쉴 새 없이 움직였다. 일하는 틈틈이 나를 훔쳐보기도 했다. 차손님이 많은 날인가. 늘 그런가. 널름거리는 불이 태울 듯 뜨거웠다. 등은 시리고 가슴은 타려 하고. 나는 뒤로 돌아섰다. 등을 굽는 동안 바쁜 일을 얼추 아퀴 지은 모양이었다. 사내가 두 손에 커다란 통을 나눠 들고 밖으로 나갔다. 보이지 않지만 어딘가 수도나 우물이 있으리라. 때마다 쓸 물을 길어 나르는, 허름한 차림으로 찬바람을 가르는 사내가 고단한 그림자를 끌었다.

맨발에 슬리퍼를 걸친 차 담당이 바깥 한기를 묻혀 들였다. 나는 난로지기처럼 서서 오가는 걸음을 지켜보았다. 출렁거리는 물통을 양손에 든 그가 비틀걸음으로 걸어왔다. 도와주는 이 없이 엉덩이로 문을 여닫을 때면 물이 넘쳤다. 그을린 앞자락이 푹 젖었다. 치렁거리는 앞치마가 다리를 감았다. 비척거리며 다가온 그가 통 뚜껑을 열고 물을 부었다. 일 미터 남짓한 양철통으로 물이 쏟아졌다. 울리는 소리를 들어서는 여러 번 오가야 할 듯했다. 물을 붓기 무섭게 돌아나간 그가 얼마 안 되어 돌아왔다. 발길이 잦은 것으로 미루어 그리 멀지 않은 곳에 물 긷는 곳이 있을 것이었다. 그렇지 않아도 부엌으로 쓸 물을 얻으러 가면서 편치 않았다. 우물을 알아두면 아쉬운 소리를 하지 않아도 되겠지. 나는 열 걸음 남짓 떨어져서 뒤를 쫓았다. 호텔 뒤쪽 콸콸 흐르는 도랑 앞에서 사내가 멈췄다. 오수 섞인 물로 차를 끓였다니. 보면서 휘둥그러졌다.

개울가에 쪼그린 아낙이 이곳 물 사정을 알린다. 호텔만 도랑물을 길어다 쓰는 게 아니다. 원주민 여자는 멈춰선 길손을 본 척 않고 손을 놀린다. 나는 우두커니 지켜보다가 발을 벗어난다.

무심코 걷다 보니 시가지에서 뚝 떨어진 외곽으로 나와 있다. 먼 데로 밀려난 마을을 바라본다. 말 그대로 성냥갑을 닮은 주택이 어설픈 선을 긋는다. 흑갈색으로 돋을새김 된 그것들을 좇으며 눈을 가늘게 뜬다. 땅과 집, 마을을 에두른 산까지 흙빛을 드러낸다. 한 그루 나무를 키우지 않는, 맨송하게 드러난 산등성이가 땅끝을 휘어 돈다.

조촐한 사원이 길 어귀에 서 있다. 나는 푸른 모자이크 채색 앞에 멈춘다. 둥근 지붕에 밴 신성한 기품과 그 위에 펼친 하늘을 훑는다. 푸른 돔이 우아한 곡선을 그린다.

벽면을 빼곡히 덮은 단조로운 무늬가 여느 사원과 다르지 않다. 떨어져 나간 타일과 팬 귀퉁이가 군데군데 섞여 있다. 짙고 옅은 무늬가 고졸한 품격을 드러낸다. 비취색과 흰색, 코발트색 타일이 묵은 세월을 문혀낸다. 일일이 손으로 새긴다는 말을 들었다. 바람이 부는 걸까. 쇠사슬로 맞물린 철문이 몸살하듯 삐걱거린다.

상의 주머니에 넣어둔 인쇄물을 펼친다. 손길에 닳은 모서리가 나달거린다. 나는 조심하며 읽는다. 테셀레이션이라는 단어와 건성 스쳤던 우리말 쪽매맞춤이 겹친다. 이렇게 괜찮은 우리말이 있다니. 나는 내처 훑는다.

테셀레이션은 도형을 이용해서 어떤 틈이나 겹침이 없이 평면 또는 공간을 완전히 메우는 미술 장르다. 정삼각형 정사각형 정육각형과 같이 같은 모양의 도형을 써서 공간을 가득 채우는 것을 말한다. 테셀레이션은 4를 뜻하는 그리스어 테세레스tesseres에서 유래한 용어로 정사각형을 붙여 만드는 과정에서 생겨났다.

테셀레이션이 미술 장르로 정착된 것은 20세기의 일이지만 실제로 미술, 건축 등에 적용된 것은 훨씬 오래전인 기원전 4세기부터다. 이집트 페르시아 그리스 로마 비잔틴 아라비아와 일본 중국 한국 등 동양의 각종 장식예술품에서 테셀레이션 문양이 발견된다.

이슬람의 융단 퀼트 옷 깔개 타일 아라베스크와 한국의 사각형 창살 같은 것이 대표적인 문양이다. 길거리에서 볼 수 있는 보도블록, 집안 욕실의 타일, 조각보 등도 테셀레이션을 이용한 것이다. 대표적인 건축물로는 에스파냐 그라나다에 있는 이슬람식 알함브라 궁전이 꼽힌다. 대리석타일로 장식된 아름다운 방과 아라베스크 무늬로 가득 찬 천장과 벽면이 테셀레이션으로 장식되어 있다.

1960년대부터 미국에서 교육 과정의 일부로 다루어지기 시작한 뒤 지금은 세계 각국의 초등학교에서 테셀레이션을 수학 교육에 응용하고 있다. 테셀레이션의 기본인 정삼각형 정사각형 정육각형으로 옮기기 돌리기 뒤집기를 하면서 자연스럽게 수학적 사고력과 창의력을 기를 수 있기 때문이다.

눈으로 좇는 인쇄물 위로 천장무늬를 세던 날이 다가온다. 빈방에 홀로 남아서 벽과 천장의 무늬를 좇았다. 가로나 세로로 도안을 좇노라면 눈이 어릿거렸다. 놓친 자리에서 다시 처음으로 돌아갔는데. 그러고 보니 끝까지 센 기억이 나지 않는다. 한 번쯤 제대로 헤아리긴 한 걸까. 모르는 골목을 헤매며 싫증 난 시선을 풀던 게 그 무렵이었을까.

눈앞의 청록 무늬가 휘고 돌며 때로는 직선을 그린다. 서로

품으며 빈틈없이 어울린 도안 위로 지난날의 사촌이 어리댄다. 외톨이가 된 채 밖으로만 돌던 사촌은 지금 어디서 무엇을 할까. 옛 시간이 묵은 먼지를 털며 깨어난다. 잿빛 구름에 덮였던 해가 날선 빛을 쨍 쏟는다. 퇴락한 기도처가 절정기의 한때를 설핏 드러낸다. 저문 해가 앞산에 내려앉는 시각. 흐릿하게 번진 장밋빛 노을이 청록색 타일을 물들인다. 푸른 벽이 노란 햇살을 머금는다. 흑갈색 벌판이 금빛을 띤다. 한 줄기 희망이 스친다. 옛 시절로 돌아간 아이가 빙긋 웃는다. 어슷하게 기운 해가 애틋한 감상을 부추긴다.

기운 해를 보며 지친 걸음이 머뭇거린다. 나는 조금 튀어나온 턱에다 엉덩이를 걸치고 다리를 길이대로 편다. 죄던 마음이 느긋하게 풀어진다. 마른 잎이 타일 깔린 바닥을 구른다. 녹슨 철 대문이 음울한 쇳소리를 낸다. 건물 옆구리를 받친 서넛의 콘크리트 계단에 함부로 던진 꽁초가 수북하다. 짧아진 꼬투리에 검누른 담뱃진이 잔뜩 배어 있다. 스산한 풍정을 쓸어버릴 듯 바람이 분다. 우그러진 캔이 구르며 금속성 울음을 내지른다. 찢기고 밟힌 검정 비닐이 떨어질 듯 말 듯 떠다닌다. 들에 내린 산 그림자가 주춤주춤 다가온다. 산에 반쯤 걸친 해가 빛과 그늘을 또렷이 나눈다. 고된 하루가 끝나려 한다. 내게 매달린 그림자가 길이를 더한다. 저녁 무렵이면 으레 찾아드는 감상이 퍼진다. 갑자기 서늘하다. 아이는 어디서 무엇을 할까. 몸을 눕힐 잠자리는 있을까.

붉어진 노을이 모스크를 덮는다. 사원을 휘감아 도는 도랑이 돌돌 물소리를 낸다. 귀에 익은 목소리가 바람결에 실린다.

"수연아."

된시옷에 강세를 준, 수연이라기보다 쑤연이로 들리는 발음. 낭랑한 목소리가 높이 솟는다.

소년이 개울을 첨벙거리며 뛴다. 물살을 거스르는 고기처럼 싱싱한 뜀박질이 이어진다. 얕은 수면에 물그림자가 어룽진다. 뒤를 좇는 계집애가 햇살 밴 물살을 숨차게 가른다. 힘껏 뛰어도 번 거리가 줄지 않는다. 심장이 무섭게 툭탁거린다. 제 소리에 놀란 계집애가 멈추어서 숨을 고른다. 쉬지 않는 물살이 다리를 감는다. 알른거리는 물그림자가 어지럼증을 일으킨다. 휘청거리는 게 물일까 자신일까. 겁에 질린 계집애가 두 다리를 앙버틴다.

시선을 멀리 든다. 우거진 나무 우듬지에 뭉게구름이 걸려 있다. 서늘한 물 냄새와 따뜻한 대기가 회오리를 일으킨다. 아마득한 저편을 내닫던 사촌이 풀덤불을 헤치고 있다. 계집애가 텀벙거리며 뛴다.

두 손을 검은 풀숲에 넣은 사촌이 고개를 돌리고 눈을 부릅

뜬다. 쉿! 입에 세운 검지가 접근금지를 알린다. 우거진 풀 뒤에 숨은 어처구니가 붉은 손을 벋어 계집애를 채갈 것 같다. 심장이 두근거린다. 빛을 담은 계집애 시선이 사촌 어깨너머에 멎는다.

"에이 씨!"

부르쥔 소년의 주먹이 허공을 갈긴다. 움킨 진흙과 썩은 검부러기가 날린다. 애써 뒤졌지만 얻은 게 없다. 열기를 더한 햇살이 정수리를 따갑게 데운다. 애써 품을 들였지만 서툰 손길에 잡힐 미꾸라지가 아니다. 선하품을 문 계집애가 손에 든 병을 짯짯이 살핀다. 은빛 피라미가 좁은 병 속을 빠르게 돈다. 이마저 못 잡았다면 서운했으리라. 짐짓 다독이지만 채우지 못한 바람이 아쉽게 떠돈다. 잽싸게 미끄러진 물고기가 지워지지 않는다.

보란 듯 그릇을 받쳐 든 떼거리가 우우 몰려든다. 주춤주춤 다가간 계집애가 번 틈으로 고개를 드민다. 통통한 미꾸라지가 바닥에 엎드려 있다. 날씬한 유선형의 몸이 꼼짝 않는다. 보일 듯 말 듯 작은 눈과 까딱거리는 수염이 자신을 놀리던 사촌과 닮아 있다. 능청스럽던 얼굴 대신 열망에 뜬 사촌이 우거진 풀을 도로 헤친다. 한꺼번에 머리를 드민 아이들이 서로 자리를 다툰다. 그 서슬에 그릇을 놓친다. 납작 엎드렸던 미꾸라지가 잽싸게 미끄러진다. 놓친 아이가 씩씩거리며 진흙을 훑는다. 계집애는 한 발 떨어져서 구경한다. 감쪽같이 숨어버린 물고기가 아깝다. 아니 시원하다. 쉿소리 섞인 목청이 높이 솟는다.

"기껏 잡았는데. 에이 씨."

암상궂게 훑던 녀석이 멀거니 선 계집애를 흘긴다. 주눅 든 계집애가 주춤주춤 물러선다. 수초를 뒤지던 사촌이 몸을 툭툭 털며 목청을 돋운다.

"쑤연아."

계집애가 텀벙거리며 물을 가른다. 흙탕 튄 옷이 엉망이다. 눈물을 뺄 만큼 지청구를 들을 테지만 그때뿐이다. 분을 못 이긴 엄마가 사촌과 계집애를 어두운 마당으로 내몰 것이다. 밖에 서서 손들고 있어. 고함치며 이를 악물 테지만 그쯤 대수롭지 않다. 고개를 꺾은 둘의 눈이 마주치면 거품 같은 웃음이 비어지리라. 후들거리는 팔을 버티며 들어오라는 허락이 떨어지기를 기다릴 것이다.

사촌과 마주 선 계집애가 숨을 할딱인다. 소년이 코앞에다 주먹을 흔든다. 후딱 피하려다가 휘뚝거린다. 두 팔을 젓던 계집애가 그예 고꾸라진다. 지켜보던 사촌이 남은 모래와 웃음을 차지게 날린다. 웃음소리가 짜랑짜랑 솟는다. 볼을 발갛게 물들인 계집애가 젖은 옷을 손으로 쓴다. 감탕을 뒤발한 소년이 냇가를 훑는다. 흰 배를 드러낸 피라미가 위로 뜬다. 병 속 희박한 산소에 시달렸으리라. 계집애 손에서 병을 낚아챈 소년이 그것을 거꾸로 든다. 쿨럭쿨럭 미어지는 물이 비척지근한 비린내를 풍긴다. 계집애가 돌려받은 빈 병을 흔들며 걷는다. 녀석을 도로 잡았으면. 잽싸게 손을 빠져나간 감촉이 남아 있다. 누리치근한 악취가 맴돈다. 건구역질이 인다. 가시지 않는 냄새가 욕지기를 부른다.

잠깐 다가온 시절이 온 것처럼 스러진다. 맑게 솟던 웃음소리가 귀 울음을 운다. 앞산에 걸린 해가 남은 빛을 흩뿌린다. 가을걷이를 마친 들이 금빛을 띤다. 빛과 그늘이 또렷이 갈라진다. 넓은 들이 고즈넉하다. 검은 실루엣으로 바뀐 자전거가 장밋빛 해넘이를 받으며 달려온다. 둥근 바퀴가 좁은 둑을 날씬하게 탄다. 구르는 바퀴살이 은빛을 튕긴다. 페달을 밟는 그림자 위로 노란 볕이 후광처럼 어린다. 옷자락을 날리며 다가오는 사내는 액자 속 그림이 된다. 나는 눈가를 좁히며 지켜본다. 윤곽을 가릴 만큼 가깝다. 음침하던 호텔 주인이 활짝 웃으며 손을 젓는다.

그와 마주치는 건 그날의 숙박비를 치를 때뿐이었다. 내가 준 달러를 앞뒤로 살피고 흘끔거리더니. 조금 떨어진 귀퉁이를 가리킨 그가 도로 내밀었다. 거스름으로 받았을 뿐 내가 찢은

게 아니었다. 어쩌라고? 나는 야박스런 인심을 새기며 성한 지폐를 뒤져서 건넸다. 없는 흠이라도 찾을 듯 앞뒤로 살핀 그가 쓸고 편 지폐를 안주머니 깊이 넣었다. 흘기듯 흘끔거리는 건 그의 버릇인가. 내가 외국 여자여서인가. 그나 나나 짧은 영어로 필요한 말을 주고받는 터였다. 제대로 알아들었는지, 연상과 추측으로 메운 빈칸이 꺼림칙하기는 했다. 깊은 밤 후미진 뒤꼍을 발끝으로 걸을 것 같은 인상이어서 볼 때마다 미심쩍었다. 사위를 살핀 사내가 쥐도 새도 모르게 항아리에 돈을 감추는 모습이 지워지지 않았다. 보면서 닮는다던가. 서로 못 믿기는 그와 내가 한가지였다.

잇속만 챙기던 사내를 여기서 보니 다르다. 너른 들판을 활달하게 달리는 모습이 생기를 부린다. 어디서 어떻게 보느냐에 따라서 시각이 달라진다.

으레 호텔에 머물리라 여긴 그를 여기서 보다니. 뜻밖이다. 대머리에다 왕소금처럼 짠, 볼품없는 얼굴이 활짝 개어 있다. 금빛노을이 야멸친 표정을 덮는다. 넉넉한 웃음을 문 그가 높이 든 손을 젓는다. 매끄럽게 구르는 자전거에 대고 나도 함께 손사래 친다. 뉘엿거리는 햇살에 든 실루엣이 허접한 인상을 지울 만큼 매력적이다. 자전거를 타고 가야 할 만큼 그의 집이 멀까. 기다리던 가족이 일을 마친 가장을 반갑게 맞으리라.

저녁밥 짓는 연기가 노을에 섞인다. 길 끝에 닿은 그림자가 곧 사라진다. 시가지로 미어지던 원주민이 제집으로 돌아가는 시각. 드문드문 비친 그림자가 적적한 들을 가른다. 산머리에 아슬아슬하게 걸린 해가 지친 듯 떨어진다.

나는 서두르지 않고 일어나서 엉덩이를 턴다. 바삐 걷는 원주민이 휘적거리는 나그네와 엇갈린다. 얼마 가지 않아서 시가지에 닿는다. 몰린 인파와 달리는 자전거, 나귀와 자동차까지 섞여서 시끄럽던 거리가 씻은 듯 조용하다. 아침에 꾸역꾸역 밀려들던 사람들이 저녁이면 썰물처럼 빠져나가는군.

마을과 떨어진 곳에 이런 거리를 따로 만든 까닭이 있었을까. 검증 못 할 추측을 잇는다. 바미안 대불 폭파를 알리는 뉴스가 전파를 타고 온 세계로 퍼졌다. 발 빠른 기자와 불교와 이어진 이들이 불에 덴 것처럼 몰려들었으리라. 숙박시설과 가게가 턱없이 모자랐겠지. 서둘러 지은 상가거리에 원주민만 바글거린다. 푸르르 끓어오른 관심이 오래갈 리 없다.

유에스 아미라고 새긴 지프가 거리 한복판에 멈춘다. 나는 멈추어 서서 차에서 내린 무장한 미군병사를 지켜본다. 앳된 서양 얼굴이 고개를 좌우로 돌려 훑는다. 써늘한 날씨쯤 아랑곳 않는 젊은 군인이 노란 머리칼 아래 그늘 없이 흰 얼굴을 든다. 얼룩덜룩한 반팔 티셔츠 밑에 탄탄한 근육이 드러난다. 불끈 힘준 팔뚝이 만화 속 뽀빠이를 닮아 있다. 짧은 머리로 총을 받쳐 든 병사가 서너 걸음 오간다. 흘깃거리며 마주 오던 원주민이 딴 길로 에두른다. 행인은 물론 집과 거리까지 주눅 든 듯 고요하다. 창백한 안색 뒤에 표정을 감춘 이국 청년은 어디를 살피기는 한 건가. 공연히 그래 본 건가.

호텔을 알리는 허술한 페인트 간판이 나타난다. 피곤한 몸을 눕힐 방을 떠올리며 나는 긴 숨을 뿜는다. 오늘 하루가 저물어간다. 비행기에 올라 여기 오기까지. 그리 멀지 않은 그때가 옛일처럼 아득하다.

13

테헤란에서 카불로 가는 아
프가니스탄 국적기 앞에 섰던 나를 돌아본다. 낡은 비행기와
마주 서니 된 숨이 새었다. 실내가 더 지독했다. 찌든 냄새에다
걸을 때마다 삐걱대는 바닥까지. 거슬리는 소음과 퀴퀴한 악취
를 누르며 자리를 찾았다. 빈자리가 많았지만 굳이 정한 자리
여하 하는. 불편을 불러들이는 버릇이 때마다 불거진다.

앞줄을 통째 떼어낸 곳에 내 자리가 있었다. 어디보다 넓은
자리에 서서 배낭을 짐 선반에 올렸다. 기다란 플라스틱이 발
에 채였다. 나는 거치적거리는 그것을 통로로 밀고 자리에 앉
았다. 억실억실 수염을 기른 남자승무원들이 씩씩하게 기내를
오갔다. 여자 대신 일하는 남자를 선 눈으로 좇았다. 가운데 줄

에 일행으로 보이는 사람 너덧이 왁작 소리를 높였다. 듬성듬
성 떨어져 앉은 대여섯은 조용했다. 창밖에 눈을 둔 중년 부인
이 옆자리에 있었다.

동양인이잖아. 수가 반색했다. 나는 고개를 갸웃했다. 동양
인이라기엔 얼굴선이 뚜렷했다. 부인과 눈인사를 건넨 뒤 안전
띠를 맸다. 고리 걸리는 소리가 야무졌다. 제대로 된 물건이라
고는 좌석벨트뿐이었다. 행여 사고가 나면 의자와 함께 튕기는
그림이 어른댔다. 영화를 많이 본 탓이리라. 오가던 남자 승무
원이 앞에 멈췄다. 내가 발로 민 플라스틱을 주워든 그가 쪼그
렸다. 플라스틱을 벽에 이리저리 맞추는 모습을 지켜보았다.
제대로 맞지 않는지 한동안 애쓰던 그가 자리를 떠났다. 동그
랗게 드러났던 알전구가 덮여 있었다. 나는 실내등덮개를 보며
쓴웃음을 물었다. 모르고 밟았으면 무안했으리라.

"일본사람?"

나를 돌아본 부인이 가볍게 물었다.

"코리아야."

나는 짧게 대꾸했다. 부인이 고개를 끄덕였다. 어디서나 같
은 순서로 말이 이어지는군. 달리 할 일이 없었다. 눈 둘 데 없
는 비행기 안이었다. 나는 다리를 길이대로 벋고 창에 담긴 바
깥을 내다보았다. 짱짱한 볕이 계류장에 쏟아졌다. 콘크리트

에 부딪친 햇살이 산란하게 튀었다. 부인을 거치는 시선이 껄끄럽기는 했다. 부인이 팔걸이에 든 간이탁자를 뽑았다. 자신의 카드를 꺼낸 여인이 손을 놀렸다. 콘크리트에 쏟아진 흰 볕뿐 움직이는 아무것도 없었다. 나는 등받이에 기대어 눈을 감았다.

"익스 큐즈 미."

나는 눈을 떴다. 앞에 손부채 모양으로 카드가 펼쳐 있었다.

"한 장 뽑아."

어수룩한 시선을 내리고 말 대로 했다.

"세 장 더."

나는 다시 손을 놀렸다. 내가 건넨 카드가 간이탁자에 나란히 등을 보이며 누웠다. 옆자리의 연푸른 파스텔 톤 투피스와 머플러가 잔바람을 일으켰다. 하늘거리는 부드러운 천이 창고 같은 기내에 잘못 끼어 든 것 같았다. 내가 걸친 진갈색 톤의 바지와 재킷이 그 비례로 투박했다. 부인이 카드를 뒤집었다. 사람과 풍경을 그린 그림이 앞에 있었다.

붉고 검은 그림이 야릇한 음기를 쏘았다. 쓰러진 여자를 발로 누른 남자가 긴 창을 치켰다. 창날이 번뜩였다. 공포에 질린 여자 눈과 외마디 비명을 지르는 입, 옆에 놓인 핏빛 꽃이 귀기를 뿜었다. 무표정하게 바라보던 부인이 그림을 읽어 내렸다.

"마음의 상처가 깊어. 혼자의 두려움을 아는 이가 없어. 헤어날 길 또한 보이지 않아."

점쟁이일까? 나는 카드에 눈을 두고 머리를 굴렸다. 궁금증을 풀 영어실력이 못 되었다. 무엇을 어찌 물어야 할지. 떠오르는 단어조차 없었다. 어렵지 않은 내용이 또박또박 이어졌다.

"아픔을 견딜 뿐 상황이 풀린다는 보장이나 건너뛸 배짱이 없어."

영어가 우리말처럼 들리다니. 신기했다. 아니 수상쩍었다. 예측 못 할 날이 부옇게 어렸다. 익숙한 목소리가 날아들었다.

"수연아."

수에 강세가 붙은, 수라기보다 쑤로 들리는 음성. 계집애가 따끈한 방바닥에 배를 깔고 숙제를 한다. 기척 없이 다가온 사촌이 공책을 낚아챈다. 안 돼. 돌려줘. 키를 세운 사촌이 노획물을 치킨다. 어디 뺏어 봐. 여기, 아니, 여기. 키는 물론 팔 길이까지 긴 사촌이 공책을 놀리듯 젓는다. 안달하며 매달리는 누이가 우월한 기쁨을 부추긴다. 뺏으려는 손과 뺏기지 않으려는 다툼이 열기를 더한다.

헛손질을 잇던 계집애가 엉덩방아를 찧는다. 째리는 계집애를 보며 사촌은 아무렇지 않다. 수염을 능글맞게 까딱거리는 미꾸라지를 닮았다. 싱거워진 사촌이 공책을 돌려준다. 삐친 계집애가 쓰던 곳을 펼친다. 눈물이 질금거린다. 소리 내어 울거나 시끄럽게 떠들 수 없다. 사촌을 꾸짖을 어른이 우르르 달려올 테니. 손등으로 눈물을 훔친 계집애가 도로 고개를 박는다. 옹그린 소가지가 풀리지 않는다. 멋쩍어진 사촌이 슬그머니 돌아선다. 풀기 빠진 뒷덜미가 추레하다. 유년의 기억은 수정을 마다한다. 흘기는 대신 보살핀 손길이 있었다면 사촌이 달라졌을까. 발 없는 운은 왜 그를 비켜가기만 할까.

그새 비행기가 이륙한 모양이었다. 우렁찬 소음이 귀를 울렸다. 이불솜 같은 구름 위에 눈 시린 코발트빛이 펼쳐졌다. 발 디딜 데 없는 허방에 선 사촌. 속수무책으로 땅에 떨어진 갓난아이가 기댈 데 없는 날을 어찌 견뎠을까.

나무그늘 아래 꾸민 소꿉놀이터가 펼쳐 있다. 두 아이가 돗자리 위에 나란히 누워 있다. 오순도순 어울리던 날. 나무에 매달린 핏빛 꽃이 축포처럼 터지고. 티 없이 환하던 날이 잠깐 꾼 꿈인 듯 스러진다. 철모르는 아이 둘이 지뢰밭에 남아 있다. 재앙 같은 뒷날이 줄줄이 딸려왔다. 행여 구경하는 누가 있었을까. 부인이 말을 이었다.

"곧 죽을 것 같은 지독한 슬픔이지만 시간이 가면 옅어져. 영원히 이어지는 건 없어. 모든 게 지나가게 마련이야. 지켜보는 신이 각자 치를만한 시련을 준다니까. 높은 산과 깊은 골짜기가 짝이듯 기쁨과 슬픔이 하나야. 우리의 착각이 부분을 전체로 받아들여."

갸웃이 흰 얼굴이 내게 기울었다. 곧은 콧날과 알맞게 도톰한 입매를 보며 나는 고개를 끄덕였다. 행불행이 자매처럼 붙어 다닌다는데. 양날의 칼이 그렇듯 사물이 지닌 두 얼굴을 살펴야 할 것이다. 아이가 준 기쁨과 뒤에 남긴 괴로움이 짝이라니. 나는 눈을 깔았다. 무심코 기대었던 값을 치른다. 아린 상처가 덜한 것도 같았다. 이거다 할 푯대 하나 없이 흘러내렸다. 부분이 아닌 전체를 보려면 어떻게 얼마나 떨어져야 할까. 제대로 보게 된다면 나를 넘어설 수 있을까. 내 잣대를 거두고 있는 그대로 볼 수 있을까.

"모를 구덩이에 빠지기도 해. 그때가 냉정하게 자신을 돌아볼 기회야. 주변을 트집 잡고 화를 내면 알맹이를 놓치게 돼. 우리를 휘젓는 원망과 바람을 덜면 벗어날 수 있어. 시선을 바꾸면 길이 열려."

습기 밴 바람 한줄기가 스친 듯했다. 시퍼런 하늘이 시원하게 펼쳐 있었다. 어지럽게 날던 검부러기와 난마처럼 얽힌 말이 스러졌다. 고통, 정화, 순전. 딱히 모를 낱말이 떠돌았다. 제대로 들은 걸까? 아득한 데서 나를 부르는 소리가 들렸다.

"수연아."

쑤연이처럼 들리는 발음. 나는 입가를 조금 끌었다. 책가방에 든 만화책을 꺼내며 사촌이 한쪽 눈을 찡긋했다. 둘만 아는 기쁨이 파편처럼 날렸다. 쇠침 같은 볕이 빈 뜰을 희게 데우는 한낮. 우물가에 핀 석류꽃이 화인처럼 붉었다.

나부터 봤으면. 안달하는 내 앞에서 사촌이 의기양양하게 돌아앉았다. 그가 책을 좋아했는지 애단 누이 앞에서 뻐기는 재미가 있었는지 알지 못한다. 의자에 비스듬히 기댄 사촌이 다리를 길게 벋고 느긋하게 책을 폈다. 나는 숨죽이며 어깨너머로 훔쳐보았다. 목덜미에 더운 김을 쏟으면 안 되었다. 후딱 돌아본 사촌이 지청구를 날릴 테니. 아득한 글 세상이 펼쳐졌다. 입김이 닿았을까. 고개를 튼 그가 소리쳤다.

"이게! 다 읽으면 봐. 저기 가서 기다려!"

눈을 부릅뜬 그가 탁 소리 나게 책을 덮었다. 나는 머쓱해서 물러섰다. 내가 아는 그는 상상으로 그린 그림인가. 실제 그대로인가.

엷은 옷자락이 잔바람을 일으켰다. 날던 사념이 걷혔다. 나는 갈색 눈동자에 비친 얼굴을 또렷이 마주 보았다. 타인의 눈에 담긴 내 모습이 우스꽝스러웠다. 동공에 비친 여자가 나를 쏘았다. 나는 슬그머니 고개를 돌렸다. 근거 없는 타로의 암시를 붙잡았다니. 바람 뒤에 실망이 찾아들 것이었다. 가뜩이나 갈팡질팡하던 참에 더 얽히면 안 되었다. 부인이 말을 이었다.

"눈앞의 일에 급급하다가 다 늦게, 죽음이 가까워져야 자신을 돌아보아. 세수하듯 날마다 씻어서 큰 후회를 덜어야 해. 주변의 사물과 내 자아가 균형을 이루면 제대로 보여."

나는 부끄러웠다. 자랑할 무엇 하나 없이 여기까지 왔다. 잇새에 으깨진 석류알갱이보다 더 신 기억이 올라왔다. 아문 생채기가 진물을 흘렸다. 깊이 모를 눈길이 남루한 나를 굽어보았다.

"임신과 출산을 겪으면서 여자는 어머니가 돼. 안에서 자라는 또 다른 생명이 모성을 깨워. 태아를 지킬 힘이 보태어져."

나는 된 숨을 쏟았다. 내 것이면서 나 아닌 아이가 빛을 쏘았다. 나도 모를 곳간이 내게 있다니. 깊이 둥지 튼 소중한 목숨. 아이는 어떤 얼굴일까. 낯설면서 익숙한, 둘이면서 하나인. 보이지 않는 존재를 그리며 설레고 두려웠다. 날마다 자라는 태아가 무게를 보탰다.

아이는 갖출 것을 다 갖추고 나올까. 행여 손가락 발가락이 모자라거나 남으면 어쩌지? 꼭 다섯 개여야 하는 기준을 벗어난다면? 그러면 안 되지만 알 수 없는 일이었다. 하는 수 없지. 내 잘못으로 그리되었다면 받아들여야겠지. 불안과 체념이 엇갈렸다. 마침내 아이가 빛 속으로 나왔다. 또록또록 새긴 다섯 개의 손톱과 발톱을 보며 안팎이 부셨다.

알 수 없는 소망이 자라는 아이를 앞질렀다. 내 안에 품었던 아이를 온전히 지키리라. 지키기 위해서 강해야 하는. 모를 힘이 차올랐다. 새순 같은 눈망울이 또랑또랑 나를 올려다봤다. 한 톨 의심 없이 맡긴 온전한 의탁. 서로 기댄 날이 잠깐 꾼 꿈처럼 지나갔다. 방심한 순간 아이가 으르렁대었다. 무섭게 배척하는 아이를 보며 내 속의 창과 방패가 모진 파열음을 냈다. 치고받는 모순에 나는 만신창이가 됐다.

딴 데로 간 물길이야. 받아들여. 공연히 애태우지 마. 수가 차갑게 뱉었다. 맥 놓고 바라보라고? 어떻게? 나는 무기력하게 뇌었다. 불안이 뭉텅뭉텅 자랐다.

부인이 말을 이었다. 혼자의 사념이 사라졌다.

"아이는 하나의 우주며 온전한 세계인 자궁을 떠난다는 생각조차 못 해. 때가 차서 밀려 나올 뿐이지. 좁고 어두운 산도를 빠져나오면서 죽음과 견줄 아픔을 겪어."

죽을 것 같은 과정을 거쳐서 열린 곳으로 나온다고? 돕는 손길이 떠돌았다. 줄탁동시. 생각 못 한 말이 튀어들었다. 알에든 병아리가 여린 주둥이로 속껍질을 쫀다. 지켜보던 어미닭이 마주 구멍을 낸다. 까닭을 알든 모르든 그렇게 된다는 말이었다. 조류보다 더 지독하게 겪어야 할 것이다. 바라지 않던 고통이 몸과 마음을 키운다니까. 떨치지 못한 기억 탓에 지레 자지러지던 날이 떠돌았다. 나는 태아처럼 웅크렸다. 혼자 애한 일을 겪는다고 펄펄 뛰었다. 다른 사람은 앙큼하게 숨기고 잘만 살던데. 나만큼은 한 눈금도 거저 넘어가지 않는다. 숨긴 흠집까지 들춘다. 삭지 않은 울과 화가 나를 파들었다.

때가 되어야 바깥으로 나간다니. 꼭 그때인 까닭이 있으리라. 넓은 땅을 디딜 걸음이 어려웠다. 한 줄기 빛이 스쳤다. 불화하던 스스로를 넘어섰으면.

엉킨 말이 제풀에 아귀를 맞추었다. 매듭이 풀리려는 걸까. 이 말을 들으려고 여기 온 것도 같았다. 또 다른 시선이 쏘아보았다. 나는 고개를 저었다. 혼자 착각하고 또 다른 구덩이로 뛰어드는 건 아닐까. 망상으로 빚은 허깨비를 보며 지어낸 내용일 수 있었다. 도로 뒤죽박죽이었다. 부인이 남은 카드를 뒤집었다.

잘 생긴 갈색 말의 입 코 귀에 세 마리 쥐가 붙어 있었다. 몸집 큰 짐승이 먼 데 눈을 두었다. 쓸쓸하게 비친 건 나를 투사한 탓이리라.

"사물 뒤에 든, 알맹이를 볼 수 있는 안력이 있어야 해. 진실은 깊은 데 있어."

보이는 너머를 보라고? 곬을 판 사념이 흘렀다.

"거품과 찌끼를 걷고 쌓인 쓰레기를 걷어내. 잡동사니에 가리면 분별할 수 없어."

허깨비 같은 망념이 어지럽게 날았다. 나는 입술을 물었다. 목 안이 깔깔했다. 미열이 오르는 걸까. 걸핏하면 부어오르는 편도염이 도진 모양이었다. 어둠인지 안개인지 모를 검은 그림자가 날개를 퍼덕였다. 일어나지 말아야 할, 잊고 싶은 그때가 연막을 쳤다. 함께 기대다가 느닷없이 몸을 뺀 아이가 나를 째렸다. 나는 눈을 부릅떴다. 왜 하필 이런 일이 내게 생겼는지. 뿌리를 흔드는 이 혼란이 가시기는 할지. 왜 무엇 때문에 어디서부터 잘못되었지? 수가 소곤거렸다. 지금을 견뎌. 때를 기다리는 게 지혜라잖아. 흐릿한 빛이 어둠을 갈랐다. 모든 일에 기한이 있고 때가 있다니. 흐린 시력 탓에 그릇 보았다.

"가시거리가 짧은 탓에 헛것에 홀려. 겉만 번드레한 허섭스레기를 진짜인 줄 착각하지. 우리는 순수한 빛에 다가갈 수 없도록 만들어졌어. 그러니 반사된 그림자를 실제라고 오해해."

감춘 뜻을 알아채려면 언제가 되어야 할까. 프로크루투스의 침대에 맞추어 대상을 자르거나 늘이는 못난이 괴물이 다가왔다. 나는 눈을 키우고 살폈다. 나였다.

"나름으로 보는 시각이 다르고 받아들이는 방법 또한 각각이야."

나는 고개를 끄덕였다. 익숙한 목소리가 바람에 실려 왔다.

"수연아."

된시옷 쑤로 발음하는 목소리. 귀가 울렸다. 졸가리를 잡던 내용이 신기루처럼 흩어졌다. 갈피를 잡으려다가도 사촌이 끼면 도로 얽히는. 사촌은 왜 나를 놓지 않을까. 이 중요한 때에. 나는 도리질했다.

웃음 띤 부인의 얼굴이 앞에 있었다. 진공의 병 속에 둘만 남은 듯 사위가 횅했다. 귓속이 톱밥을 채운 것처럼 빽빽했다. 나는 힘주어 침을 삼켰다. 톱밥이 흩어졌다. 묵직한 내용이 가볍게 스몄다.

"타성에 젖었던 자아가 위기를 만나면 본성을 드러내. 어쩌지 못할 한계상황에 부딪치면 애착에 말려서 허우적거린 나를 알아채게 돼. 지금은 생명까지 늘일 수 있는 때야. 신이 맡았던 일을 돈이 대신해. 엄청난 힘을 가진 자본이라도 시간을 어쩌지 못해. 골고루 받은 시간을 어찌 쓸지 하기 나름이야."

나는 듣고만 있었다. 힘을 다해 살라는 말일 것이다. 새롭게 날아든 내용이 나를 압도했다. 귓속에서 매미 떼가 일시에 울었다. 빛나는 태양 아래서 일곱 날을 살려고 흙탕물 속에서 칠 년을 견딘다는 벌레. 한꺼번에 쏟아낸 우렁찬 울음이 귀를 채웠다. 혼신을 다한 벌레의 함성이 파도처럼 밀려왔다. 곧추선

물살이 모래를 쓸었다.

"어려움에 부딪쳤을 때 자살로 도망치지. 목숨은 주어진 시간을 끝까지 마치도록 세팅되어 있어. 우리는 차례로 밀려오는 파도를 넘어설 운명을 받아 나왔어. 치욕과 굴종을 뛰어넘어서 끝까지 가야 해. 알맞게 거리를 떼어서 질서를 따라. 그게 길이야."

시간과 거리를 떼라고? 나는 지난 시간에 잡혀 있었다. 죽고 사는 것을 스스로 결정하려 했다. 그런데⋯⋯! 죽겠다고 이를 물었지만 외려 도망쳤다. 얼마쯤 밀어둘 뿐이야. 변명하면서 바늘 끝 같은 빛을 좇았다. 죽을 만큼 힘들다는 엄살이었으리라. 주어진 날을 한 걸음씩 밟아야 한다. 칠 년을 물속에 엎드린 애벌레처럼. 시간이 가면 날개가 돋는다니까.

나와 이어진 이들이 지나갔다. 아이와 사촌과 나를 스쳐 간 숱한 사람, 옆자리의 부인까지. 내가 없으면 다툼과 아픔, 얽힌 매듭이 사라질 것이었다. 나는 외려 악착스럽게 그러잡았다. 누구보다 가까운 아이는 내 시간이고 언어이며 목숨이었다. 지난 시간을 벗어나서 알맞게 거리를 뗄 수 있을까. 혼자의 힘으로 서게 될까. 긴 잠을 깬 것처럼 눈앞이 밝았다. 걸리지 않고 알아듣다니. 나는 곁가지에 매달렸다.

알아들었다지만 또렷이 짚이는 내용 또한 없었다. 모를 말에 고개를 끄덕이는 모습이 우스개처럼 비쳤다. 웃으려 했지만 뻣뻣한 살갗이 움직이지 않았다. 어둠 속으로 날아든 갈가마귀가 날개를 퍼덕였다. 얽힌 숙제가 풀린 걸까. 도로 꼬인 걸까. 제대로 듣기는 했는지. 그런 줄 착각한 건지. 나는 눈을 깜박였다. 어른대던 그림자가 스러졌다.

부인이 손으로 짚은 갈색 말을 물끄러미 바라봤다. 생각을 모으는 우련한 눈길로.

"보는 대로 갈아대는 약빠른 쥐와 듬직한 말이 만났어. 물색없이 파고드는 쥐를 떨치려 하지만 그럴수록 달라붙어. 같은 자리에서 서로 배척하지. 잘잘못을 가리려 들면 더 꼬여. 서로 다른 속성을 인정하는 게 해법이야."

물리칠 수 없으면 받아들이라고 부인이 되풀이 말했다. 행복할 권리가 있다는 말이 쉽게 떠도는 세상인데? 괴롭히는 상대를 그냥 두라니. 받아들이고 싶지 않은 사실이었다. 나는 고개를 끄덕였다. 예전의 나는 필연이라는 단어에 코웃음 쳤다. 흩어진 언어가 날실과 씨실로 엮였다. 지난 걸음이 흐릿한 무늬를 빚었다. 그리다 만 작품을 마무르자면 이때 꼭 여기인 필연을 인정해야 하리라. 이 걸음이 억지로든 모르고든 영혼을 찾아가는 길이라잖은가. 말과 쥐 모두 주어진 몫을 할 뿐이라니. 그럴 수밖에 없어. 나는 주문처럼 뇌었다. 속이 들썽거렸다. 수가 걱정스럽게 지켜보았다. 마음을 가라앉혀. 안 수연. 고칠 수 없으면 익숙해지라잖아. 나는 마지못해 주억였다. 여럿 박힌 가시를 하나로 모은 듯 홀가분했다. 해낼 수 있어. 끝까지 견뎌. 수가 응원했다. 모를 힘이 일었다. 누구에게 기대지 않고 스스로를 넘어설 것이다. 얼마 전만 해도 나는 탈진상태였다. 시나브로 쌓인 부패한 말이 맹독을 뿜었다. 누구는 힘을 빼라고 했다. 어떻게? 그리고 보니 모두가 적이었다. 나 또한 나와 맞섰다. 행여 내미는 손길을 찾아 버둥거리는 모습을 속수무책으로 지켜보았다. 막다른 끝이었고 온통 아슬아슬했다. 이제 벗어난 걸까? 나는 가슴을 폈다. 모를 세상이 희뜩 열린 것도 같았다.

영어가 우리말처럼 들리다니. 안팎이 가뿐했다. 한 걸음 나간 것 같기도 했다. 부인의 말이 망치처럼 울렸다.

"신이 맡은 일을 사람이 끼어들어서 옳으니 그르니 싸워. 주어진 날을 힘껏, 끝까지 마치라는 게 하늘의 뜻이야. 우리는 타고난 그릇과 가는 길이 다르게 만들어졌어."

여기가 어디인지. 아침인지 저녁인지. 머릿속이 희게 휘발되었다. 사물이 아지랑이처럼 흐늘거렸다. 안 수연. 정신 차려. 수가 속삭였다. 나는 숨을 깊이 마셨다. 흐리던 시야가 개었다. 부인이 펼친 카드를 느릿느릿 모았다. 알맞게 손때 묻은 카드가 커다란 가방으로 들어갔다.

14

"아프가니스탄에 가는 게 처음?"

부인이 물었다. 형편없는 어휘실력이 켕겼다. 나는 끄덕이기만 했다. 유연하게 잇지 못하는 자신이 불편했다.

"재미있는 나라야."

얘기가 딴 길로 흐르고 있었다. 가없이 펼쳐진 황무지가 창에 비쳤다. 나는 고개를 빼어 굽어보았다. 속살을 드러낸 골짜기와 울뚝불뚝 솟은 산자락이 아래에 있었다. 곧 착륙할 모양이었다. 나무 한 그루 보이지 않는 산등성이에 청회색 연무가 흐릿하게 감돌았다. 황갈색 밋밋한 능선을 뱀처럼 감은 청록색 띠는 강이겠지. 지렁이처럼 구불거리는 금이 헐벗은 산자락을 감았다.

"아프가니스탄에 자주 가세요?"

김빠진 말을 건네면서 객쩍었다.

"이번이 두 번째야. 봉사단체에서 엔지오로 일하고 있어. 식량을 나눠주고 어떤 도움을 줄지 살피고 있어."

같은 일을 하잖아. 수가 반색했다. 하찮은 일치에 흥분하다니. 미처 낯을 익히지 못한 팀원들이 먼 그림처럼 어렸다. 같은 일이라고 해서 내용이 같은 건 아니었다. 나는 다만 숨 막히는 자리를 벗어나려 했다. 카드 점을 읽던 부인과 지금이 달리 보였다. 부인이 말을 이었다.

"아프간공항에서 이란으로 갈 때였어. 짐칸으로 화물을 옮기는 인부를 구경하면서 비행기 문이 열리기를 기다렸어. 자기 짐이 있는지 살펴보라는 얘기가 있었어."

나는 주억이기만 했다.

"컨베이어 벨트가 아닌 손으로 짐을 나르는 모습이 미심쩍었어. 내 가방을 찾고서야 안심했지. 비행기에 오르라는 손짓에 따라 트랩을 밟았어. 안내 방송조차 없어. 티켓을 받으면서 9시 출발이라고 들었는데 비행기가 계류장으로 굴러온 게 10시야. 좌석에 앉았을 때가 11시였고. 비행기가 뜨는 게 신통한 나라긴 해."

얘기가 귓가로 흘렀다. 나는 등받이에 기댄 채 밖을 내다보았다. 다시 구름 속이었다. 아득한 허공에 떠 있는 스스로가 비현실을 그렸다. 옅은 구름 사이로 흐릿한 산자락과 틈바구니에 낀 골짜기가 비쳤다. 땅을 디딘 사람들은 여전히 바쁘게 오갈 것이었다. 쉴 새 없이 만든 물건과 그것을 좇는 걸음이 어렸다. 환상을 그린 전광판이 번쩍일 것이다. 욕망을 부추기는 문구에 꿈까지 끼워 넣는다. 그에 따른 물건이 쉴 새 없이 쏟아진다. 하루를 사는 게 물건을 사들이는 일로 바뀌었다. 구매할 돈을 얻으려고 일해야 하고. 쳇바퀴를 따라 도는 다람쥐처럼 돌아볼 새 없이 종종걸음치던 날이 어렸다.

"기다린 끝에 뜬 비행기가 초록이 듬성듬성 낀 도시 위를 빙빙 돌아. 황갈색 돋을새김 된 땅이 한눈에 잡혀. 승객을 배려하는 모양이지. 느긋하게 내려다보았어. 이십 분쯤 맴돌던 비행기가 도로 돌아가. 승객들이 웅성거리지만 그에 따른 설명이 없어. 랜딩 바퀴가 땅을 거칠게 치더니 멈춰. 의아한 승객이 창으로 몰려. 기름때 낀 군청색 유니폼을 입은 청년들이 뛰어오고 기내 승무원들이 트랩을 내려가. 알려주는 이가 없으니 무슨 일이 벌어졌는지 몰라. 꼭 비행기를 타야 할 사람이 이제야 온 모양이지? 누군가 우스갯소리를 던지데."

잔잔한 음성이 나른한 졸음을 불렀다. 미열 탓에 얼굴이 달왔다. 귀울음이 웅웅대었다.

"쑤연아."

아득히 먼 데서 부르는 소리가 들렸다. 희디흰 사촌의 얼굴이 떠다녔다. 나는 고개를 저었다. 눈시울 안에 번진 빛이 흔들렸다. 어른거리던 점이 하나로 모아지더니 이윽고 스러졌다.

부인의 말이 그치지 않았다. 그녀는 한동안 기내에 앉아 있었다고. 한참 뒤에 다른 비행기가 왔다. 글자도 로고도 없이 그냥 희기만 한 기체로 옮겨 탔다. 스무 명 남짓일 승객들이 승무원의 손짓을 따라 말없이 움직였다.

"눈에 보이는 시설도 시스템도 엉망인 곳이야. 갈아탈 비행기가 와서 다행이었지."

대형사고로 이어졌을, 지나간 위험을 대수롭지 않게 말하는 부인이 달리 보였다. 나는 곰곰이 생각했다. 알면 고생이고 모르면 괜찮다고 말하는 건가. 섣부른 추측으로 우왕좌왕하지 말라는 건가. 코앞에 매달린 희망을 좇아 숨차게 뛰던 날이 떠돌았다. 생각하고 느끼는 만큼 보고 들을 테니 깨어 있으라는 건가. 모르고 지나가면 상관없다는 말인가. 조곤조곤 건넨 말을 순순히 알아듣고 있다. 쉬운 영어만 썼을까. 나도 모르게 귀가 열린 걸까. 아련한 상상이 몰려왔다. 박하향이 퍼진 듯 화했다.

두 시간 남짓 뒤에 카불공항에 내렸다. 손가방을 든 부인이 먼저 트랩을 내려갔다. 붉은 노을에 담가진 푸른 머플러가 바람에 날렸다. 나는 돌아보지 않는 부인을 지켜보았다. 넓은 하늘을 배경으로 걷는 그녀가 바다에 잠긴 것처럼 보였다. 나는 햇발에 단 콘크리트계류장을 걸어서 우리네 버스 정류장 같은 건물로 들어섰다. 초라하고 스산한 그곳을 서성였다. 짐을 찾으려면 얼마나 기다려야 할까. 부인이 부연 때가 얼룩진 유리문을 밀고 밖으로 나갔다. 유리 너머 택시를 잡는 모습이 영화처럼 어렸다. 부인을 태운, 미니어처 같은 차가 곧은 길 끝에서 지운 것처럼 사라졌다. 제복을 입은 직원이 하물 찾는 곳을 가리켰다. 나는 서둘러 그쪽으로 갔다.

15

　　　　　　　　호텔은 허름했다. 나는 어둑
신한 방으로 들어서자마자 벽에 붙은 전기 스위치부터 올렸다.
짐을 들고 따라온 총각이 손사래 쳤다. 불은 켜지지 않았다. 이
름이 호텔이지 우리네 여인숙정도였다. 제대로 된 숙소가 여기
어딘가 있기는 할까. 전기가 시간제로 들어온다는 건 저녁이
되어서야 알았다. 어둠이 밀려들고도 한참 뒤에 불이 켜졌다.
검은 실내가 딴 세상처럼 환했다. 상대적으로 밝았다뿐이지 눈
에 익자 흐릿한 본색을 드러내긴 했다. 낯선 기계음이 새어들
었다. 땅을 울리는, 윙윙대는 소음이 그치지 않았다. 나는 묵직
한 나무문에다 귀를 대었다. 꺼림칙한 연상이 가시지 않았다.
부엌으로 물을 얻으러 가면서 모퉁이에 놓인 발전기를 보았다.

소리의 근원지를 알아채고야 마음이 놓였다.

　책을 읽지 못할 만큼의 조도여서 나는 서성이기만 했다. 두 시간쯤 울리던 기계음이 뚝 그치더니 불이 나갔다. 나는 암전된 어둠 속에 조형물처럼 서 있었다. 바늘 떨어지는 소리가 들릴 만큼 고요했다. 낡은 카펫을 밟는 내 발자국 소리가 또렷이 들렸다. 나는 손으로 더듬어서 침대에 걸터앉았다. 내 무게를 못 이긴 나무 이음새가 삐거덕 비명을 질렀다. 놀란 듯 솟은 나귀 울음소리가 적막을 갈랐다. 기괴한 울음이 사위를 흔들었다. 잠이나 자자. 세상 끝에 홀로 남은 자벌레처럼 침낭을 파고들었다.

　잠자리는 불편했다. 돌아눕다가 침낭째 떨어졌다. 나는 칠흑 속에 눈을 감고 앉아 있었다. 먹물에 잠긴 것처럼 온통 괴괴했다. 쌕쌕거리는 내 숨소리를 열 번 세다가 손으로 더듬어서 침대로 올라갔다. 머리맡에 놔둔 플래시를 들어서 손목시계를 비추었다. 실컷 잔줄 알았는데 아홉 시였다. 예전 버릇대로라면 잠잘 생각조차 안 할 시각이었다. 밖에서 낙숫물 떨어지는 소리가 났다. 떠나온 땅의 아홉 시 뉴스와 휘황한 불빛이 그리웠다. 꼭꼭 다진 어둠과 피곤이 뭉쳐서 곧 잠이 들었다.

　요의를 느끼고 눈을 떴다. 침낭 밖에 둔 코끝이 싸늘했다. 차디찬 냉기에 몸이 바싹 오그라들었다. 불빛 한 점 비치지 않는 창밖을 내다보았다. 나갈 용기가 일지 않았다. 나는 땡땡하게 부푼 아랫배를 어르고 달래며 몸을 꼬았다. 참을 만큼 참다가 전짓불을 들어서 손목시계를 비췄다. 자정을 지난 두 바늘이 서로 겹쳐 있었다. 더 버틸 재간이 없었다. 우물 밑바닥처럼 우묵하게 괸 어둠을 손전등으로 가르며 문을 밀었다.

걸쭉한 어둠뿐이었다. 씨앗만 한 빛이라도 있었으면. 한 블록은 떨어졌을 화장실이 야음에 묻혀 흔적조차 없었다. 유네스코의 도움으로 지었다는 팻말을 보아두었는데. 전짓불을 먹어드는 칠흑을 노려보았다. 찰진 어둠을 가르며 오십여 미터나 걷는다고? 생각만으로 오금이 저렸다.

외딴곳에 혼자였다. 속이 바작바작 조였다. 유엔주둔군과 테러리스트, 종족이 다른 얼굴이 검은 스크린 위를 떠다녔다. 적의에 찬 눈초리가 희뜩거렸다. 불쑥 튀어든 무뢰한이 주먹을 휘두를지 몰랐다. 무섭게 외롭다. 저절로 샌 혼잣말에 흠칫 놀라서 입술을 물었다. 그것도 몰랐어? 또 수었다. 무섬증이 덜했다. 모를 기척이 일었다. 나는 숨죽이며 귀를 기울였다. 차디찬 밤공기가 볼을 훑었다. 묵직한 어둠뿐인 낯선 오지, 그것도 깊은 밤이었다. 외딴 화장실을 찾아갈 배짱이 없었다. 나는 돌아서 걸었다. 헛간 비슷한, 문과 천장이 없는 귀퉁이에 쪼그리고 앉았다. 얼굴에 찬 물방울이 떨어졌다. 비가 오고 있었다.

서둘러 바지를 올린 뒤 손으로 더듬으며 방으로 돌아왔다. 침낭에 밴 흐릿한 온기가 다스웠다. 그 자리로 한 번 더 나갔다. 전짓불을 발치에 내리고 쪼그렸다. 나를 뺀 온 세상이 깜깜했다. 그러고 보니 켜둔 불빛이 나를 보라는 거나 한가지였다. 나는 재빨리 플래시를 껐다. 하늘과 땅, 뭉개진 사위가 나를 눌렀다. 숨찬 눈으로 옻칠 같은 하늘을 올려보았다. 비가 오지 않는다면 별이 보일 텐데. 추적거리는 비가 밤새 내릴 모양이었다.

다시 잠이 들었다가 웅성거리는 소리에 깼다. 발전기소음에 섞인 낮은 음성이 거품처럼 떠다녔다. 조심스러운 발소리가 바닥을 울렸다. 야기에 실린 음식냄새가 흘러들었다. 나는 침낭 밖으로 고개를 뺐다. 이 밤에 웬 잔치? 두리번거리다가 창으로 새어든 불빛에 시계를 갖다 댔다. 오전 3시였다.

16

내가 라마단을 물었을 때 호텔 주인이 검고 굵은 눈썹을 한데 모았다.

"라마다안?"

머리를 갸웃하더니 '다안'에 강세를 주었다. '다안'이라기보다 콧소리 섞인 비음이 '자안'으로 들렸다. 그러고 보니 '라'를 세게 발음한 내 잘못이었다. 그가 못 알아듣는 게 맞았다. 그런데도 부러 못 들은 척한다고 속으로 우겼다. 주는 것 없이 밉다던 우리 속담이 떠올라서 입가를 끌었다.

타는 더위 또는 메마르다는 뜻의 아랍어 라미다, 또는 아라마드에서 라마단이 나왔다고. 뜨거운 볕을 받은 땅바닥이 마르다 못해 쫙쫙 갈라진다고 했다. 불타는 라마단이 내게 손짓했다. 안타까운 유혹이 스쳤다. 목을 파드는 갈증이 어지러운 사념을 날릴 것이었다. 지치지 않고 날아드는 검은 그림자를 떼어낼 기회였다.

날짜를 물었는데 말이 한여름 엿가락처럼 늘어지고 있었다. 이렇게 긴 얘기가 이어질 줄 몰랐다. 달리 할 일이 없는 터라 솔깃하게 귀를 기울였다. 얘기가 제대로 펼쳐지고 있었다. 오래 이어온 명절을 말하는 얼굴에 화색이 돌았다. 외국여자에게 영어로 설명하는 스스로가 대견하겠지.

"라마단은 '더운 달'을 뜻하는 말이야. 뜨거워진 마음과 정신을 드러낸다고. 금식으로 타는 갈증과 고통을 겪으면서 음식과 이웃의 소중함, 고마움을 깨닫는 기간이야. 무력한 자신을 돌아보며 신을 향한 믿음을 더하지. 사막의 모래와 돌덩이가 태양의 열기로 뜨거워지듯 알라의 말씀을 기억하고 새기는 절기야."

뜻까지 그럴싸했다. 시도 때도 없이 살을 파드는 추위에 시달렸는데. 허룩한 안에 힘이 괼지 몰랐다. 달구어진 모래사막이 너그러운 자락을 폈다. 하필 이때 여기 온 까닭이 짚이려 했다. 우연을 가장한 필연과 마주친 것도 같았다. 이때를 만나려고 먼 길을 걸었다. 흐릿한 앞이 열리려 했다. 나는 조금 비장한 표정을 지었다.

"언제 라마단이 시작되는데?"

어리둥절하던 얼굴이 순발력 있게 말을 받았다.

"어제부터야."

북적거리던 호텔이 그래서였군. 그나 나나 손짓 발짓을 함께 쓰는 영어라 그럭저럭 알아들을 만했다. 둘이 다 외국말을 쓰는데 뜻이 통하면 되지 영어가 별건가. 문법은 고사하고 명사만 늘어놓아도 용케 알아듣는다. 섣불리 수식어를 붙이다가는 오히려 엉킨다. 본뜻을 놓치고 모를 단어에 붙잡혀서 낑낑댈 테니. 제마다 펼친 상상이 문제긴 했다. 자의의 해석은 이해가 아닌 오해를 부른다.

'거시기'라는 방언이 떠돌았다. 모호할 때면 붙이던 거시기라는 말. 모르면서 알고, 알면서 모르던 낱말이 너울처럼 까불었다.

"라마단 달의 첫 초생 달이 떠오르는 날 시작하는 금식은 고장마다 달라. 삼십 일의 절기를 지키면서 믿음을 더하지. 타고난 욕심을 덜어내고 신에게 다가서는 훈련을 하는 기간이야. 이슬람력으로 날짜를 정하니까 무더운 여름과 추운 겨울 어느 때든 될 수 있어. 이슬람력의 한 달은 29일이나 30일이고 태양력 1년보다 10일에서 12일쯤 짧아."

대머리 주인이 이슬람력까지 말한 뒤 숨을 골랐다. 우리가 쓰는 음력과 그들의 이슬람력이 얼추 같은 모양이었다. 달의 주기로 날을 정하니까 비슷한 게 맞았다. 제마다의 마을에서 맨 먼저 초승달을 보는 날로 새달의 시작을 알린다고 했다.

"모하멧이 종교박해를 피해 메카에서 북쪽으로 320킬로미터 떨어진 메디나로 도망친 사건이 히즈라인데 그해 622년을 라마단의 원년으로 삼아."

긴 설명이 끝났다. 빼지 않고 말하는 그가 고마웠다. 나는 끄덕이며 넉넉한 표정을 지었다. 호텔 주인이면 궁색하지 않을 텐데. 비쩍 마른 몸피와 꾀죄죄한 입성이 찌든 가난을 묻혀냈다. 웃을 때 궁상이 지워지긴 했다. 자랑과 긍지에 넘친 그가 어깨를 으쓱 치켰다.

지금은 가을과 겨울의 중간쯤이다. 날짜가 옮겨 다니는 건 기온과 관계없이 금욕과 절제를 잘 지키는지 시험하는 알라의 아름다운 뜻이라고.

17

아침이면 짐을 꾸린다. 눈썹 무게조차 덜어야 할 나그네다. 중간 크기의 배낭에다 며칠의 필요를 우겨넣는다. 기껏 줄였어도 겨울 옷가지 두엇으로 배낭이 넘친다. 쟁인 짐을 꾹꾹 눌러 밟고 아가리를 좁힌다. 덮개를 덮은 뒤 조임 끈을 힘껏 당기면 끝이다. 배낭에 든 물건이면 아쉬운 대로 지낼 수 있다. 터질 듯 불룩한 배낭을 보며 넘치게 두고 온 물건을 떠올린다. 잉여물이 된 그것들이 반성 없이 쟁이던 나를 그린다. 한자리에 버틴 채 양껏 쌓고도 모자라던 날이 아득하게 떠돈다.

차편이나 방 사정에 따라 일정이 달라진다. 걷다가 노정을 바꾸기도 한다. 언제든 형편 따라 떠날 차비가 되어 있다.

행여 빠뜨린 것이 없는지 구석까지 살핀다. 꼭 지닐 것만 챙긴 터라 쉽게 방을 나갈 수 없다. 자칫 빠트리면 불편한 날을 견뎌야 한다. 어디선가 빗을 흘렸다.

북새통 어디에서 빗을 사야 할까. 이곳 형편으로 보아 비슷한 품질을 바랄 수 없다. 잃은 것을 메우려고 모를 길을 헤맬수 없다. 여러 나라를 거치는 바람에 환율까지 뒤죽박죽이었다. 여기 화폐단위 아프가니와 달러, 원화가 얽혀들었다. 아프가니를 달러로, 달러를 원화로 바꾸다 보면 시냅스가 엉켰다. 세포 연결이 끊어졌다. 옛 기억과 새 짐작 또한 휘발되었다. 쫀쫀하게 따진다고 해서 가난한 주머니가 나아질 리 없었다. 구태여 헤아리는 버릇이 탈이었다. 해묵은 습관 탓에 머릿속 숫자에 끌려다니는 것 아닌가. 추상이던 '가치의 혼란'이 실제가 되었다. 살인적인 인플레까지 더해졌다. 돈을 저울에 달아서 건네는 장면을 보기도 했다. 그러고 보니 거리에 붙은 벽보마다 화폐개혁을 알리고 있었다.

나는 손 갈퀴를 세워서 머리카락을 간추린다. 모은 머리채를 검은 고무줄로 묶은 뒤 머플러를 두른다. 궁하면 통한다고 했다. 머리를 덮는 이네들 풍습이 좋을 때가 있군. 숙박비 계산은 어제저녁에 끝냈다. 신발 끈을 다시 조인다. 배낭을 들고 문을 밀고 나가면 다시 올 일이 없다. 호텔 초입에 붙은 버스 스테이션이라는 간판을 눈여겨두었다.

"어디서 버스를 타지?"

내가 물었을 때 호텔 주인이 턱으로 밖을 가리켰다. 치킨 턱과 내리깐 눈빛으로 미루어 그리 멀지 않은 곳이었다. 나는 길가로 나가서 살폈다. 20여 미터쯤 떨어진 벽에 높이 붙은 그림이 보였다. 커다란 버스 둘레에 꽃과 나무를 서툴게 그린 그림. 제대로 살피지 않았던 페인트칠을 도로 훑었다. 저게 버스정류장이었어? 원근법 같은 건 몰라라 하는, 예전 우리 시골 이발소 그림과 닮아서 친근한 느낌이 없지 않았다. 달랑 그림 하나를 붙인 것으로 버스정류장을 마무른 시늉이었다.

나는 미련 없이 짐을 들고 어둔 거리로 나선다. 해가 뜨려면 아직 이른 꼭두새벽이다. 잠든 상가거리를 덮은 부연 안개가 음침한 바다 밑을 그린다. 칸칸에 매달린 녹슨 무쇠 자물통이 울울함을 더한다. 출입금지를 알리는 커다란 무쇠 덩어리가 지난 시절을 불러들인다. 어린 계집애가 잠긴 문 안쪽을 기웃거린다. 보이지 않는 금이 어디나 그어 있다. 불 꺼진 실내가 적막하다. 그때 조이던 마음이 이제 괜찮은가. 바닥을 찍는 내 발자국소리가 크게 울린다. 옹기종기 모인 몇 사람이 흐린 윤곽을 드러낸다. 나는 그쪽으로 걷는다. 몇 발 떨어진 맨땅에 배낭을 내린 뒤 팔짱을 끼고 벽에 기댄다. 부연 입김이 실처럼 풀린다.

언제 차가 올까. 길 끝에 눈을 두고 보이지 않는 차를 기다린다. 맨 결을 드러낸 판자벽이 어깨에 마친다. 나는 손을 들어 벽을 쓴다. 거친 나무 거스러미가 살을 찌른다. 나무커녕 변변한 풀 포기조차 없던데. 이 많은 목재를 어디서 들여왔을까. 잔뜩 쪼그린 사내가 턱을 치키고 힐끔거린다. 나는 길에 둔 시선을 거두지 않는다.

거리가 조금씩 밝아진다. 길 가는 사내들이 하나둘 는다.

"구자미리."

앞을 막아선 사내가 나를 보며 어디로 가는지 묻는다.

"카불."

짧게 자른 내 대답을 듣더니 고개를 맞대고 숙덕거린다. 주고받는 말이 거품처럼 버글거린다. 파슈토어라던가 페르시아어라던가. 엄숙하게 주거니 받거니 하다가 서로 끄덕인다. 이슬람 교리에다 술 없이 살아서인지 전쟁 탓인지 또 다른 까닭이 있는지 알 수 없다. 막을 이룬 둥근 소음이 나를 에워싼다. 무슨 말을 하는 걸까. 짐작 못 할 내용을 혼자 궁굴린다. 여자 혼자 길을 떠난 게 잘못이라는 걸까. 남자 없이 여자가 어딘가 가면 죄인이 되었다던데. 얼마 전만 해도 꿈조차 꾸지 못한 일이라고 들었다. 교육을 받거나 사회에 나가서 일하는 여자를 탈레반군사정부가 총칼로 막았다고.

죄라고? 얼결에 떠오른 말을 짚으며 나는 멈칫한다. 남자가 아닌 게 잘못이라니. 맘대로 그은 선에 따라 이쪽은 되고 저쪽은 안 된다는 말 아닌가. 거리를 뗀 체 구경하는 나그네야 상관없는 일이지만. 그런데⋯⋯! 그 기준을 누가 정하는데?

홍! 생각보다 콧소리가 크게 솟는다. 나는 재빨리 둘러본다. 내게 꽂혔던 시선이 언뜻 꺾인 듯하다. 그리고 보니 내가 겪은 세월도 다르지 않다. 떠나온 곳보다 뒤처진 땅이긴 하다. 힘으로 약자를 누르는 건 어디나 마찬가지다. 교묘하게 덮는지 노골적으로 드러내는지의 차이가 있다.

밝아진 거리가 제 꼴을 드러낸다. 쪼그리고 수군거리던 사내 하나가 나를 올려다보며 뭐라 말한다. 기다리라는 걸까. 차가 온다는 말일까. 오래 버틴 다리가 뻐근하다. 나는 팔짱을 풀며 무게를 옮긴다. 옹송그린 사내들이 한 자리를 지킨다.

차를 기다리는 대여섯 사람으로 인도가 꽉 찬다. 나를 힐끔거리며 걸어오던 원주민이 몰린 이들을 피해 찻길로 내려선다. 보도 턱을 헛짚은 그가 고꾸라질 듯 몸을 휜다. 시선을 마주친 그가 머쓱한 웃음을 베어 문다. 어물쩍 다가온 사내가 슬쩍 묻는다.

"구자미리."

묻는 그를 쳐다보지도 않고 나는 짧게 대꾸한다.

"카불."

대답하고 보니 카불이 까마득하다. 여기 온 게 어젠가. 그젠가. 내가 모르게 날이 훌쩍 지나간 건 아닐까. 나는 보도 턱을 밟고 서서 고개를 뺀다. 돌아갈 땅이 길 너머에 신기루처럼 어린다.

자주 내린 비와 밟아 댄 발자국 탓에 찻길이 곤죽이다. 한 시간 남짓 차를 기다린다. 클랙슨을 울리며 다가온 건 간판에 그려진 버스가 아니라 12인승 승합차다. 나는 얼룩진 차창에 눈을 붙이고 들여다본다. 빈틈 없이 끼어 앉은 승객이 마주 바라본다. 문이 열리기만 하면 겹친 어깨가 풀리며 와르르 쏟아질 것 같다. 방방하게 배불뚝이가 된 배낭까지 들이밀기에는 어림없다. 문은 열리지 않는다. 나는 한발 물러선다. 잠깐 머문 차가 곧 떠난다.

시간차를 두고 만원 승합차 세 대가 지나간다. 해 뜨기 전에 방을 나왔는데 그새 머리 위로 올라선 햇발이 쨍쨍하다. 기다리던 이들이 웅성거리며 일어선다. 그중 하나가 서성거리는 나를 보며 손을 젓는다. 여기서 벗어날 차가 없다는 시늉이다. 카불로 가는 차편은 하루건너 있다. 이대로 돌아설 수 없다. 다른 방법이 있겠지.

나는 배낭을 보도에 두고 찻길로 내려선다. 기우뚱거리며 다가오는 트럭을 두 팔로 막아선다. 운전대를 잡은 사내가 나를 내려다본다. 털북숭이 얼굴에 대고 외친다.

"구자미리."

부릉거리는 엔진 소리가 기껏 높인 목청을 덮는다. 멀뚱하게 내려다보는 그에게 대고 고함을 지른다.

"카불."

기사가 씩 웃으며 고개를 젓는다. 나는 가는 차마다 붙잡고 악을 쓴다.

"구자미리. 카불."

내게 시선을 모은 사내들이 고개를 젓는다. 이리 뛰고 저리 외치다 보니 제풀에 절박해진다. 영영 여기서 못 벗어날 것 같다. 걷던 이들이 걸음을 멈추고 나를 구경한다. 쳐다보든 말든. 나는 다가오는 차마다 붙잡고 필사적으로 소리친다. 고개를 끄덕이는 기사가 없다. 카불로 가는 차를 끝내 못 타면 어찌하나. 여기 머문 날이 사흘인가 나흘인가. 머리 위로 솟은 해가 따가운 열기를 부린다. 몸과 마음이 함께 지친다. 나는 마침내 보도로 올라선다.

묵직한 다리를 끌며 새벽에 나왔던 방으로 돌아간다. 문간에 배낭을 던지고 침대에 널브러진다. 눈꺼풀이 맥없이 떨어진다. 주검으로 비칠 만큼 지쳐 있다. 뇌가 움직이는 게 신기하다. 카불로 돌아가야 할 날이 남았는지. 여유가 있는지. 밀어둔 책임감에 이어 이때다 하고 몰려든 망념이 나를 끈다. 제때 닿을 수 있을지. 행여 늦으면 어떤 벌칙이 내릴지. 무슨 변명을 해야 먹힐까. 사정없이 다그칠 얼굴이 떠돈다.

아이는 어디를 헤매고 있을까. 지칠 대로 지쳐서 스스로 해치고 있는 건 아닐까. 피폐한 나날에 지친, 야비한 눈빛이 나를 고문한다. 나는 무력하게 지켜본다.

감은 눈 안쪽에 빛과 어둠이 엇갈린다. 나는 모를 경계를 자맥질한다. 묵직한 덩어리가 좁은 관을 타고 미끄러진다. 모태에 이은 산도를 벗어난다. 나는 까무룩 잠든다. 낯설지만 익숙한, 그리운 세계가 거기 있다.

벌거벗은 내가 넓은 호수에 떠 있다. 머리다발이 결대로 풀린다. 일렁이는 물살이 살갗을 간질인다. 더하거나 뺄 것이 없다. 묶인 데 없이 가볍다. 큰물에 쓸린 몸이 물기둥 안에 서 있다. 폭포처럼 쏟아지는 빛이 위에 있다. 솟구치는 물방울이 살갗을 퉁긴다.

몸이 가볍게 뜬다. 볕 내린 초록이 물 밖에 있다. 나는 헐겁게 헤엄쳐서 잔디에 눕는다. 햇살 내린 풀밭이 푹신하다. 모를 힘이 밴다. 티 없이 푸른 하늘이 생기를 보탠다.

퍼뜩 눈을 뜬다. 나는 음침한 방에 처음 그대로 누워 있다. 움직일 때마다 침상이 삐걱거린다. 어느새 어두워지려는가. 사위가 가마푸르레하다. 서늘한 어둠이 무게를 더한다. 어리대는 꿈이 그늘무게를 던다. 뽀글거리던 물방울이 환청을 울린다. 본 어게인. 다시 태어났다고? 나는 목을 들어 위아래를 훑는다. 달라진 데가 없다. 허름한 천장을 바라보며 바뀐 모습을 그린다. 아무것도 떠오르지 않는다.

창밖에 밴 푸릇한 남기가 비현실을 그린다. 무리 진 임팔라가 초원을 달린다. 날씬한 발굽이 땅을 튕긴다. 천적이 없어도 덮어놓고 뛴다는 짐승. 닥칠 위험을 떨치려는 다급한 질주가 이어진다. 무리 진 뜀박질이 실제인지 머릿속 그림인지 알 수 없다. 나는 눈을 부릅뜬다. 얼굴 모를 조상의 본능과 직감이 유전 된다던 내용을 어디서 읽었을까. 엉뚱한 말을 지어내던 사촌에게 들었을까. 흐린 기억을 믿을 수 없다. 보호받을 수 없는 처지를 미리 눈치챈, 절박한 방어를 그리며 아뜩하다.

보이는 풍경과 어른대는 이미지가 뒤죽박죽 얽힌다. 이 비현실을 벗어나야지. 짓누르는 무게를 덜어야 한다. 나는 버둥거린다. 물리치지 못할 압박이 현실인지 상상으로 빚은 허깨비인지 분명치 않다.

나는 억지로 돌아눕는다. 무게에 눌린 판자가 날카로운 파열음을 울린다. 땅이 아닌 하늘에서 만난 부인이 바라보고 있다. 푸른 그림자가 희망을 뿌린다. 얼결에 만나고 헤어진 그녀가 실제일까. 그조차 지어낸 그림일까. 눈앞을 흐린 안개가 가시지 않는다. 모를 뜻이 숨은 것도 같다. 무심히 헤어지던 그때를 아쉽게 돌아본다. 연락처를 받아둬야 했을까? 수가 말끄러미 지켜본다. 어쩌자고? 기도시간을 알리는 아잔이 스피커를 타고 흐른다. 음악인 듯 음악 아닌, 음악 같은 가락이 단조롭게 퍼진다. 들썩거리던 속이 가라앉는다. 정화, 카타르시스, 호수……. 떠도는 낱말을 뇌다가 벌떡 일어난다. 신기루로 어린 이미지가 후딱 걷힌다.

18

썰렁한 실내에 나무침대 세 개가 덩그러니 놓여 있다. 허름한 매트가 얄팍한 선을 드러낸다. 나는 침대 턱에 걸터앉아서 마주 난 창을 바라본다. 분홍 파랑 하얀 줄을 또렷하게 그은 양털 담요가 발치에 밀려 있다. 햇빛은 물론 물과 비눗기 따위 구경 못 했을 덮개를 께름칙하게 훑는다. 땅거미가 먼저 내린 방이 어둑하다. 닦지 않은 창유리 너머 너른 감자밭이 펼쳐 있다.

이삭으로 흘린 감자알이 있을까. 밭두렁을 가로질러 언덕에 오른 게 어젠가, 그젠가. 꿈속의 일인가. 실제이기는 했을까. 창에 담긴, 붉어진 하늘가가 방의 남루를 덮는다. 산마루에 어슷하게 걸린 해가 해넘이를 알린다. 나는 팔짱을 낀 채 애처롭게 번진 진홍을 마주 본다. 그런다고 싸늘한 한기가 가시지는 않는다. 엉긴 생각이 웅성거린다.

집을 떠나지 않는 게 나았을까. 낯선 느낌이야 잠깐이면 사라진다. 어디든 비슷비슷한 풍경을 그린다. 장소가 바뀐다고 해서 달라지는 건 없다. 타고난 성정과 꼬인 관계가 그대로다. 숙소를 잡고 끼니를 챙기고 고단한 걸음을 잇는다. 드문드문 사람들이 밭을 가로지른다. 가을걷이를 끝낸 들이 팽개친 땅처럼 허허롭다.

어스름 깃든 저녁은 시계를 보지 않으면 몇 시인지 가늠이 안 된다. 오후 4시를 조금 지났을 뿐인데 해가 유정란 속 노른자 빛깔을 띤다. 여기는 시간까지 유난스럽다. 꼼짝 않고 앉아서 지난 일을 헤적이는 버릇이 도지고 있다. 미늘 같은 갈고리가 목에 박혀서 시간이 더디게 간다. 새겨진 기억을 지우면 고통도 사라질 것이다. 낯선 곳이면 잊으려니 했는데 그대로다. 사념은 줄곧 지난날로 돌아간다. 아물던 생채기가 도진다. 멀리 선 포플러가 적막한 들판에 노랗게 물든 잎을 새긴다. 그마저 끝물이다. 바람이 부는 걸까. 잔 생선을 닮은 이파리가 한꺼번에 날린다. 납작한 가옥과 서너 갑절 키를 올린 나무가 노을 진 하늘에 흠씬 잠겨든다. 잎사귀에 떨어진 햇살이 앵돌아진 빛을 되쏜다. 창 바로 밑이 지저분하지 않다면 깜빡 속아줄 만큼 멋이 들대로 든 가을, 석양이다.

나는 선홍 낙조를 담은 창가로 다가선다. 무릎 높이에 올린 창이 천장에 닿고 끝난다. 벽을 넓게 차지한 유리가 바깥풍경을 넉넉하게 담아낸다. 함부로 던진 나무토막이 뒤뜰에 산처럼 쌓여 있다. 가운데 붙박이 유리 양옆에 여닫는 창이 있다. 나는 오른쪽 좁고 긴 창을 당긴다. 열린 문 사이로 빠듯하게 머리를 뺀다. 창 바로 밑에서 지저분한 휴지조각이 너울너울 난다. 검은 폐수로 질척이는 바닥은 쓰레기 천지다. 거기서 날 악취가 두통을 끌어온다. 상상하는 냄새가 지독하다. 나는 서둘러 문을 닫는다.

멀리 보이는 밭이 가없이 넓다. 창에 담긴 풍경이 비현실을 그린다. 아이는 지금 어디서 무엇을 할까. 몸을 눕힐 잠자리는 있을까. 연상이 연상을 부른다. 험한 일에 찌든 아이가 파렴치한 얼굴로 입귀를 비틀며 나를 비웃는다. 커다랗게 몸을 키운 어처구니가 으르댄다. 나를 째리는 곡두들이 핏물 밴 입을 벌린다. 숨이 턱에 찬다. 새지 못한 말이 아우성친다. 짐작일 뿐이야. 언젠가 떠날 아이와 조금 일찍 헤어졌으려니 해. 수가 안타깝게 설득한다. 받아들이지 못할 상황이 벌어졌다. 느닷없이 달려든 재앙이 목을 쥔다.

손쓰지 못하고 지켜보는 고문이 나를 닦달한다. 도와줄 누가 있을까. 나는 홀로 빈 벌판을 갈팡질팡 오간다. 뛰쳐나간 아이가 진흙탕을 구른다. 연상을 떨치려 할수록 기세를 올린다. 배신 따위 한마디로 밀칠 내용이 아니다. 왜 하필 이런 일이 내게 생겼는지. 나는 고개를 젓는다. 미심쩍은 회의와 타는 불안이 가시지 않는다. 나는 어금니를 악물고 침대로 돌아간다. 엉덩이에 깔린 나무 이음새가 비틀린 비명을 지른다. 지저분한 카펫이 바닥에 깔려 있다. 털어 낸 적 없는 먼지부스러기에다 오가며 밟아 들인 진흙이 엉망진창인 나를 그린다. 한 톨 먼지가 된 내가 흔적 없이 묻히고 있다.

너저분한 건 보지 마. 안 보고 모르면 없는 거야. 수가 지친 소리를 낸다. 나는 창밖으로 눈을 든다. 노을에 잠긴 벌판 위로 지난 일들이 무자맥질한다. 농밀해진 해넘이 탓에 음침한 방이 더욱 신산하게 가라앉는다. 축축한 한기가 살을 파고든다. 치근거리는 추위가 신경을 깔짝인다. 안을 데울 불씨조차 꺼졌을까. 심장에 서리가 덮인 듯하다. 촛불의 온기라도 아쉽다. 머리가 벗어진 호텔주인이 도로 괘씸하다. 그깟 양초를 아끼다니. 받을 것은 모조리 챙기면서 손님에게 줄 것은 모르쇠한다. 인색한 주인을 씹으며 거듭 언짢다. 가서 따져? 말아? 혼자 묻다가 고개를 젓는다. 이런저런 실랑이를 그리다가 지레 지친다. 견디는 쪽이 낫다. 유리가 부옇게 흐려 있다. 창에 성에가 엉긴 건 아닐 텐데. 아직 입김이 얼 만큼은 아니다. 산에 걸린 낙조가 붉은빛을 더한다.

어둡기 전에 밖을 돌아보는 게 낫지 않아? 수가 부추긴다. 방에서 뭉그적거리는 스스로가 답답하다. 입구에서 자리를 지키는 주인이 숙박비를 재촉하리라. 떼던 엉덩이를 도로 붙인다. 짐짓 미적거리는 내게 주인은 '투데이 페이'를 야멸치게 뱉어낼 것이다. 그가 채근할수록 나는 짓궂어진다. 한 뼘씩 미루는 심사를 짐작이나 할까. 아는 사람이 없어서 홀가분하다가도 혼자 남은 고적감이 깊이 팬다.

갑자기 문 두드리는 소리가 들린다. 나를 찾는 누가 있다니. 반갑다기보다 어리둥절하다. 두렵기까지 하다. 나는 머뭇거리며 묵직한 나무문을 당긴다. 바깥에 남은 빛이 먼저 튀어든다. 나는 이맛살을 좁히며 바라본다. 비쩍 마른 남자가 장승처럼 서 있다. 등에 멘 방방한 배낭도 그렇거니와 팔에 건 가방이 만만치 않게 크다. 무거운 짐을 들고 메고 깊은 오지를 헤매기에는 허약한 몸피다. 나는 짐을 받을 것처럼 손을 내민다. 그가 던지듯 발치에 짐을 내린다. 짐을 벗은 남자 대신 내가 숨을 몰아쉰다. 어떤 짐이든 나는 쉽게 지친다. 짐이 아이를 불러들인다. 산 같은 무게로 눌러대는 아이가 떨어지지 않는다. 남자머리에 얹힌 바꿀과 검은 안경을 다시 살핀다. 낯이 익다 할 만큼

혼한 생김샌가. 고달픈 표정을 어디서 스치기는 했을까.

"일본인이야."

사내 뒤에 가렸던 원주민이 고개를 드밀고 말한다. 무성한 구레나룻이 그늘을 더한다.

"방이 없어. 같은 동양인끼리 한방을 썼으면 해서……."

일본인 대신 구레나룻이 말한다.

알지 못할 남자와 한 방을 쓴다고? 거절해야 할까. 말까.

"쟤는 남자고 난 여잔데……."

나는 멀뚱하게 바라본다.

"외국인이라 괜찮아."

구레나룻이 씩씩하게 정리한다. 아직 비어 있는 두 개의 침대를 빤히 보면서 안 된다고 못 한다. 난방도 안 되고 화장실은 물론 물조차 없다. 자신의 침낭으로 추위를 가리고 씻는 것과 배설은 알아서 해야 한다. 잠깐 머뭇거린 건 살아온 습성이 남아서다. 불빛 한 톨 없는 밤을 견디느니 그래도 곁에 누가 있는 편이 낫지 않아? 수가 빠르게 속삭인다. 통째 덮어 누르던 어둠과 몰래 노려볼 눈이 불거진다.

"아!"

나도 모를 감탄이 쏟아진다. 창백할 만큼 노리끼리한 낯빛이 동양사람치고도 흔치 않다.

"나를 기억해?"

그가 비로소 입을 연다. 언젠가 들렀던 도시가 스친다. 나는 그때 음습한 호텔 복도를 걷고 있었다. 선이 가는 얼굴이 앞에서 왔다. 나는 나가고 그는 들어올 때였다. 엇갈린 그가 나를 돌아보며 물었다.

"어느 나라에서 왔어?"

나는 한국이라고 했고 그가 일본을 말했다. 굵직한 얼굴선을 덮은 짙은 털북숭이들 속에서 동글납작한 윤곽을 만나니 반가웠다. 몇 마디 말을 나누고 헤어진 그 남자다. 노란 고무줄로 묶었던, 치렁거리던 검은 머리가 짧아져 있다. 거기다 바꿀을 쓰고 검은 안경으로 얼굴을 덮었다. 등에 매달린 검은 배낭은 그대로다.

"오케이."

생각보다 말이 먼저 튀어 나간다. 나는 그에게 문 가까이 있는 침대를 턱으로 가리킨다.

"저걸 써."

일본남자가 어슬렁거리며 침대로 다가간다. 나는 손이라도 털 것처럼 홀가분한 모습을 지켜보다가 자리로 간다. 구레나룻이 안심한 얼굴로 방을 나간다. 침대에 걸터앉은 둘은 말이 없다. 공기가 빽빽하다. 그가 꼰 다리 위에 턱을 괸다. 때에 찌든 후줄근한 입성 아래에서 앙상한 무릎뼈가 드러난다. 나는 시선을 창밖에 둔다. 어눌한 영어가 건너온다. 넉 달째 여행 중이라고. 느릿한 말투가 답답하다. 나는 짧은 영어로 끼어든다.

"그렇게 오래 집을 떠나 있었어?"

그가 설핏 얼굴을 편다. 익숙한 얼굴이 겹친다. 제대로 눈을 들지 않던 사촌. 늘 따로 돌던 모습이 앞에 있다. 불쑥 사촌 방에 들어갈 때가 있었다. 놀랐던 얼굴이 곧 밝아지더니. 잦은 꾸지람에 후줄근해진 사촌이 눈을 깔고 서 있다. 추레한 모습을 좇다가 울적해진다.

일본인이 포개 입은 몇 겹의 면 티셔츠와 점퍼는 여름이 되기 전에 여행을 떠난 때문이리라. 예정보다 날수가 길어질 수는 있다. 마른 체구로 불편한 땅을 백 이십 날이 넘게 돌아다니다니. 왠지 수상하다.

"넌 무슨 일을 했어?"

나는 하릴없이 묻는다. 그가 바닥에 깐 눈을 들지 않고 대답한다.

"하는…… 일? 없어."

이렇게 고지식하다니. 지금을 묻는 게 아니잖은가.

"아니, 여행을 떠나기 전에 무슨 일을 했는지 묻는 거야."

그가 슬며시 딴청을 한다.

"서른일곱 살. 누이 둘이 있고 나는 외아들이야."

나는 나이보다 앳된 얼굴을 훑으며 쿡쿡 웃는다. 지레 든 긴장이 풀린다. 미혼이라는 말에 그를 도로 살핀다. 살집 없는 몸피로 먼 나라를 떠도는 남자가 생기를 준다.

"가출한 거잖아. 부모가 걱정하지 않니?"

그의 입가에 흐릿한 웃음이 번진다. 둘뿐인 어색함이 남아 있다. 히도시라는 이름이 망측한 속옷을 불러낸다. 조금씩 샌 웃음이 발작처럼 터진다. 짐짓 키운 웃음이 사레를 부른다. 나는 쿨럭거리는 기침을 추스르며 붉어진 얼굴을 든다. 그가 덤덤한 시선을 던진다. 모르는 남자 이력을 캐물으려던 게 아니다. 낯선 그와 함께 있는 게 껄끄러웠다. 엉성한 대화가 서먹한 공기를 던다. 그에게 겹친 사촌이 그림자로 떠돈다. 얽힌 그들이 나를 둘러싼다. 왠지 심란하다. 모든 만남이 필연이란 말을 누가 했더라? 낡아빠진 얘기가 덤터기 씌울 것처럼 달려든다.

"바미안 대불 안쪽에 계단이 있어."

뜻밖의 말을 들으며 나는 눈을 둥그렇게 뜬다.

"계단을 올라가면 간다라양식의 벽화를 볼 수 있어. 전에는 천 개나 있었대."

어눌한 말이 띄엄띄엄 건너온다. 듣고 있으려니 갑갑하다. 나는 짧은 영어로 얘기를 자른다.

"진짜?"

매끄럽진 않지만 그럭저럭 대화가 오간다. 이란과 중부 인도 양식이 덧붙여진 독특한 벽화를 그에게 듣는다. 빈틈없이 빼곡한 문양, 테셀레이션이 어린다. 나는 고개를 깊이 끄덕인다. 말없이 묻혀낸 감탄을 그가 알아챘을까. 나는 말을 보탠다.

"우와! 어떻게 그런 걸 다 알아?"

"오가며 주워들은 얘기야."

대수롭지 않게 말하는 그를 보며 옹그린 심사가 마저 풀린다. 제가끔 아는 것을 서로 주고받는다. 스스런 분위기가 얼추 가신다.

"알렉산더 원정으로 인간의 모습을 한 그리스 신이 간다라로 들어와. 그걸 본 따서 쿠샨 왕조의 불교도들이 불상을 만들지."

그의 얘기가 제 곬을 탄다. 나는 우두커니 바라본다. 아는 게 많은 걸까. 말재간을 타고난 사람일까. 깔짝이던 경계심이 마저 가신다. 인더스강 갈래인 카불강 하류가 간다라 지방이라고. 파키스탄의 페샤와르에서 바미안에 이르는 지역을 모두 아우른단다. 오면서 본, 길옆을 콸콸 흐르던 물줄기가 따라온다. 초기 불교도들이 불상을 만들지 않았다는 얘기를 듣는다.

"석가모니가 죽은 뒤 500년까지 불상이 아예 없었어. 여러

가지 까닭이 있는데 그 하나가 그때는 인도에서 상을 만들어 숭배하는 관습이 없었다는 거야. 다른 하나는 불교가 붓다를 숭배하는 종교가 아니어서야. 석가모니 붓다를 불법승 3보를 깨달은 스승으로 우러르긴 했지만 신으로 떠받든 건 아니었어. 상 숭배가 퍼지지 않았을 때라 불상이 있어야 할 필요를 못 느낀 거지. 금기처럼 굳어진 관습이 이어지다가 차츰 사람모습을 한 상을 바라게 돼. 쿠샨왕조 때 그리스 신상이 들어왔고 그것을 본 따서 불상을 만들어. 그 뒤에 붓다를 신으로 받들고."

느릿한 얘기가 길게 이어진다. 쉽게 말하는 그가 어려워지려 한다. 허술한 외모를 얕보았는데. 그치지 않는 얘기가 만만치 않은 실력을 드러낸다. 더 알려 하지 마. 알면 다쳐. 누군가의 우스개가 스쳐서 희뜩 웃는다. 그가 나를 쳐다본다. 헤픈 인상을 주었을까. 나는 입을 꾹 문다.

"간다라 지방은 여러 문화가 오고가는 길목이었어. 동서양 문화융합정책으로 미술 교류가 시작되고 그리스의 영향을 받은 불상과 조각이 만들어지면서 간다라 미술이 일어나."

철 지난 얇은 옷에 꼬질꼬질 때가 묻어 있다. 빨아 입기라도 하지. 들리지 않게 읊조린다. 허름한 차림새와 달리 묵직한 내용이 쏟아진다. 긴 여행에 따른 내공이 묻어난다. 탄력 붙은 말이 잘도 이어진다. 한때 번창했다던 이곳에 남은 것이 없다. 어설퍼 보이는 길쯤한 얼굴이 살갑게 비친다. 입성에 낀 때가 아무렇지 않다.

"간다라미술을 나타내는 불상과 보살상이 여기 흔하대. 석가모니 고행상은 인도본토에서는 거의 만들지 않았고 간다라에만 있어. 보이는 세계를 충실히 그리는 서양 고전미술에 견주어 초기 불교는 육신을 부정해. 두 세계를 절묘하게 버무린 간다라미술이 불교 걸작을 만들지. 조각은 거의 부조나 스투파 기단基壇의 벽면장식이고 여기 아프가니스탄에 간다라불상 말기에 나온 석회상石灰像이 많이 남아 있어."

망가진 석상 정도로 알았는데. 그런 깊은 뜻이 있었다니. 떠도는 전설의 한가운데 선 것 같다. 풍성한 간다라미술이 폐허를 치장한다. 내가 아프가니스탄에 있는 대불을 안게 최근이다. 전쟁이 터졌다는 기사와 함께 어마어마하게 큰 부처상이 폭파되었다는 기사를 읽었다.

이 먼 나라까지 와서 거길 안 가겠다고? 굉장한 크기의 부처야. 부서진 잔해라도 봐두라고. 수가 부추겼다. 때맞추어 라마단휴가가 주어졌다. 모를 누가 나를 떼미는 듯했다. 미진한 바람이 옛 그림처럼 떠돈다.

빈터를 오가며 휑한 석실을 눈으로 훑었다. 부서진 대불을 찾은 것이 잘한 일인지. 괜한 짓을 한 건지. 산처럼 쌓인 돌무더기를 지켜보며 아쉽기는 했다. 부서지기 전에 왔다면 모를 길이 드러났을까. 폐허를 부옇게 쓸던 바람이 어린다.

황량한 터가 아닌, 거대한 부처를 새긴 바위산이 다가온다. 옛 시절의 광휘는 사라지고 부연 돌가루만 난다. 석굴 앞에 팽개친 돌무더기가 탈레반의 포악을 까발린다. 밖에서 낙숫물 떨어지는 소리가 들린다. 참참하게 떨어지는 빗소리가 고즈넉한 풍정을 빚는다. 비가 잦은 고장이다. 잠깐 낀 침묵이 버겁다.

"이 나라 역사를 알아?"

나는 비스듬히 벽에 기대어 고개를 젓는다. 껄끄러울 틈 없이 말이 이어진다.

"이 나라는 오랫동안 여러 부족이 제가끔 자주적으로 살았어. 그러다가 1747년에 한 사람의 왕을 뽑지. 그때를 아프가니스탄이 건국한 해로 잡아. 1838년, 인도에 주둔했던 영국군이 인도병사와 함께 쳐들어와. 세 차례에 걸친 영국과의 첫 전쟁이 그때 시작돼. 칸다하르를 거쳐 북으로 진격한 영국군은 1939년 카불에 입성해서 꼭두각시 왕 샤 슈자를 세워. 영국군의 보호를 받으며 이 나라는 한동안 평온을 누리지. 안과 밖이 평화로웠고 시장은 번창해. 그러다가 문제가 생겨. 영국군과 인도군의 가정부가 된 아프간여자들이 주인과 성적 관계를 맺어. 영국군이 퍼뜨린 매춘이 아프간 남자들의 명예 즉 이들의

'나무스'를 더럽혀. 자유와 독립을 기리며 정부의 압박이나 외적의 침략에 거세게 저항하던 남자들은 정신적인 수치를 당했다고 여겨. 눌리고 쌓인 불만이 타민족에 대한 적개심이 되어서 쏟아져."

더듬거리는 영어가 길게 이어진다. 이 남자는 말하기를 좋아하는 건가. 침묵이 무서운 건가. 듣기만 하려니 어색하다. 나는 말을 자르며 끼어든다.

"넌 뭘 공부했어?"

언뜻 돌아본 그가 가볍게 대꾸한다.

"법학. 역사가 부전공이야. 한때 세계사를 즐겨 훑었지."

나는 고개를 끄덕인다. 졸가리가 잡혔다 했더니 바탕이 든든하다. 일본남자가 서먹한 자리를 말로 때우고 있다. 속내를 읽다가 흐린 웃음을 문다.

"그러다가 아프간남자가 영국군과 밀통한 아내를 죽이는 사건이 일어나. 명예를 다친 이들에게 마땅한 일이었지. 영국의 눈치를 보던 샤 슈자가 여자 남편에게 살인죄를 걸어서 처형해. 거기다 종교문제도 끼어들고. 영국군이 모스크와 이슬람 성자의 무덤을 훼손하는 일이 벌어진 뒤로 아프간사람들은 광신적으로 종교에 매달려. 다른 종교에 너그럽던 이들이 그때부터 기독교를 증오하지. 1841년에 100여 명의 아프간사람들이 카불에 와 있던 상업사절단 대표의 저택으로 쳐들어가. 수비병과 총싸움이 벌어지는데 난폭해진 주민들이 집주인 버언즈와 아프간 가정부를 죽여. 싸움에 진 영국군은 물러나기로 결정하지. 인도로 돌아가는 길에서 혹한을 만나. 거기서 만용을 자랑하는 아프간인의 습격을 받아서 남김없이 죽임을 당해. 따지고 보면 두 나라의 1차 전쟁은 서로 다른 문화가 부딪쳐서 빚은 결과야."

영국을 비롯한 서방에 대한 증오의 뿌리가 드러난다. 안 들어도 그만인 이 땅의 역사를 어쩔 수 없이 듣고 있다. 풀린 긴장이 피로를 부른다. 들리면 듣고 안 들리면 흘리며 먼 곳을 헤맨다. 아슴아슴 감기던 눈꺼풀이 툭 떨어진다. 나는 후딱 고개를 든다. 나를 힐끗 쳐다본 그가 자신의 침낭을 편다. 나는 그대로 자리에 눕는다. 몰린 잠이 한꺼번에 쏟아진다. 오랜만의 숙면이 달다.

19

　　　　　　　　　　놀란 것처럼 눈을 뜬다. 고개
를 들어 대각선에 놓인 침대를 살핀다. 남자가 보이지 않는다.
그가 어디서 무엇을 하든 내가 어쩔 일이 아니다. 창밖이 밝다.
어제 입은 옷 그대로 침낭에 들었다. 외출복과 잠옷을 가려 입
는 건 진작 그만두었다. 세숫물을 얻으러 갈까? 문을 열려다가
돌아선다. 어두운 부엌에서 바쁘게 움직일 누구를 성가시게 하
고 싶지 않다. 일손을 놓고 물 퍼줄 이를 기다리면서 객쩍었다.
밤새 내린 비가 기온을 얼렸으리라. 싸늘한 공기를 가르며 개
울가로 나갈 엄두가 나지 않는다. 어제저녁에 주방에서 얻어온
물이 창턱에 놓여 있다. 식수로 받았지만 마시기엔 꺼림칙하
다. 나는 뚜껑을 열고 붉은 플라스틱 통을 들여다본다. 반 남짓

든 물이 희부옇다. 다시 눈을 또렷이 뜬다. 불그스름한 통 안에 어리대는 불순물이 볼수록 미심쩍다. 이 물로 양치를 한다고 탈은 안 나겠지.

칫솔에 치약을 묻혀 북북 이를 닦는다. 입을 헹구고 손에 묻은 치약을 씻는다. 바닥을 보인 물에 거무스레한 부유물이 떠돈다. 희끄무레한 찌끼도 섞여 있다. 입안이 찝찝하다. 물휴지를 꺼내어 얼굴을 문지른다. 고양이세수가 끝난다.

라마단 금식을 하기로 정했으니 아침 식사를 건너뛴다. 낮 동안 굶는 건 어렵지 않을 것이다. 배가 고프면 들끓던 상념이 먼저 스러질 테니 나쁘지 않다. 아이와 함께 보낸 시간이 고스란히 내 몫이 되었다. 바쁘다고 투덜거리던 때가 나았다. 남는 시간에 으레 끼어들 잡생각이 미리 나를 고문한다. 허깨비에 끌려다니며 애면글면하기보다 움직이는 게 낫다. 언덕을 오르내리며 마을과 들을 훑을 만큼 훑었다. 볼거리 없는 길을 걸으며 묵직한 무게가 덜어졌다.

문이 벌컥 열리더니 일본남자가 들어온다. 바깥 빛과 찬 공기가 함께 스민다. 새 기운을 묻힌 얼굴이 나를 채근한다.

"바미안 석굴에 갈 건데 함께 가지 않겠어?"

산처럼 쌓인 돌무더기라면 이미 둘러보았다. 어제 숨은 계단을 들었다. 달리 할 일이 있지 않다. 우두커니 방을 지킬 모습이 떠돈다. 나는 고개를 끄덕인다.

벌판을 가로질러 이십 분쯤 걷는다. 줄곧 걸은 다리가 뻣뻣하다. 나는 두 손을 내려 뻐근한 종아리와 무릎을 쓸며 툴툴거린다. 앞장선 청년은 돌아보지 않고 걷는다. 언덕에 올라서자 검은 굴이 빤히 보인다. 닿을 듯 가깝게 보이는 거리가 만만치 않게 멀다. 한눈에 잡힌 마을을 살피다 돌아선다. 건너편 울처럼 두른 벼랑에 구멍이 숭숭 뚫려 있다. 크고 작은 굴이 헤아리지 못할 만큼 많다. 이천 개가 넘는다던가. 보이는 것을 빼고도 이만 개가 넘는다는 얘기를 들었다. 켜켜이 겹친 산자락마다 흠집처럼 팬 곳이 다 굴이긴 했다. 굴이야 아무래도 괜찮다. 중국에 있는 막고굴과 천불동 사진이 널려 있다. 어디서나 볼 수 있는 관광지 그림에는 식상해 있다.

나는 산기슭에 뚫린 동굴을 하나씩 좇는다. 어린 날 천장 무늬를 헤아리던 버릇이 도진다. 어슷비슷한 검정 동그라미를 일일이 좇으려니 눈이 어릿거린다. 갈 데를 놓친 시선이 휑한 벌판에 머문다.

굵은 모래를 밟으며 벌판을 가로지른다. 산허리에 팬 굴이 둘을 지켜본다. 앞장선 청년이 돌아선다. 뜬 거리를 좁힐 듯 기다리던 그와 발을 맞춘다. 비 갠 뒤의 햇살이 부시게 퍼진다.

검은 속을 드러낸 석굴을 올려다본다. 검댕에 전 벽과 천장이 드러난다. 땔감 탓에 묻어든 그을음이 어디든 끼어 있다.

크고 작은 돌덩이가 굴 앞에 산 높이로 쌓여 있다. 갈가리 찢긴 부처의 주검이 발에 밟힌다. 굴로 다가가서 엄청난 높이의 천장과 벽을 훑으며 도로 놀란다. 유네스코가 지정했다는 문화재가 망가진 그대로 팽개쳐 있다. 국가가 지켜야 할 유적을 돌보는 이가 없다. 어제 들었던 이들의 역사가 살아난다. 남쪽에서는 인도군을 앞세운 영국이 밀고 올라왔고 북쪽 소련도 이곳을 넘보았다고. 거듭된 내전과 외국의 침략으로 쑥대밭이 된 나라다. 그치지 않는 전쟁으로 만신창이가 된 데다 탈레반까지 거들었다. 구르는 돌덩이가 스산함을 더한다. 서너 발짝 떨어져서 서성이던 청년이 배낭에 든 종이뭉치를 꺼낸다. 한 장씩 인쇄물을 넘기는 모습이 곁눈에 스친다.

계단이 어디 있다는 건지. 흔적조차 보이지 않는 그것을 찾을 듯 고개를 뺀다. 가이드가 있거나 미리 자료를 찾은 것도 아니다. 안내서는 물론 없다. 숨은 계단을 알아차릴 깜냥이 아니다. 아는 만큼 보인다던가. 보인 만큼 안다던가.

프린트를 훑던 일본청년이 소리 내어 말한다.

"석상 높이가 53미터야."

나는 꺾일 만큼 목을 잦히고 빈 좌대만 남은 석실을 올려다본다. 까마득히 높은 궁형 천장이 어찔하게 다가든다. 흉물스럽게 드리운 검은 줄이 천장에 매달려 있다. 느릿하게 흔들리는 그것을 한동안 지켜본다. 목이 뻐근하다.

"저쪽에 있는 건 38미터."

그가 턱을 치켜 바위산 동쪽을 가리킨다. 거리가 멀다. 이 킬로미터는 될까. 거대할 동굴 입구가 새끼손톱만 하게 비친다. 청년이 찬찬히 프린트를 읽는다.

"암벽에 새긴 마애불은 2세기에서 5세기의 작품으로 간다라 미술의 영향을 받았다."

나는 다가가서 빼곡히 적힌 글자에다 고개를 드민다. 일본 사람이 꼼꼼히 기록한다더니. 잇따른 사념이 곁가지를 벋는다. 들은 얘기라더니 프린트에 적힌 내용이었군. 뿌리 없는 사념이 물증을 얻는다. 어쩐지 술술 잇는다 했지. 깐깐한 민족성을 그린다. 눈살이 찌푸려진다. 골이 패려 한다. 두통이 아이를 끌어온다. 소리 내어 읽는 청년을 돌아본다. 굼뜬 말이 갑갑했는데. 보기보다 친절한 남자다.

"이곳 마애불은 불꽃무늬가 있는 석불 입상이고 머리와 신체의 비율이 1대 5. 로마말기의 몸 비율과 같다."

높아진 음성을 흘려들으며 떠도는 상념을 잇는다. 요즘과 달리 6등신의 통통한 몸매였어? 날이 갈수록 긴 다리와 가는 몸통을 선호한다. 굳건히 땅을 디딘 부처가 밤의 불빛에 쓸려

든 그림자를 마뜩찮게 지켜본다.

"간다라 미술의 특징은 우리가 흔히 보던 고수머리가 아니라 물결모양의 장발로 눈언저리가 깊고 콧대가 우뚝한 것이 서양 사람과 같다."

이 길을 오갔을 인간적이고 개성적인 생김새를 그린다. 당나라 현장법사가 '황금이 번쩍이는 화려한 불상'이라고 극찬했다고. 물처럼 흘러내린 옷 주름이 빼어나게 아름답다? 나는 청년을 돌아본다. 황금석상이 돌올한 자태를 드러낸다. 매끄럽게 흘러내린 부드러운 주름과 다순 숨결이 다가온다. 늘 그렇듯 사라진 것이 애타는 갈망을 부른다. 빼어난 조각상을 폭파하다니. 나는 다시 석굴을 올려다본다. 황량한 지금과 영판 달랐을 옛날이 다가온다. 동쪽에 뜬 태양이 서쪽으로 지기까지 종일 부처를 비추는 자리다. 태곳적 그대로 한결같은 태양이 머리 위에 있다. 부신 햇살을 듬뿍 받은, 금칠한 대불이 휘황한 빛을 쏜다. 먼지 바람 이는 폐허가 달리 보인다. 기사를 읽을 때와 보이는 풍경이 사뭇 다르다.

여전히 투명한 햇살이 예전 그대로다. 빛나던 광휘가 부서진 바위로 바뀌었다. 날씨가 차다. 나는 현장학습에 끌려온 초등학생처럼 발을 구른다. 벼랑을 이룬 암벽과 쌓인 돌무더기와 여기저기 구르는 돌멩이가 삭막한 풍경을 빚는다. 스산한 터를 훑으며 느슨하게 치민 하품을 얼른 깨문다.

망가진 돌뿐인데 뭘 더 보겠다고? 수가 불퉁거린다. 듣거나
말거나 청년이 프린트를 읽어 내린다. 혜초가 여기 들렀다니.
나는 다가가서 그가 든 프린트에 고개를 드민다. 영문 일본말
한자가 섞여 있다. 일본 말은 건너뛰고 듬성듬성 긴 한자를 짚
으며 왕오천축국을 찾는다. 청년의 시선이 내게 머물러 있다.
글자가 얽힌다. 나는 한발 물러서며 돌아선다. 겹겹이 휘어진
골짜기를 터벅터벅 걸었을 승려가 빈들에 어린다.

긴하지 않은 사념이 떠돈다. 지금도 쉬운 길이 아니다. 가까
운 도시를 가려해도 종일 차를 타야 한다. 횟가루 같은 먼지를
온몸에 뒤집어쓰고 내린 후미진 고장이 이곳 바미안이다. 신라
때라면 지금보다 훨씬 길이 험했을 텐데. 해진 옷을 걸친 승려
가 지친 걸음을 옮긴다. 8세기 무렵의 혜초는 무엇을 바라면서
걸었을까. 그날이 그날인 자리를 벗어나려 했을까. 지질한 스
스로를 뛰어넘으려 했을까. 먼 길을 떠나도록 민 게 충동일까
신심일까. 끓는 정념이 그를 몰았을까. 내게 빗댄 물음이 줄줄
이 이어진다. 부산에서 평양을 걷는 게 아니다. 지구 반 바퀴를
도는 거리를 가며 목숨을 걸었으리라. 갈피 없는 상념이 졸가
리 없이 벋는다.

거친 길을 가다가 노잣돈과 체력이 바닥났을 텐데. 나귀는

탈 수 있었을까. 넘을 수 없는 봉우리와 아찔한 낭떠러지를 지났겠지. 불모의 사막과 얼어붙은 땅과 마주하며 아득했으리라. 해탈과 맞먹는 험산을 오르내리며 기진하도록 걸었을 승려가 지친 시선을 든다. 부연 먼지에 싸인 허름한 걸승이 고된 길을 어찌 견뎠을지. 기어이 가고 말겠다는 채근으로 매섭게 자신을 닦달했을까. 이를 악물고 스스로 겨루는 자아란 무엇일까. 죽기까지 버티며 길 없는 길을 나선 승려가 나를 쏘아본다.

혜초가 매달린 건 집념인가. 신앙심인가. 자청한 궁지에서 무엇을 얻었을까. 험한 길, 짐작 못 할 걸음을 옮기며 흐트러지려는 정신을 어찌 벼렸을까. 하릴없는 물음을 허공에 쏟는다.

거친 돌무더기와 빈 좌대가 앞에 있다. 그리스식으로 새겼다는 석상이 쪼가리조차 남아 있지 않다. 인도에서 중앙아시아와 중국을 지나 우리의 통일 신라로 전파되었다던 불교가 여기를 거쳤다고? 우두커니 선 이 자리가 남의 그림처럼 어린다. 동쪽 끄트머리에 사마귀처럼 붙은 한반도가 까마득하다.

산과 맞닿은 하늘가에 얇은 솜 모양의 구름이 빠르게 모이다가 흩어진다. 푸르게 갠 하늘이 보이다 말다한다. 지키는 사람 없는 빈터, 구경꾼이라고는 청년과 나뿐이다. 휑뎅그렁한 들이 한눈에 잡힌다. 얼기설기 엮인 철망 울타리가 벌판 어귀 양쪽을 에두르고 있다.

어깨에 총을 멘 병사가 어슬렁거리며 다가온다. 앳된 얼굴이 검붉게 얼어 있다. 마주 선 어린 병사 위로 내 아이가 겹친다. 지금 어디서 무엇을 할지. 추위에 떠는 건 아닌지. 허가서를 보자고 말하는 소년에게 나는 떨떠름한 눈길을 던진다. 글씨를 읽기는 할까. 어수룩한 얼굴을 미심쩍게 바라본다. 마을 초입에서 미리 받아둔 허가서를 꺼낸다. 낚아챌 듯 종이를 받아든 소년병이 눈으로 쓱 훑고 돌려준다.

"지뢰를 조심해."

소년이 허술하게 던지고 돌아선다. 탄알처럼 날아든 말을 들으며 왈칵 무섭다. 등을 보인 병사가 금세 사라진다. 텅 빈 벌판이 휘휘하다.

"지뢰 따위 없어."

자르듯 말한 일본청년이 접힌 용지에 눈을 박는다. 지뢰밭 한가운데 선 것처럼 엉거주춤하던 나는 긴가민가하면서 발을 뗀다. 청년이 어련히 알아서 말할라고.

나는 서대불이라는 석실을 되풀이 올려다본다. 동인지 서인지 못 가리고 무턱대고 오가던 걸음이 갈피를 잡는다. 해가 동대불 위 한 시 방향에 있다. 희끄무레 바랜 태양이 도둑걸음을 걷고 있다. 동산처럼 쌓인 바위더미가 포악한 인간을 까발린다. 제물에 미간이 좁혀든다. 탈레반이 비 이슬람과 싸운다는 명분을 세워 보란 듯 다이너마이트를 터뜨렸다고. 사랑이든 자비든 앞세운 뒤에다 간특한 이기심을 감춘다. 그럴싸한 구실을 치켜든 이들이 박토를 넓힌다.

"깡패 같은……."

무심코 튀어나온 말을 서둘러 삼킨다. 일본청년은 아직 프린트에 눈을 박고 있다. 불상에 가렸던 벽이 맨송하게 드러나 있다. 우람한 바위 곳곳이 갈라져 있다. 금간 벽체가 곧 무너져 내릴 듯하다. 나는 여전히 찡그리며 돌아선다. 고철처럼 보이는 로켓포가 벌판 입구 가까이 군데군데 서 있다. 버려진 탄피와 대포가 어디나 널려 있다.

반달리즘이라는 말이 꽂힌다. 나는 의아하게 돌아본다. 일본청년이 문화예술파괴행위라고 풀어 말한다.

"이건 반달리즘의 차원을 넘어서 반문명적인 폭거야."

목소리가 높다. 그가 목을 꺾어 곳곳에 드리운 케이블을 올려다본다. 나도 따라서 아플 만큼 고개를 잦힌다. 굵고 검은 줄이 흉물스럽게 흔들린다. 거대한 손에 꼬리를 붙들린 구렁이가 몸을 뒤트는 모습이 저럴 것이다. 목덜미가 뻣뻣하다.

"도화선이었을 거야."

화약과 로켓포와 폭파가 청년의 입에서 쏟아진다. 거친 말과 후줄근한 입성이 맞물리지 않는다. 그런 것들을 어떻게 알

앗을까. 늘 그렇듯 문제 바깥을 얼쩡거리는 스스로에게 짜증이 인다. 멍청하기는. 혼자 두런거린다. 대꾸 없는 여자가 싱거웠으리라. 청년이 손을 들어 겹겹이 이어진 산을 가리킨다.

"힌두쿠시 산맥이야."

산보다 먼저 그의 손톱이 눈에 띤다. 둥글게 돌아간 검은 때가 거친 여행을 말한다. 나도 다르지 않다. 같은 처지라고 여기니 위로가 된다.

"힌두쿠시는 중앙아시아의 높고 가파른 산맥의 하나야. 아프간 동북쪽 파미르고원에서 남서로 달리는 산줄기지. 동북에 있는 해발 칠천 미터가 넘는 산에 이어 북으로 끝없이 넓은 아프간투르케스탄 평원이 펼쳐 있어."

다시 말이 길어진다.

"바다가 없는 내륙인 이 나라는 아시아의 비경으로 알려져 있었어. 18세기 중엽 통일을 이루기 전까지 협곡과 오아시스에 사는 농경민과 초원을 누비는 유목민이 저마다 독립된 지위를 누렸지. 하나의 왕을 뽑기 전에 이 나라를 여행한 외국인이 거의 없었어. 험준한 지형 때문이기도 하지만 정치적 이유가 더 컸어. 잡다한 인종과 민족으로 얽힌 곳이라 위험할 뿐 아니라 들어오기가 어려웠으니까."

이 나라 역사를 줄줄이 뇌는 입매를 빤히 쳐다본다. 그의 어조에 힘이 실린다. 자긍심도 배어난다. 듣기만 해도 숨찬 이 오지를 나는 어쩌다 찾아들었을까. 잠깐 잊었던 혜초가 지그시 바라본다. 산에 막히고 변방의 광야를 홀로 걸었을 승려가 앞에 있다. 그와 같은 길을 밟고 있다니. 모를 힘이 밴다.

간밤에 내린 비가 산꼭대기에서는 눈이 되어 쌓여 있다. 정수리마다 희어진 산자락이 푸릇한 서기를 뿜는다. 점퍼에다 오리털 조끼까지. 가진 옷을 다 껴입었지만 살을 파드는 추위가 매섭다. 나는 발을 번갈아 구른다. 볼거리 없는 벌판에 끝없는 얘기가 흩어진다. 주머니에 찌른 손이 감각 없이 저릿하다.

"춥고 배고프고 갈 데 없고……."

쓸데없는 말인 줄 알면서 알아듣지 못할 한국말로 징징거린다. 청년의 시선이 내게 꽂힌다. 껴입고도 잔뜩 웅크린 나를 알 수 없다는 눈치다. 어느새 모인 꼬마들이 우리를 둘러싼다. 또렷하게 쌍꺼풀진 눈망울이 두 이방인을 좇는다.

그새 저만큼 뛰어간 청년이 프린트와 대불을 눈으로 맞춘다. 무너진 돌뿐인데 뭘 그리 살필까. 나는 멀거니 지켜본다. 주위를 맴도는 아이들이 내 얼굴을 힐끔거린다. 둘 데 없는 시선을 아래로 깐다. 허름한 슬리퍼에 든 맨발이 쉴 새 없이 바장인다. 양말이 없는지 아니면 이곳 관습인지. 흙먼지로 더께 진 살갗이 한기를 부른다. 가늠하는 추위가 지독하다. 해가 머리

위에 있다. 카메라 끈이 어깨를 묵직하게 파고든다. 돌아가서 쉬었으면.

"호텔로 가자. 피곤해."

나는 렌즈덮개를 씌우며 짧은 영어로 나를 알린다. 그의 눈이 내게 붙어 있다. 덥수룩한 수염, 감지 않은 머리, 씻고 닦는 건 아예 그만둔 걸까. 어깨가 뻐근하다. 나는 걸쳤던 카메라를 가방에 넣는다.

"이 시간에 호텔에 가서 뭘 할 건데? 밥 먹을 데도 없고. 계단에 올라가자."

잠깐 잊었던 층계를 그가 일깨운다. 나는 잘라낸 듯 솟은 벽면을 바라본다. 입구 비슷한 것조차 보이지 않는다.

"저쪽 동대불 불상 발밑에 들어가는 곳이 있어."

청년이 말하면서 쌓인 돌무더기를 손으로 헤집는다.

"아무것도 남지 않았어. 손톱까지 바스러졌어. 폭파하기 전에 왔어야 했는데. 깨진 눈이라도 있는지 찾아봐."

손으로 헤치면서 말한다. 나는 미적거리는 그를 기다린다. 모난 돌덩이가 산처럼 쌓여 있다. 부서진 돌무더기뿐인데 뭘 찾겠다고. 나도 발끝으로 더미를 시원찮게 헤적인다. 흙가루가 부옇게 인다. 섬세한 조각커녕 부스러진 돌멩이뿐이다. 나는 들키지 않게 혀를 차며 돌아선다.

"구자미리."

와글와글 섞인 꼬마 목청이 어디 가느냐고 묻는다. 누가 알
겠니. '알라'라면 모를까. 발설 못 한 대꾸가 목젖에 갇힌다.

20

쨍한 햇살이 쏟아진다. 새된 냉기가 땅에 배어 있다. 머리가 따갑고 발이 시리다. 위아래 균형이 맞지 않는다. 괜히 따라나섰다고 후회한다. 그러면 그렇지. 뭔 좋은 일이 내게 생기겠어? 줏대 없는 스스로가 우스꽝스런 그림을 그린다. 성큼성큼 다가온 청년이 나를 앞지른다. 안 간다고 말할까. 생각뿐 대놓고 돌아설 배짱이 없다. 나는 마지못해 걸음을 떼며 꿍얼거린다. 뭐가 그리 바쁜데? 발맞추는 척이라도 하지. 해가 기세를 올린다. 볕을 피할 그늘 한 조각이 없다. 대각선으로 걸친 백이 어깨를 짓누른다. 카메라뿐인데 뭐가 그리 무거운지. 나는 선글라스를 꺼낸 가방을 다른 쪽으로 돌려 멘다.

머플러로 가린 머리가 따끈하다. 여기저기 카메라를 들이대는 청년을 흘기듯 스친다. 이런 빛이면 입체감 없이 밋밋한 풍경이나 찍힐 텐데. 나는 발끝에 눈을 두고 걷는다. 날렵한 선 대신 두루뭉술한 그림을 얻어서 어쩌자고? 땡볕 깔린 벌판을 오래 걷는다. 머릿속이 흐릿하다. 골이 패려 한다. 두통이 아이를 끌어온다. 지금 어디서 무엇을 하고 있을까. 그림자로 따라온 아이가 모를 언저리로 나를 끈다. 지금이 언제고 여기가 어디인지. 보이는 것과 머릿속 상상이 비현실을 그린다. 청년을 만난 것이 어젠지 그젠지. 바람에 실린 존재가 먼지처럼 난다.

느릿느릿 흐르는 구름과 바람, 버려진 돌무더기뿐인 들판이 까마득히 펼쳐 있다. 카메라를 꺼낼까. 생각만 하면서 걷는다. 렌즈에 담을 풍경이 아니다. 행여 찍는다 해도 마찬가지다. 인화된 사진을 한번 훑으면 끝이다. 어느 구석으로 쓸리면 잊고 만다. 함께 보면서 감탄할 누가 없다. 그렇지만 어정거리는 것보다 찍는 흉내라도 내는 게 낫기는 하다. 덮어놓고 말을 걸어올 조무래기들과 눈을 마주치지 않아도 된다. 일일이 대꾸할 생각만으로 미리 지친다. 못 들은 척 무시할 수도 없다. 숫자를 믿고 우쭐해진 녀석들이 짓궂은 장난을 벌일 테니.

무리 진 아이들이 와글거리며 따라온다. 한여름 밤을 울리는 개구리울음처럼 시끄럽다. 둥근 소음이 넓은 벌판을 구른다. 허허로운 걸음이 파열음에 싸인다. 조금 쉬었으면. 엉덩이를 걸칠 돌덩이는 물론 한 점 그늘이 없다. 전후좌우가 탁 트인 왕모래 벌판이다. 걸음을 멈추면 아이들이 금세 에워쌀 것이다. 무섭게 밀려들던 무리가 어린다. 설핏 진저리가 인다. 카불에서 겪은 일이 생생하게 남아 있다.

그날 아침 봉사 팀을 둘로 나누었다. 한쪽은 식량을 나누어주고 나머지는 우물 파는 일을 거든다고 했다. 누군가 큰 소리로 말했다.

"시추기 파이프를 박은 뒤 관정으로 물이 솟구칠 때의 기분 알아? 완전 짱이야. 내가 물을 만든 것 같다니까."

나는 돌아보았다. 데면데면 지나치던 동료가 환한 얼굴로 엄지를 세웠다. 깊이 숨죽였던 넋이 유년의 우물가로 날았다. 우물 턱에 허리를 걸친 계집애가 아득한 아래를 굽어보았다. 희부연 원통을 적신, 음기 밴 물기척이 딴 세상을 열었다.

다 나간 빈집에 혼자 남을 때면 우물가에 나가 시간을 죽였다. 다리를 앙버틴 계집애가 우물 턱에 허리를 걸쳤다. 머리다발이 동굴 속 허방으로 쏟아졌다. 얼굴로 피가 쏠렸다. 조각난 하늘이 어른대는 수면. 파르르 인 물무늬를 눈으로 좇았다. 모를 깊이에 밴 중력이 존재를 당겼다. 웅숭깊은 소음이 우 웅 울렸다. 서넛 사는 물고기가 꼬리를 흔들었다. 계집애가 할머니에게 물은 적이 있다. 할머니 물고기가 왜 저기 살아? 구순한 목소리가 귀를 울렸다. 몰러. 이사 오니께 벌써 있더라. 누구보다 먼저 터를 잡은 어류가 유연하게 헤엄쳤다. 콘크리트가 아닌 돌로 쌓은 우물이었다. 둥근 바닥에 닿을 듯 고개를 박은 계집애가 더욱 허리를 꺾었다. 돌 틈에 낀 파릇한 이끼가 잡히려 했다. 바닥 모를 두려움과 불끈 솟은 호기심이 한데 섞였다. 당기는 중력과 떠도는 매혹이 빛바랜 보석처럼 남아 있다.

떨어질라. 외친 이가 누구였을까. 하늘땅을 채운 흰 볕이 사위를 달군다. 핏물 밴 석류꽃이 툭 떨어진다. 넘치던 날은 갔다. 느닷없이 마른 우물 밑에 가라앉은 듯 울울했다. 나는 식량팀에 끼었다. 시원한 풍경을 보고 들뜨기에는 내게 팬 우물이 깊었으리라. 흙먼지가 부옇게 이는 벌판으로 나오니 오히려 차분해졌다.

차가 허허벌판에 줄지은 천막촌으로 머리를 틀었다. 난민촌치고 규모가 큰 편이었다. 얼핏 보기에 사 오십 동은 되어 보였다. 흰 천막이 내게 검정으로 남아 있다. 추레한 입성을 걸친 남자들이 해바라기를 하는 천막촌. 어찌해서든 살아야 하는 날이 칙칙한 그림자를 드리웠다. 더께 진 땟국과 날리는 먼지, 누덕누덕 기운 입성이 쓰리고 고된 날을 드러냈다. 줄지어 선 천막 위로 바람이 불었다. 두툼한 천막이 거친 소음을 내며 펄럭

거렸다. 열린 차창으로 시큼털털한 악취가 흘러들었다. 되는
대로 누더기를 걸친 조무래기들이 맨발로 뛰었다. 여기저기서
한꺼번에 내지른 괴성이 솟았다. 무리에 끼지 못한 벌거숭이
꼬마가 천막을 버틴 줄에 기대어 멈춘 차를 바라보았다. 철수
세미 같이 엉킨 머리칼과 불룩한 배가 가난에 따른 영양실조를
알렸다. 또랑또랑한 눈망울이 잔뜩 낀 땟국을 덜었다.

바닥으로 내려앉은 빈곤과 지탱할 무엇 하나 없는 살림이
앞에 있었다. 손대지 못할 가난이 무겁게 얹혔다. 무리 진 아
이들이 부연 먼지를 일으키며 달려갔다. 나는 엇비슷한 또래
를 보며 간절해졌다. 내세울 믿음이 있는 것은 아니었다. 이곳
을 돌볼 누가 있었으면. 벼랑 끝에 몰린 이들을 보살필 보다 큰
손길이 아쉬웠다. 훗날 큰 인물이 여기서 안 나온다고 못 했다.
이때를 돌아보며 자신을 긍정하기를. 소금보다 짠 시간을 견디
며 힘을 키웠다고 말할 날이 있기를. 용오름에 실려 보낸 작은
바람이 보다 큰 누구에게 닿기를. 그리하여 험한 날을 버틸 한
줄기 빛이라도 비추기를 바랐다. 이들을 지킬 손길이 절실했
다.

사방에 널린 분뇨가 구리고 지린내를 풍겼다. 땡볕 아래서
서성이던 한 떼의 사내들이 멈춘 차를 보며 몰려왔다. 가져온
박스를 풀기 무섭게 물건이 바닥났다. 식용유와 밀가루를 필사

적으로 움키는 손을 보며 나는 슬그머니 물러났다. 천막지붕에 시퍼렇게 적힌 유네스코를 뜻 없이 뇌었다.

천막 사이로 몇 걸음 걸었다. 냄비에 새까맣게 붙어 있던 파리 떼가 한꺼번에 흩어졌다. 나는 얼결에 뒷걸음치다가 번 천막 틈새에 고개를 드밀었다. 추위를 가릴 덮개와 그을음 낀 커다란 고철냄비가 눈에 잡혔다. 방 가운데 앉은 여인이 느릿하게 눈을 들어 나를 바라보았다. 어미 품에 안긴 갓난아기가 가쁜 숨을 쌕쌕 몰아쉬었다. 낯빛이 누렇게 뜬 여인이 초점 잃은 눈을 허공에 던졌다. 나는 어쩔 줄 몰랐다. 들춘 천막을 내리고 돌아설 수도 없었다. 가까이 다가가서 위로해. 수가 엄격하게 다그쳤다. 나는 주춤주춤 다가갔다. 헐겁게 풀린 여인의 눈이 나를 좇아 움직였다. 그림으로 봤던 탈진한 아이가 품에 있었다. 낳은 지 한 달은 됐을까. 어쩌다가 여기 태어나서……. 아이가 엷은 눈꺼풀을 무겁게 밀어 올렸다. 앙상한 맨다리와 쭈글쭈글 밀린 노리끼리한 살갗이 영양실조를 드러냈다. 허깨비 같은 모체에 안긴 아이가 배를 불룩거렸다. 밭은 젖을 빨다가 지쳤으리라. 숨찬 호흡이 무력한 방관자를 다그쳤다. 고단한 삶이 통째 목을 눌러댔다. 무슨 말을 어떻게 건네야 할지. 나는 망설였다. 여기 말을 모르는 게 다행이었다. 굶주린 이들을 다독일 무엇 하나가 없었다.

숙소에 돌아와서도 편치 않았다. 악몽일 나날을 실낱같은 목숨으로 버티는, 파리한 모자가 지워지지 않았다. 빈 오후를 어찌 보낼지 막막했다. 걷기라도 하자. 저잣거리를 채운, 악머구리 끓듯 외치는 악다구니를 배길 자신이 없었다. 언젠가 지나쳤던 모스크가 떠올랐다. 어디서나 보이던 푸른 지붕을 좇아 걷자. 얼핏 스친 화려한 타일장식으로 보아 오래된 사원이었다. 나는 둥글게 솟은 돔을 그리며 숙소를 나섰다.

모스크 앞 광장에 섰다. 바닥을 깐 청록색 타일이 끝을 보이지 않았다. 가로세로 맞물린 현란한 무늬가 딴 세계를 그렸다. 나는 알 수 없는 그곳으로 흘러든 한낱 검불이었다. 아득한 그림에 갇히니 모든 게 모호했다. 얼마를 서성였을까.

나는 결심하고 광장을 대각선으로 가로질렀다. 중간쯤 걷다가 무심코 돌아보았다. 텅 빈 그곳에 혼자였다. 군티처럼 박힌 스스로가 무력한 실존을 드러내었다. 떠난 내 집이 아마득 어렸다. 앞으로 어찌 될지. 이렇게 떠내려가도 되는지. 파도에 쓸린 이파리처럼 존재가 흔들렸다. 잠깐 스친 어느 어름에서 악을 쓰던 모습이 끼어들었다. 갑자기 으스스했다.

나는 사원 앞으로 재게 걸었다. 자물쇠를 물린 건물 안쪽에서 음충맞은 그림자가 튀어나오려 했다. 서늘한 음기가 나를 급히 몰았다. 사원 옆구리에 좁은 골목이 뚫려 있었다. 나는 서

둘러 꺾어 들었다. 화려한 타일을 벗어나서 맨땅인 고샅을 밟으니 죄던 마음이 풀렸다. 허둥거리던 걸음이 제대로 놓였다.

　성채처럼 높은 모스크 뒤에 나지막한 집들이 밀집해 있었다. 나는 부서진 주택가를 따라 걸었다. 비바람에 허물어진 가옥이 끝을 보이지 않았다. 한때 벌쭉했을 동네였다. 적막하게 빈 그곳에 음흉한 기운이 희뜩거렸다. 치솟은 모스크 뒷벽에 총 자국으로 보이는 자잘한 흠집이 줄을 지었다. 벌집처럼 뚫린 구멍을 올려보며 걸으니 조금 나았다. 냅다 기관총을 갈길 만큼 치열한 싸움이 벌어졌던 게지. 겁만 주려 했는지. 빗맞은 자국인지. 거기 견주면 주택은 말 그대로 폐허였다. 비바람에 녹아내린 흙벽을 기웃거리다가 방향을 틀기도 했다. 지붕이 날아가고 벽만 남은 칸칸에서 분뇨냄새가 새었다.

　모자혜딘이라던가. 이슬람 전사들이 정부군과 맞서 싸웠다는 말을 들었는데. 주택가 너머로 솟은 언덕이 보이다 말다 했다. 기슭에 널찍하게 자리 잡은 수도경비사령부의 철조망이 좀체 끝나지 않았다. 군인과 회교도의 싸움이었을까. 아니면 종족끼리 다투었을까. 아는 만큼 보인다는데 아는 게 없었다. 모든 게 안갯속 그림이었다. 검증되지 않은 짐작을 멋대로 이었다. 고래 싸움에 새우 등이 터진다고 했다. 피 튀기는 전쟁의 피해는 힘없는 주민이 떠안았겠지. 나는 곳곳에 이어진 골목을 꺾어 돌며 연상을 이었다. 어디든 무너진 벽과 흙더미뿐이었다. 갑자기 나타난 젊은이가 나를 따라왔다. 말없이 함께 걷는 숫된 얼굴이 불안을 키웠다.

"여기서 무슨 싸움이 있었어?"

내가 말을 걸었다. 낯선 얼굴이 도발한, 불온한 기척을 눌러야 했다. 머뭇거리던 그가 입을 열었다. 기쁜 낯빛에 열기까지 띠고. 깐에는 열심이었다.

"오 년 전에 폭격이 있었어."

굴비딘, 타르지몬 같은 단어가 솟았다. 반군이든 정부군이든 상관없는 이름이었다. 이름난 인물로 들렸지만 역사나 진행 과정을 모르는 나그네였다. 나는 고개만 끄덕였다. 으슥한 폐허를 덮은, 으스스한 기척이 덜미를 죄었다.

어디가 어딘지 모르면서 생판 낯선 남자와 걷다니. 제정신이야? 수가 겁에 질린 비명을 질렀다. 외진 길에서 해코지를 당한 기사가 어지럽게 날았다. 먼저 말을 건 데다 시원찮은 영어도 바닥났다. 어찌해서든 때 내야지. 가던 길을 잊은 젊은이가 순박하게 발을 맞추었다. 무너진 가옥뿐인 적적한 고샅이 수상쩍은 기척을 흘렸다. 뜻밖에 험악해진 그가 칼을 들이대는 그림이 어리댔다. 주머니를 노리는 누가 갑자기 튀어나올 경우도 있었다.

갈림길이 나올 때마다 잘 가라는 말과 함께 손을 저었다. 내 조바심이야 몰라라 하고 그는 느긋했다. 수없이 바이 바이를 뇌었다. 더 따라올 수 없었던지 그가 멈추었다. 이때다 하고 나는 숨차게 걸었다. 얼마 뒤에 돌아보았다. 아직 지켜보던 그가 기다렸다는 듯 손을 높이 들었다. 나는 건성 손사래 치며 돌아섰다.

마침내 혼자가 되었다. 호젓할 틈 없이 또 다른 얼굴이 다가왔다. 어쩌다 마주치는 이마다 빼놓지 않고 아는 척했다. 못하는 영어지만 인사를 거르면 안 된다는 시늉으로. 무너져내리는 폐허의 주택가였다. 외진 땅에서 도진 거친 추측이 나그네를 흔들었다. 모르쇠 지나가면 괜한 부아를 돋울지 몰랐다. 섣불리 대꾸하면 잡히기 십상이었다. 듣는 척하다가 몸을 빼려 했지만 쉽지 않았다. 딱히 건넬 말이 있을 리 없었다. 나는 여기서 무슨 일이 있었는지 물었다. 대답들이 다 달랐다. 동네를 여러 번 폭격한 게 아닐 텐데. 게다가 나그네와 원주민 둘 다 서툰 영어였다. 정부군인지 반군인지 헷갈리는 데다 지휘관의 이름 또한 각각이었다. 언제 누구와 싸웠는지조차 뒤죽박죽이었다. 문득 끼어든 길손이라 도무지 갈피가 잡히지 않았다.

여기 주민이라 해도 싸운 내용을 모르는 걸까. 지난 일을 제대로 기억 못 할 수 있었다. 떠오르는 대로 주절거린다 싶지만 캐물을 실력이 못 되었다. 못하는 영어에다 이 나라의 발자취를 알지 못하니까. 알든 모르든 싸움에 말리고 다치는 현실이 서민들에게 돌아갔으리라. 도망치기 바쁜 그들에게 사건을 간추려서 가르치는 이나 그럴 겨를이 없었겠지. 잘 못 알아들었으면 어떤가. 나야 나그네인데. 구름에 달 가듯 스치면 그만이었다.

서두를 일이 없었다. 때로는 곧장 가고 가끔 꺾어 들기도 했다. 볼거리가 있든 없든 여기가 저기 같고 저기가 여기 같아도 으레 따라오는 검은 그림자에 시달리는 것보다 나았다. 텐트 속 탈진한 모자가 무겁게 얹혀 있었다. 잠이 든다 해도 마찬가지였다. 관 속 주검처럼 누운 내게 아이는 불쑥불쑥 나타났다. 축축한 꿈속으로 따라와서는 실제보다 더 지독하게 나를 괴롭혔다. 꿈에서라도 못 보면 야속하고 잠을 깨고 나면 숨이 찼다.

길을 잘못 들었다고 안 것은 깊이 들어온 뒤였다. 어디로 가야 큰 길이 나올까. 갈라진 길 앞에 설 때마다 망설였다. 어디를 얼마나 에돌고 휘었는지 알 수 없었다. 와글와글 섞인 함성이 솟았다. 나는 그쪽으로 꺾어 들었다. 널찍한 빈터에 한 떼의 아이들이 헤진 공을 좇아 뛰었다. 짜랑짜랑 솟은 외침이 허공을 울렸다. 나는 둔덕처럼 쌓인 흙더미를 밟고 서서 뜻밖의 활기찬 광경을 지켜보았다. 허물어진 집터가 넓은 운동장으로 바꿰어 있었다. 그 위로 넓게 열린 하늘을 보니 속까지 시원했다.

고만고만한 꼬마들이 흙먼지를 날리며 구르고 뛰었다. 한데 섞인 사내아이와 계집아이가 힘을 겨루었다. 뛰는 놈과 구경하는 녀석. 연을 날리는 소년 옆에서 흙장난하는 계집애. 동생 손을 꼭 잡고 선 계집애와 꼬마를 돌보는 사내아이. 걷지 못하는 꼬맹이를 옆구리에 낀 소년까지 끼어 있었다. 널찍한 공터를 빼곡히 메운 아이들이 기고 날았다.

걸친 입성 또한 제각각이었다. 되는대로 걸친 아이들이 맘껏 뛰놀았다. 찌든 가난 탓에 꾀죄죄한 몰골이지만 생기가 펄펄 넘쳤다. 또렷한 눈동자가 하나같이 빛났다. 찹찹하던 속내가 떠들썩한 활기를 힘입어 살아났다. 쓰리고 아린 상처가 아무는 듯했다. 모자란다고 뛰쳐나가기로 하면 여기 남을 녀석은 하나도 없을 테니.

허름한 매무시에다 흙을 고물처럼 묻혔으면 어떤가. 모를 결핍 탓에 아이가 엇나갔다고 나를 후비던 참인데. 짐작이 부풀면 확신이 됐다. 클 대로 커진 헛된 연상이 나를 휘어잡고 놓지 않았다. 검질기게 을러대던 어처구니가 주춤 물러섰다. 나는 맘 놓고 둘러봤다. 휘저어진 공기까지 발랄했다.

맨발로 흙투성이가 된 사내아이가 땟국 진 얼굴을 내게 치켰다. 옆에 선 계집아이가 빤빤한 시선으로 째렸다. 여덟이

나 아홉 살? 나는 야윈 몸에 걸친 꼬질꼬질한 분홍드레스에 대고 빈 웃음을 물었다. 하르르한 드레스를 입고 나설 자리가 아니었다. 찌든 때에다 꼬깃거리는 것으로 보아 짐칸에 꼭꼭 쟁여 왔을 구호물자였다. 얇은 끈 밑에 올 굵은 스웨터를 받쳐 입은 품으로 보아 언제 어떻게 입는지조차 모르는 눈치였다. 나는 실실 웃었다. 적의 깔린 눈빛이 그대로였다. 파마머리인지 타고난 고수머리인지. 헝클어진 긴 머리가 굽실거렸다. 철수세미처럼 뻣센 머리칼을 지나 검게 그을린, 막대기처럼 홀쭉한 다리와 먼지 낀 맨발을 훑었다. 도로 눈을 들어 무릎에 닿은 치맛단과 얼굴을 살폈다. 구경하는 동양여자가 괘씸했으리라. 어린 계집애가 얕잡듯 차가운 눈빛을 날렸다. 그러거나 말거나. 나는 웃음을 거두지 않았다. 팔꿈치에 걸린 어깨끈이 불편할 텐데. 치켜 올리라 할까. 하다가 그만두었다. 우리말을 못 알아들을뿐더러 섣불리 끼어들면 더 밉보일 것이었다. 단박 삼킬 듯 이글거리는 눈빛이 떨어지지 않았다.

하나씩 둘씩 아이들이 모였다. 공터를 채운 생기가 잦아들었다. 나는 얼떨떨했다. 거센 자성에 딸려온 쇳가루처럼 검은 머리통이 빽빽했다. 바늘 꽂을 틈조차 없이 몰려선 모습을 보며 나는 어쩔 줄 몰랐다. 엉뚱하게 밀림에 내린다는 스콜이 떠돌았다. 삽시간에 벌어진 일이었다. 엉겁결에 갇혔다.

몇이면 만만했을 텐데 떼거리로 몰리니 거대한 파도였다. 언제 덮칠지 모를 거센 물살이 긴장을 불렀다. 숨죽인 시선이 내게 쏠렸다. 뭔가 옷자락을 쳤다. 나는 재빨리 살폈다. 작은 돌이었다. 누구일까? 나는 인파를 내다보았다. 내가 그랬어. 대담하게 나설 놈이 있을 리 없었다. 설사 나선다 치자. 어쩔 것인가.

　　이쯤에서 물러서야지. 머뭇거릴 때 두 번째 돌이 날아들었다. 나는 매섭게 훑었다. 팽팽한 긴장이 퍼졌다. 나는 겁이 났다. 키가 조금 큰 녀석이 히쭉 웃으며 옆에 놈을 끌어당겼다. 떼로 몰리면 으레 끼는 장난이었으리라. 야비한 웃음이 부아를 일켰다. 어린놈에게 떠넘기려고? 나는 힘껏 째렸다. 옷자락을 끌린 녀석이 울상이었다. 사실을 알든 모르든 달라질 일이 없었다. 싱겁게 돌아설 자리가 아니었다. 큰 녀석이 히죽거렸다. 기껏 누른 부아가 터지려 했다. 이런 무지렁이가. 튀어나오려는 말을 애써 삼켰다. 알아듣지 못한다 해도 함부로 뱉을 말이 아니었다. 빼곡히 몰린 눈동자가 수상쩍은 빛을 쏘았다. 온통 아슬아슬했다. 뭇 발길에 밟힌 동양여자가 그 채 스러지리라. 이 일을 어찌 풀어야 할지 알 수 없었다. 이럴 때 쓸 몇 마디라도 알아둘걸. 모쪼록 탈 없이 지나갔으면. 소인국에 떨어진 걸리버가 어리댔다. 힘 준 눈자위가 뻑뻑했다.

노여움이 울화를, 적의가 적대감을 부추겼으리라. 히죽거리던 녀석이 차갑게 노려보았다. 웅성거리는 소리가 커졌다. 거대한 파도가 출렁였다. 짐작 못 할 일이 벌어질지 몰랐다. 작두를 탄 듯 사뭇 조였다. 감쪽같이 나를 뽑아 옮길 집게가 있었으면. 철없는 아이뿐 일을 가릴 어른 하나가 비치지 않았다. 마술처럼 하늘로 솟거나 땅속으로 꺼질 수 없을까. 이삭 훑듯 이들을 주르륵 몰고 갈 누가 나타나기를. 우연에 실린 하늘의 도움이라도 빌어야 했다. 흙먼지 서린 사위가 흐렸다.

어쩌다 여기까지 왔을까. 나는 서너 걸음 물러섰다. 무너진 벽이 등에 닿았다. 물러설 자리나 나갈 길이 보이지 않았다. 겁에 질린 비명이 쏟아지려 했다. 나는 붙박인 것처럼 서 있었다. 이런 일이 왜 벌어졌을까. 길을 따라 걷다가 짐작 못 한 덤터기를 쓰다니.

어떻게 벗어날까. 나는 벼랑에 몰린 승냥이처럼 틈을 노렸다. 빽빽한 침묵이 목을 눌렀다. 늘 귀퉁이로 몰리는 처지라니. 나도 모르게 약이 올랐다. 머뭇거려서 풀릴 일이 아니었다. 나는 결심하고 발을 뗐다. 앞에 섰던 녀석이 한 걸음 물러났다. 조금 길이 났다. 나는 눈을 허공에 두고 성큼성큼 걸었다. 될 대로 되겠지. 무서워하지 마. 쭈뼛거리면 안 돼. 수가 숨찬 비명을 쏟았다. 물결을 거슬러 오르는 듯했지만 내친걸음이었

다. 기세에 눌린 녀석들이 주춤주춤 물러났다. 어떻게 큰길로
나왔는지 모른다. 걷다가 멈추고 돌아보았다. 뒤를 쫓던 서넛
의 꼬마가 딴청을 했다. 무섭던 파도가 간데없었다. 나는 지릅
뜬 눈으로 을렀다. 앙상한 어깨뼈를 드러낸 사내아이가 시무룩
하게 돌아섰다.

21

　　　　　　　　　그날 모르고 놓쳤을 낌새를 다시 캔다. 어떻게 위기를 벗어났을까. 지켜보던 누가 혼자 힘으로 헤쳐 나가도록 이끌었을까. 그게 아니면 키운 망념으로 일을 키운 걸까. 낯선 동양여자에게 쏠린 호기심을 보면서 지레 놀랐으리라. 한꺼번에 쏠린 눈망울을 보며 거센 물살을 그리다니. 혼자의 착각이 화를 불렀다.

　　언제 아이들이 사라졌을까. 휘휘한 벌판을 둘러본다. 말없이 걷는 외국여자가 싱거웠으리라. 다른 놀이를 찾아낸 걸까. 느린 걸음을 떼면서 그새 익힌 낱말을 읊조린다. 악시미기리. 뻣세게 들리던 발음이 부드럽게 혀를 감는다. 거듭 읊조리다가 흐린 웃음을 문다. 허공에 뜬 말이 도로 돌아온다. 되풀이 뇌며 빈 웃음을 날린다.

"사진 찍어 달라고?"

앞선 청년이 돌아보며 묻는다. 그의 말을 듣고야 뜻을 알아챈다. 컴퓨터로 뽑은 그의 복사지에 이네들 말이 적혀 있다. 낯선 말이 들릴 때마다 말없이 종이쪽을 뒤적이던 모습이 겹친다. 허름한 겉모습 뒤에 작은 것 하나 놓치지 않는 시선이 있다. 꼼꼼하게 챙기는 그를 되풀이 훑는다. 타고난 성격이 그런지 일본이라는 나라가 그렇게 만든 건지. 머리를 굴리며 마주선 바위산을 바라본다.

어른거리는 그림자 몇이 회갈색 산 중턱을 오간다. 무채색 바위에 노랑 빨강 초록이 알록달록 돋는다. 검게 그을렸을 동굴 안이 여기서는 보이지 않는다. 떠도는 집시들이 머물다 떠난다는 얘기를 들었다. 세간이라야 몇 안 된다. 그릇 몇 개와 이불 정도일 것이다. 그네들이 자랑하는 사치품이라고 해야 조악하게 꿰맞춘 라디오가 고작이다. 이러니저러니 해봐야 메마른 벌판에 친 천막 속 난민보다 낫다.

한참 떨어진 언덕에서 동굴에 거처하는 이들을 살핀 적이 있다. 보이는 대로 받아들였던 그날의 오해가 새겨 있다. 멀리 알른거리는 색깔을 보며 눈을 키우던 모습이 펼쳐진다. 잿빛 바위를 수놓은 원색이 호사스런 상상을 부추겼다. 바랜 부르카

색깔뿐인 데서 색깔 고운 원색을 보니 예의 짐작이 벋었다. 귀한 댁 규수가 나들이 나왔으리라. 어깨에 걸친 천으로 보아 인도사람이었다. 실마리 잡힌 추측이 줄지어 딸려왔다. 부서진 대불을 살피러온 외국기자 위로 기사 타이틀까지 솟았다. 대불 폭파에 모아진 세계의 이목.

취재하는 모습을 가까이 살폈으면. 외국기자와 마주할 기회를 놓치면 안 되었다. 나는 조바심치며 잰걸음을 옮겼다. 툭 터진 벌판이 좀체 좁혀들지 않았다. 그들을 알아볼 만큼 가까워졌다. 나는 걸음을 늦추고 목을 뺀 추저분한 누더기를 마주 보았다. 외국여자를 구경하는 가난한 사내를 보니 맥이 풀렸다. 빨래나 목욕은 언감생심 꿈도 못 꿀 남루가 내 상상을 비웃었다. 원색을 걸친 아낙이 남자 뒤에 있었다.

거리가 만든 환상에 방방 뜨다니. 착각에 빠졌던 그때를 그리며 무춤하다. 문화유산으로 지정된 곳에 사람이 살 줄 가늠 못 했다.

도드라진 노랑 빨강이 바위산 중턱을 오간다. 곁들인 초록이 또렷하게 살아난다. 실상을 알았다고 해서 고운 빛이 흐려지지는 않는다.

"저기서 살아도 괜찮겠지."

나는 걸음을 멈추고 의아한 시선을 든다. 무슨 말을 하는 건

데? 이 남자가!

도로 입을 다문 그를 보며 나는 토막 난 말을 건넨다.

"나는…… 이런 데서…… 살고 싶지 않은데……."

빈 시선이 내게 머문다.

"어디 사나 마찬가지야. 겉만 다르지 사는 내용은 그게 그거야. 꼭 어디여야 하는 게 대수겠어? 내가 받은 시간을 보여주는 데 허비할 수 없어. 스스로 좋아하고 잘할 수 있는 일을 찾을 거야. 누가 어찌 보든 상관없어. 해석할 나름이니까."

푸른 물무늬가 퍼진다. 기내에서 만났던 부인이 나를 지켜본다. 어떻게 해석할지 각자의 몫이야. 부인의 목소리가 날아든다. 같은 장면이 되풀이된다. 따로 만난 둘이 같은 말을 한다. 야릇한 기시감이 인다. 물속 물기둥이 나를 두른다. 안팎이 열린다.

"시간과 거리를 알맞게 떼면 제대로 보게 돼. 너무 가깝거나 멀면 아무것도 알 수 없어. 우리 몫으로 주어진 시간과 공간은 제한되어 있어. 최선을 다하라고 하늘이 가르쳐."

다정한 눈빛이 나를 굽어본다. 때마다 푸른빛을 드리울 만큼 마음에 담았던가. 나는 키웠던 눈을 내린다. 생이 해석일 뿐이라고? 혼자의 추측이 확신을 부른다. 알맞게 거리를 떼야한다. 취록 빛 묵직한 물살이 밀려온다. 다리가 휘뚝 꺾인다. 나는 힘주어 버틴다.

"허접한 속을 덮기에만 급급하지. 그럴싸하게 꾸미고 큰 떡을 차지하려고 덤비는 모습이 지긋지긋해. 썩은 사체에 바글거리는 구더기 같아. 아등바등 박치기하던 날을 벗어나려 했어. 지금이 훨씬 나아. 실속 없이 멀미만 나던 날과 달라."

예의 느릿한 말이 길게 이어진다. 나는 낯설게 바라본다. 여기 온 이들마다 도를 닦는 걸까. 하긴 달리 볼거리가 없으니 생각이 깊어지는 게 맞다.

"꽉 막힌 도시를 벗어나서 툭 터진 벌판을 걸으니 숨쉬기가 수월해. 이렇게 오가면서 꼭 하고 싶은 일이 무엇인지 찾겠어."

뛰쳐나간 아이가 앞에 있다. 깊은 물에 잠겼던 그때, 깊이 쟁인 말이 아우성친다. 나는 아플 만큼 입술을 문다. 하고 싶은 일이라고? 나는 아직 지난 시간에 갇혀 있다. 무슨 말을 꺼내야 할지. 얽히고설킨 실타래뿐 실마리가 보이지 않는다. 결박을 푼 뒤 말해도 늦지 않다. 검은 그림자가 쓸 듯 날아든다. 나도 모르게 고개를 비킨다. 속내를 비친 청년이 나를 바라본다. 겉모습은 다르지만 사는 내용은 엇비슷하다. 바라지 않는 일에 어쩔 수 없이 말려든다. 각자 빠져나갈 길을 찾아야 하리라.

청년의 뒤로 너른 들판이 펼쳐 있다. 물통을 이고 든 부르카가 굽은 길을 따라 걷는다. 발끝에 닿은 내리닫이 긴 옷자락이 바람을 탄다. 정작 여자는 갑갑할 텐데 날리는 곡선이 우아하다. 그림자로 따라온 사촌이 한데 실린다. 그의 아내는 어떻게 죽었을까. 심장이 약한 여자라고 들었던가. 딴 사람 얘긴가. 사촌은 아내가 죽은 사실을 왜 알리지 않았을까. 냉소 띤 눈빛은 결핍 탓인가. 그렇게 타고 난 건가.

청회색 넓은 치마폭이 바람을 잔뜩 안는다. 화학 천에 전 때가 보이지 않을 만큼 거리가 떠서 여자는 그림 속 풍경이 된다. 어디서나 물통을 든 여자와 아이들을 흔하게 본다. 가난할수록 허드렛일은 힘없는 아이와 여자에게 돌아간다. 오물범벅인 가파른 산동네나 바위에 둥지 튼 동굴살림이 마찬가지다. 형체는 뭉개지고 색깔만 남은 여자가 벌판을 걷는다. 사 킬로미터가 넘을 아랫동네로 내려가는 걸까. 아니면 물을 길어서 돌아오는 걸까. 세제나 부동액을 담았을 플라스틱 통이 여기서는 물통으로 쓰인다. 앞선 나라에서 석유화학제품으로 만든 원색이 요란하게 튀어든다. 눈살이 좁혀든다. 거기 담긴 도랑물을 떠올린다. 토악질이 일려 한다. 치받치던 욕지기가 겨우 가라앉는다.

22

목이 마르다. 버릇처럼 호주
머니에 찌른 손을 움찔거린다. 뭉친 실밥뿐 잡히는 게 없다. 손
톱에 걸려 나온 부스러기를 바람에 날려 보낸다. 검은 손톱 모
양의 굴이 점점이 찍혀 있다. 칸칸이 힘겨운 날을 묻혀낸다. 가
난과 굴종 속에서 먹어야 산다는 건 치욕 아닌가? 쥐어짜듯 빈
위가 쓰리다.

"수가 어디 있을까?"

청년이 묻는다. 수라고? 나를 마주 보면서 나를 찾다니? 갑
자기 환하다. 느리던 피돌기가 급하게 소용돌이친다. 내가 아
닌 마실 물인 줄곧 알아챈다. 앞지른 속내를 들킨 것처럼 무춤
하다. 나는 대놓고 고개를 휘휘 젓는다. 꺼칠한 그의 입가에 갈

증이 배어난다. 가게에서 파는 물이 여기 있을 리 없다. 개울물을 길어오는 저들에게 물을 달랄 수 없다. 때를 가리지 않고 무작스럽게 쏟아질 설사보다 목을 태우는 갈증을 참는 게 낫다.

"아!"

밝아진 청년이 낮게 외친다. 깜빡 잊었다는 시늉으로 한쪽만 걸친 배낭을 내린다. 그의 손이 헐겁게 풀린 틈을 비집는다. 꺼내든 다홍색 석류가 믿음직하다. 단단한 껍질에 든 풍성한 과즙을 그린다. 시디신 타액이 혀뿌리로 몰린다. 주머니칼을 꺼내든 그가 과일 배꼽을 따라 둥글게 금을 낸다. 사촌에게 받았던, 탄피로 만든 칼을 어디서 잃었을까. 문득 떠올라서 서랍을 뒤졌지만 보이지 않았다. 원래 내 것이 아니라고 여겼으리라. 서운하거나 아깝지 않았다. 조금 후련했던 것 같다. 가끔 꺼내보면서 찝찝했던가. 두근거렸던가. 아무에게도 보여주지 마. 들키면 안 돼. 재빨리 소곤거린 목소리가 돌아온다. 그는 어디서 그것을 얻었을까. 왜 내게 주었을까. 바깥으로만 돌던 소년 뒤에서 혀를 차던 얼굴이 떠돈다.

반질반질 윤나던 노란 칼집이 선명하게 다가온다. 햇빛을 듬뿍 받은 석류나무도 함께. 흰 햇살과 신 알갱이가 튀어든다. 말간 타액이 괸다. 시큼한 침과 함께 지난날을 추억한다. 청년이 손에 든 과일을 힘주어 쪼갠다. 꽉 찬 알갱이가 희끄무레하다. 둘 다 눈을 휘둥그렇게 뜬다. 선혈처럼 붉어야 할 속살이 간데없다.

"뭐가 이래?"

그가 맥 빠진 시늉으로 시르죽은 과육을 바라본다. 땅을 얼린 냉기가 빛나던 선홍을 지웠다. 후딱 스친 환영이 그렇듯 덧없다. 청년이 아쉽게 입을 다신다. 목을 태울 갈증이 내게 얹힌다. 미련을 못 버린 그가 풀기 잃은 알갱이를 떼어 씹는다. 그의 미간이 좁혀든다. 행여나 했지만 역시 마찬가지다. 새뜻한 맛까지 색깔 따라 스러졌다.

"밍밍해. 못 먹겠어."

갈라진 석류 쪽이 포물선을 그린다. 저만치 떨어진 풀숲에서 툭 소리가 난다.

"한 개 더 남았어."

내게 던진 말일 텐데 스스로 다독이는 것처럼 들린다.

"이번 건 괜찮기를."

주문처럼 뇌며 칼집을 긋고 두 손에 힘을 준다. 다섯의 뼈가 줄줄이 일어선다. 움푹 팬 곬이 고집스럽고 진지하다. 번 틈새로 알갱이 몇이 후드득 떨어진다.

"히야!"

둘의 소리가 하나로 섞인다. 빼곡히 박힌 진홍 보석이 제 빛을 드러낸다. 청년이 쪼갠 반쪽을 내민다. 큰 쪽을 내밀던 사촌이 앞에 있다. 티 없이 말간 알갱이가 루비보다 찬란하다. 지속되는 시간이 짧은 것만 빼면 값비싼 돌보다 탁월하다. 보기도 아까운 다홍이 투명한 햇살을 담는다. 모처럼 나를 비우겠다던 결심이 후루룩 날아가려 한다. 단단한 껍질에 싸인 순결한 속살이 볼수록 매혹적이다. 나를 지켜줄 억센 힘이 그립다. 채웠던 적 없는 갈망이 너울처럼 까분다. 하염없이 내린 볕이 휑한 벌판을 덮는다.

순간을 조심해. 잠깐 견디면 지나가. 수가 넌지시 찌른다. 나도 모르게 받아든 반쪽을 도로 건넨다. 왜? 말없이 묻는 눈에 대고 도리질한다. 청년의 표정이 알 듯 모를 듯 펴진 것 같다. 남의 몫을 축내지 않았다는 만족감이 흐릿하게 번진다. 먹지 않고 비워서 묵은 찌끼를 태운다는 라마단이다. 견딘 만큼 가벼워질 나를 그린다. 끄트머리를 드러낸 식탐이 아직 미적거린다. 나는 남은 알갱이 서넛을 가만히 옮긴다.

청년이 석류 알을 이빨로 훑는다. 한 움큼 모은 알갱이를 몽땅 털어 넣던 사촌이 앞에 있다. 지질리게 신맛이 퍼진다. 나는 찡그리며 괸 침을 삼킨다. 헛헛증이 덜한 건가. 더한 건가. 눈을 먼데 둔다. 눈시울 안쪽에 말간 진홍이 어리댄다.

먹고 마실 것을 빤히 보면서 모질게 시달렸다는 이가 있었는데……? 떠오를 듯 말 듯 자맥질하는 기억을 좇는다. 가물거리던 얼굴이 꼴을 드러낸다. 물에 갇힌 탄탈로스가 고개를 든다. 제대로 다가온 인물이 나를 밝힌다.

그는 리디아Lydia지방인 시피루스Sipylus의 왕이었다. 어마무시한 부자였다고. 그래서였을까. 신들은 탄탈로스를 사랑했다. 무엇이든 바꿀 수 있고 어떤 것보다 강력한 마법을 부리는 재물이 언제 어디서나 유효하다. 돈의 아우라에는 누구라도 홀리고 만다.

제우스는 자신의 잔치에 아들인 탄탈로스를 자주 불렀다. 그는 신의 산 올림포스로 올라가서 그들과 어울렸다. 잘 차린 상 앞에 신과 함께 어울린 스스로가 자랑스러웠다. 게다가 그는 한 나라의 왕이었고 부자였다. 우쭐해진 그가 신들의 음식인 암브로시아와 술 넥타르 훔쳐다가 친구와 함께 먹고 마셨다. 거나해진 그가 자신의 힘을 뽐냈다.

"내가 못할 일이 있어? 무엇이든 가능해."

암브로시아와 넥타르를 훔친 건 들키지 않았다. 제우스는 그에게 너그러웠다. 하늘을 다스리고 천둥과 번개를 맘대로 부리는 으뜸 신, 제우스에게 기댄 그는 가리사니를 잃었다. 천박한 피조물의 본성이 탄탈로스를 도발했다. 자신은 몸만 사람이지 신과 다르지 않다. 대놓고 신과 겨루는 오만이야말로 가장 큰 죄라고 했다.

탄탈로스는 시피루스 산에 거늑한 상을 차리고 모든 신을 불러 모았다. 즐거운 잔치가 며칠씩 이어졌다. 음식이 바닥났다. 못할 것이 없는 탄탈로스가 모자란 음식 탓에 잔치를 끝낼 수 없었다. 탄탈로스는 자신의 아들 펠롭스를 떠올렸다. 아들은 또 낳으면 될 것이다. 그는 어린 아들을 끓여내었다. 사람고기라고 눈치챈 손님들은 먹지 않았다. 연인을 잃고 시름에 잠겨 있던, 땅의 여신이며 농경과 곡물 수확의 여신인 데메테르가 무심코 앞에 놓인 어깨살을 떼어 먹었다. 권력의 주체이며 생살여탈권을 쥔 제우스가 무섭게 화를 냈다.

"펠롭스의 살을 마법의 가마솥에 넣고 끓여라."

명령은 곧 이루어졌다. 운명의 여신 클로토가 끓인 고기에다 숨을 불어넣었다. 아이는 다시 살아났다. 데메테르는 자신이 먹어치운 어깨를 상아로 메웠다.

누구보다 사랑한 탄탈로스가 자신을 거스르다니. 그의 무례를 벌하고 신의 권위를 되찾으리라. 제우스는 탄탈로스를 무한지옥 타르타로스에 가두었다.

탄탈로스는 호수 한가운데 묶였다. 언제 끝날지 모를 형벌이 시작되었다. 돈의 힘으로도 어쩌지 못하고 혼자 견뎌야 할 시간이 탄탈로스를 고문했다. 목이 탔다. 그는 넘실거리는 물을 마시려고 고개를 숙였다. 닿을 듯하던 수면이 그만큼 내려 갔다. 그는 어처구니없었다. 얼마 전까지만 해도 물 같은 건 차 고 넘쳤다. 말 한마디면 모든 게 이루어졌다. 사방이 물인데 한 모금을 마시지 못하다니.

탐스런 과일을 매단 나무가 앞에 있었다. 그가 목을 늘였다. 열매가 그만큼 물러났다. 그는 얼떨떨했다. 자신의 한 마디면 무엇이든 이루어졌다. 지금은 모든 게 바뀌었다. 갑자기 바뀐 처지를 보며 그는 어리둥절했다. 명령을 내릴 신하는 물론 불 평을 들어줄 누구 하나 없었다. 한 모금 물과 한 조각 과일을 아쉬워하는. 여기는 세상 끝이었다. 탄탈로스는 무력한 자신 을 보며 고개를 깊이 꺾었다.

탄탈로스의 형벌은 이제 다른 꼴로 바뀌었다. 질병에 걸리 거나 종교행사가 되어서 음식을 끊는다. 보면서 참는 시한부 근신을 기꺼이 또는 마지못해 받아들인다. 다시 나는 기쁨이나 비워서 채우는 이변이 하늘의 뜻에 달려 있다.

석류알갱이를 씹는 일본청년이 앞에 있다. 잇새에 으깨진 과육이 말간 타액을 부른다. 무심코 입에 올리던 손이 놀란 듯 멈춘다. 납죽 엎드린 식탐이 이때다 하고 몽니를 부릴 것이다. 나를 통째 삼킬 탐식을 도발하면 안 된다. 기껏 참았던 반나절 이 헛일이 된다. 하찮은 빌미로 덤터기를 쓰기 전에 미리 싹을 잘라야지. 나는 소리 나게 손을 탁탁 턴다. 진홍 알갱이가 거친 왕모래에 섞인다. 남은 미련을 지울 듯 발끝으로 싹싹 뭉갠다. 으깨진 핏빛이 간데없다.

　라마단 기간에는 상가가 문을 닫는다. 한 달 남짓 금식이 이어진다. 여행객, 아이들, 병자, 군인과 임산부는 먹어도 된다고. 미처 준비 못한 나그네라면 어쩔 수 없이 굶어야 한다. 신은 크는 아이들에게 아량을 베풀었다. 굴에 사는 아이들이 무엇으로 주린 배를 채울까. 그런데……. 아이를 거두어야 할 부모가 어디서 빵을 얻지?

23

청년과 나는 동쪽을 보며 걷는다. 검은 손톱처럼 보이던 동대불 터가 조금씩 꼴을 드러낸다. 서대불에 견주어서 작을 뿐 엄청난 크기다. 나는 새삼 압도된다. 찬바람에 시달린 볼이 홧홧 단다. 햇발은 기세를 올리는데 살에 닿는 바람이 차다. 일본청년은 아까부터 보이지 않는다. 손에 휴지를 감아 들던 모습이 살아난다. 나는 빈 굴을 기웃거리며 기다린다. 원주민 차림의 사내 몇이 석실 천장에 눈을 붙이고 있다. 나는 그들을 좇아 꺾일 듯 고개를 잦힌다. 희끄무레한 빛이 바위벽에 어리댄다. 불상이 서 있다면 이마쯤 되리라. 레이저처럼 또렷하거나 인공조명처럼 화려하지 않다. 부드럽게 일렁이는 무늬를 좇으며 마음이 따라서 설렌다. 어디서 날린 빛일까. 그것도 이마 한가운데를 겨냥하고. 고개를 돌려 살피지만 혐의를 둘만 한 데가 없다. 온통 자갈과 흙뿐인 벌판이다. 날아든 곳을 모르니 더 야릇하다. 숭숭 뚫린 굴을 돌아보지만 방향이 맞지 않는다. 나는 도로 목이 뻐근할 때까지 올려다본다. 구경꾼들이 좀체 자리를 뜨지 않는다. 관광객과 달리 머리에 콜리를 쓴 토박이무슬림을 되풀이 살핀다. 불상을 우러르는 무슬림이 낯설게 다가온다.

어딘가 빛을 보내는 곳이 있겠지. 마냥 신기해하는 모습을 지켜볼 눈이 어린다. 덮어놓고 감탄하는 이들을 비웃으리라. 대놓고 쏠리던 관심이 식는다. 출처를 모르니까 호기심이 일었을 뿐 부서진 부처를 떠받들 신심은 없다. 다리가 뻐근하다. 레이저와 온라인으로 안 가는 데 없이 쑤시고 까발리는 시절이다. 빈칸을 신비로 채울 만큼 순진하지 않다.

아픈 다리를 굽히고 두드리며 무료한 시간을 죽인다. 휑한 벌판뿐 볼 만한 게 없다. 변색된 햇발이 권태를 더한다. 정수리에 내린 볕이 따갑다. 땅에 밴 한기가 살을 파든다. 따끈한 머리와 시린 발. 딱히 꼬집을 수 없는 불균형이 신경을 깔짝인다. 설핏 짜증이 인다. 발 걸칠 데 없는 벌판을 휘휘 둘러본다. 층진 아래쪽에 못이라기엔 허술한 물웅덩이가 있다. 빗물을 받는 곳일까. 시답잖게 지나친 못이 눈을 끈다. 걸터앉기 맞춤하게 네모반듯한 콘크리트마감이 둘러 있다. 깎아지른 벼랑에 둔 거대한 석불로 이름난 곳이다. 거기 견주면 볼품없이 작다.

나는 이십여 미터쯤 떨어진 그곳으로 시적시적 걷는다. 움직이기라도 하니 덜 지루하다. 무릎 높이의 실팍한 턱이 희게 말라 있다. 보기보다 널찍한 데다 종일 볕을 받는 자리다. 거기 엉덩이를 내리고 널린 들을 느긋하게 바라본다.

뒤쪽에서 누가 다가오고 있다. 나는 돌아앉는다. 몸집이 홀쭉한 젊은이가 서두르지 않고 둔덕을 내려온다. 팔에 세탁물을 걸치고 내린 손에 각진 통을 든 그가 맞은 편 턱으로 뛰어내린다. 콘크리트에 쪼그리고 앉는 것으로 빨래할 차비를 마친다. 검정색 바지를 모양대로 편 그가 가루비누 통을 거꾸로 든다. 나는 빈 눈을 던진다. 아낌없이 쏟은 가루가 바람을 탄다. 날리는 입자를 보며 눈살이 저절로 모아진다. 거저 생긴 게 아니고서야 저렇게 들이붓지 않을 텐데. 덜 쓰자는 구호와 다들 들먹이는 환경오염이 딸려온다. 합성세제에 밴 짐짐한 느낌이 떠돈다. 나는 빈손을 턴 뒤 흔들리는 수면을 말끄러미 바라본다. 꺼림칙한 감촉이 지워지지 않는다.

검 녹색 물이끼와 흙탕으로 범벅된 구정물이 잘게 흔들린다. 함부로 버린 비닐과 담배꽁초가 흑갈색 수면을 떠돈다. 물살에 실린 희끗한 가루가 춤추듯 어리댄다. 세탁물에서 흘러내린 희멀건 비눗물이 한데 섞인다.

빨래 빠는 젊은이는 나를 본 척 않는다. 햇살이 희뜩번뜩 물 위를 난다. 나는 너른 벌판을 살핀다. 일본청년은 기척조차 없다. 푸짐한 햇살이 적요를 더한다. 젊은이가 널린 가루를 손바닥으로 슬슬 문지르고 빨랫감을 모아 잡는다. 콘크리트 턱에 너덧 번 후려친 세탁물을 웅덩이에 담가 휘휘 젓는다. 건진 바지 양 끝을 나누어 잡고 엿가락처럼 꼰다. 힘껏 비튼 그것을 손등에 걸치고 빨래는 끝이다. 빤 게 아니라 더러운 물이 배었을 것 같다. 나는 돌아선 등에다 떨떠름한 눈길을 던진다. 한 손에 세탁물, 다른 손에 세제 통을 든 젊은이가 휘파람이라도 날릴 듯 가볍게 언덕으로 뛰어오른다. 움직임을 멈춘 물결이 희읍스름한 빛을 되쏜다. 수면을 튕긴 햇살이 반사각을 이룬다. 벼린 광선 한 줄기가 나를 가른다. 이런! 나는 석실을 돌아본다. 미심쩍던 빛의 출처가 여기라니. 웅덩이에 튕긴 볕을 부처에게 쏘았다. 이마에 어린 신비한 아우라가 물과 빛의 합작품이라고? 빛을 받은 부처가 미소를 띤다.

채색한 불상에다 금칠을 더했다. 거기다 물그림자까지 끌어다 닿지 않는 곳을 꾸몄다. 하늘의 햇발을 보태어 거대한 불사를 끝내었다. 하늘과 땅 인간이 둥근 고리를 이루며 돈다. 우주의 기운을 받은 마애불이 천지를 보살핀다. 창조와 화합, 균형과 조화가 누리에 퍼진다. 상상하면서 기꺼워진다. 보잘것없는 못에 내린 햇살이 금빛을 튕긴다. 어룽대는 잔물결을 마저 보듬은 마애불이 너그럽게 미소 짓는다.

천 년도 더 지난 시간을 가르며 물에 빛을 쏘아 활용한 이들이 다가온다. 길 가던 나그네가 바스러진 영광을 하나씩 잇는다. 물과 빛, 바위에 새긴 불심이 제 꼴을 드러낸다. 영원을 바라며 오롯이 모은 정성이 살아난다. 다른 차원의 길이 희뜩 열린 것도 같다.

신비의 출처는 뜻밖에 초라하다. 부처는 부서지고 더러운 웅덩이만 남았다. 네모로 두른 콘크리트마감이야 최근 수리했으리라. 정수리에 꽂힌 태양이 불볕을 쏟아붓는다. 어지럽게 나는 레이저가 눈앞을 어지른다. 허공에 쏘아대는 현란한 불빛이 물그림자에 어린다. 옛것에 홀린 마음이 세련된 레이저불빛보다 아련한 빛을 담은 수면에 끌린다.

못으로 흘러드는 물길이 있을 텐데. 나는 눈을 들어 훑는다. 그러고 보니 실낱같은 물줄기가 비탈을 타 내리고 있다. 비탈에 빠진 여인의 눈물이 저럴까. 미약한 줄기가 크게 다가온다. 언덕 위의 텅 빈 석실이 드러난다. 쌓인 돌무더기가 거친 풍경을 보탠다. 산골짜기를 밝힌 정성과 애써 새긴 불심은 바스러졌다. 무시로 부는 찬바람이 지난 시절의 번영과 몰락을 훑는

다. 바위 같은 무게가 덮친다. 나는 된 숨을 쏟는다. 푸른 옷의
부인이 나를 지켜보고 있다.

"허섭스레기를 덜고 성긴 마음을 벼리면 보이지 않는 너머
를 볼 수 있어."

보이는 것은 보이지 않는 것의 그림자라고? 휘둥그러진 시
선을 먼 데 둔다. 사위가 휘휘하다. 솟은 것처럼 나타난 일본청
년이 휘적휘적 걸어온다. 나는 팅기듯 일어선다.

24

앞장선 그를 따라 꽤 걷는다.
산처럼 쌓인 돌무더기가 굴을 막고 있다. 발파 때 구른 바위 둘
레에 출입금지를 알리는 노란 비닐 끈이 둘러 있다. 청년이 가
로막은 금지선을 가볍게 넘는다. 나는 그 앞에서 멈칫거린다.
늘 그렇듯 보이지 않는 손이 덜미를 움킨다. 거침없이 내닫는
청년을 보며 돌아서지도 못한다. 집채만 한 높이로 오른 청년
이 내게 손짓한다.

"괜찮아. 올라와."

채근하는 목청이 높다. 갈라진 망념이 후딱 건힌다. 나는 홀
린 것처럼 허술한 금지선을 넘는다. 서툰 곡예사처럼 소잔등
처럼 솟은 바위를 네 발로 탄다. 다리가 후들거린다. 굴 안으로

들어간 청년이 보이지 않는다. 나는 허겁지겁 바닥으로 내려온다. 볕에 익숙했던 눈이 그늘을 설어한다. 보이는 것이 없다. 나는 우두커니 서서 차츰 드러나는 안을 바라본다. 맞은편 벽에 또 다른 굴이 뚫려 있다. 그 앞에 등을 보인 청년이 서 있다. 나는 속주머니처럼 든 계단을 보며 눈을 크게 뜬다. 이렇게 깊이 들었으니 안 보이는 게 맞다. 나는 어설프게 다가간다. 바닥에 닿는 층계가 폭파 때 허물어진 모양이다. 키 높이를 넘는 곳에 커다란 구멍이 뚫려 있다. 나는 고개를 들어 바듯한 입구를 올려다본다. 흐릿한 빛이 가파르게 솟은 두엇의 층계를 비춘다. 오르지 못할 높이를 보며 도로 숨이 찬다.

청년이 벗은 배낭을 내게 건넨다. 잠깐 들어달라는 눈짓을 보며 어정뜨게 받는다. 뜻밖에 묵직한 짐이 가슴에 턱 걸린다. 짐 없이 돌아선 그의 등이 허전하다. 쇳덩이라도 들었을까. 이렇게 무거운 걸 왜 늘 메고 다닐까. 두엇 물음이 한꺼번에 솟는다. 무거운 쇠붙이가 권총과 탄약을 끌어온다. 좀체 등에서 떼지 않던 모습이 겹친다. 미심쩍던 의혹이 확신으로 다가온다. 무표정한 청년얼굴이 금세 냉혹하게 비친다. 생이 해석이라는 말이 또 떠돈다. 짐 탓일까, 두려움 탓일까. 다리가 휘청거린다. 청년이 조금 크다 싶은 돌덩이를 굴려온다. 받침돌 위에 선 그가 까치발을 딛고야 가까스로 턱을 붙잡는다. 턱에 매달린 그가 두어 번 도움닫기를 한 뒤 몸을 날린다. 재빨리 입구에 오른 그가 벽을 짚으며 돌아서서 빈손을 내린다. 맡았던 짐이 도로 돌아간다.

올려다본 입구가 까마득하다. 손으로 붙잡거나 발 걸칠 턱이라고는 없다. 입구를 꽉 채운 그가 나를 내려다본다. 돌아설까. 나는 다시 머뭇거린다. 내 안에서 몇 단계의 해석을 거친 그가 껄끄럽다. 그를 꼭 좇을 까닭이 있을까. 이렇게 따라가도 되는지 아닌지. 양팔저울이 이쪽저쪽으로 기운다. 생각 없이 저질렀다가 덮어쓸지 모를 뒤탈이 앙칼지게 매달린다.

"컴 언!"

벽을 친 음성이 메아리를 울린다. 그가 발을 움찔거릴 때마다 잔돌이 후드득 떨어진다. 흙가루가 무더기로 쏟아졌을까. 목구멍이 칼칼하다. 나는 잔뜩 미간을 접는다. 무릎을 땅에 댄 청년이 한 팔을 내린다. 닿을 듯 닿지 않는 둘의 손이 안타깝게 허공을 젓는다.

"조금 더, 닿기만 하면 끌어 올릴 게."

나는 그가 놓은 디딤돌 위에 다른 돌을 얹는다. 뒤뚱거리는 돌덩이 위에서 뒤꿈치를 든다. 가까스로 손이 잡힌다. 앙상한 손이 보기보다 짱짱하게 나를 당긴다. 힘겹게 올린 무릎을 억지로 세운다. 엉거주춤 일어선 앞에 겹칠 것처럼 그가 서 있다.

물러설 자리가 없다. 엉겁결에 눈을 깔고 까마득한 밑을 훑는다. 널브러진 돌덩이를 보며 가슴이 호득거린다. 손을 툭툭 턴 뒤 엉덩이와 다리를 훑어 내린다. 잠깐 날아올랐던 먼지가 도로 제자리에 앉는다. 올 틈에 밴 흙가루가 그대로다.

흘러든 빛이 그의 동공을 친다. 번뜩 불꽃이 튄다. 사위던 불씨가 화르르 탄다. 무표정하던 사촌이 앞에 있다. 불붙은 아이 눈이 나를 째린다. 날카로운 발톱이 심장을 할퀸다. 찌릿한 통증이 인다. 부싯불처럼 날아든 불꽃이 곧 스러진다.

돌아선 그가 좁은 계단을 성큼 오른다. 스스로 결정해야 한다. 무심코 딸려가다가 넘어지면 안 된다. 나는 손에 남은 흐릿한 온기를 가만히 움킨다. 뱉으면서 삼키는. 아니다 하면서 놓기 싫은. 서슬 세운 두 날이 맞겨룬다.

한 사람이 겨우 지날 너비의 가파른 계단을 힘겹게 오른다. 높은 턱을 디디다가 끙, 된 숨을 뿜는다. 마르고 긴 다리를 가진 이들만 여기를 오르내렸을까. 음험한 눈초리가 곳곳에 숨어 있다. 몸이 벽으로 바싹 붙는다. 굴을 이룬 사암은 바위라기보다 다진 흙처럼 보인다. 닿기만 하면 푸슬푸슬 떨어진다. 오래 쌓인 흙먼지가 인다. 걸음마다 부연 먼지를 마신다. 목구멍이 깔깔하다. 나는 숨을 참으며 조심스레 발을 뗀다.

옆을 막아선 벽에 실낱같은 틈이 벌어 있다. 나는 눈을 들어

금을 좇는다. 갈수록 넓어진 틈으로 푸른빛이 담긴다. 흙벽을 가른 짙푸른 바다 빛깔 하늘이 매혹적이다. 나는 아플 만큼 고개를 잦힌다. 몸이 통째 딸려 나갈 만큼 벽이 무너져 있다. 바위가 버틴 세월이 만만치 않다. 게다가 무시무시한 폭파까지 당했다지 않은가. 너른 허방이 무서운 흡기를 부린다. 허공에 밴 장력이 존재를 빨아들인다. 무시무시한 해일이 존재를 덮친다. 허술한 벽체가 곧 무너질 것 같다. 머리가 휑하고 심장이 쥔다. 흐르던 피가 급하게 소용돌이친다. 무너지는 돌산이 굉음을 울린다. 부연 흙가루가 산처럼 솟는다. 이대로 가루가 되어 묻히리라. 안 보려 하지만 몸이 제풀에 딸려간다. 붉은 석류 알갱이가 후드득 떨어진다. 바스러진 육체가 메마른 땅에 흩어진다.

되도록 벽과 멀어져야 한다. 나는 재빨리 반대쪽으로 붙는다. 막힌 벽을 고집 세게 파고든다. 다리가 후들거린다. 도망치려는 머리와 그럴 수 없는 몸. 어긋난 둘이 앙버틴다. 길항. 나갈 데 없는 벽에 기대어 눈을 감는다.

멈추거나 물러설 자리가 아니다. 나는 땅에 눈을 깔고 발을 뗀다. 밟힌 토사가 버석거린다. 가파른 층계가 끝없이 휘어진다. 높은 턱을 힘주어 오른다. 끙, 된소리가 샌다. 나를 떠난 소음이 도로 돌아온다. 청년이 들었을까. 나는 재빨리 입술을 문다. 발에 밟힌 잔돌이 투두둑 굴러 내린다. 잠깐 울린 공명음이 지친 듯 멈춘다. 빈 통로에 혼자다.

어디로 갔을까. 나는 청년을 찾아 두리번거린다. 세미한 기척조차 일지 않는다. 다행이다. 부러 뇌지만 깊이 밴 두려움이 그대로다. 토굴처럼 이어진 통로에 조명시설이 없다. 그런데도 어둡지 않다. 창이라기에는 어설픈 구멍을 두엇 지나친다. 손바닥만한 채광창이 미약한 빛을 부린다. 나는 손과 발을 다 쓰고야 위층에 닿는다. 우람한 돌벽이 악지 세게 막아섰던가. 부시게 환한 볕을 보며 죄던 데가 화들짝 풀린다. 눈은 도리어 움츠러든다.

툭 터진 테라스에 서서 활달하게 열린 밖을 내다본다. 넓은 벌판에 말간 햇살이 양껏 쏟아진다. 흩뿌린 금싸라기 같은 빛이 하늘땅을 채운다. 땅끝을 막아선 몇 그루 나무가 햇살을 되쏜다. 그늘에서 내다본 바깥이 희게 열려 있다. 겨울로 들어선 포플러가 잎을 잘게 떤다. 노란 잎사귀가 티 없이 푸른 하늘에 또렷이 잠겨 있다. 너른 땅에 돋을새김 된 밭과 집이 적적한 풍경을 그린다. 눈 덮인 힌두쿠시 산맥이 오만하게 지평선을 에두른다. 서늘한 풍경을 오래 바라본다.

까마득하게 이어진 산맥을 넘어가면 중국에 닿는다고 했다. 이란, 투르크메니스탄, 타지키스탄, 우즈베키스탄, 파키스탄으로 둘러싸인 내륙의 오지 아프가니스탄. 거기서도 깊이 숨은 골짜기가 바미안이다. 첩첩이 겹친 산이 하늘 언저리에서 흐려진다.

외줄로 난 길 끝에 소년이 우두커니 서 있다. 빛을 뿌리며 웃던 사촌과 튕겨 나간 내 아이가 나란히 솟는다. 아이의 모든 몸짓이 내게 새겨 있다. 언제면 이 지독한 고리를 벗어나게 될까. 나는 깊이 괸 숨을 한꺼번에 쏟는다. 아이가 사촌의 형질을 물려받았을까. 그 내림 탓에 곁길로 가는 걸까. 그게 아니면 어미의 어떤 것을 보면서 반대로 가겠다고 작심한 건가.

바람이 분다. 소년이 걸친, 푸릇한 옷자락이 둥글게 부푼다. 마른 잎 몇이 날린다. 먼 데 선 나무가 노란 잎사귀를 흔든다. 흐리게 밴 연둣빛이 드러날 만큼 청명한 날씨다. 나비처럼 팔랑거리던 이파리가 곧 내려앉는다.

연무가 낀 건가. 앞이 흐리다. 까만 얼룩이 하늘가를 떠돈다. 헛헛증은 고질이 되었다. 외톨이로 밀린 날이 쌓이고 있다. 바라지 않던 일이 나를 에워싼다. 빈 데를 채울 누가 있었으면. 먼지 떨어지는 소리가 들릴 만큼 휘휘하다.

청년과 함께 걷던 모습이 어린다. 지난 시간이 나를 옭아맨다. 비웃음 띤 아이가 눈을 흡뜬다. 어떻게 살았는지 모를 청년과 지난 기억에 잡힌 나를 묶다가 떼다가 한다. 있던 자리를 벗어나면 괜찮아질 줄 알았다. 멀리 온 줄 여기고 뒤돌아보면 여전히 그 자리다. 떠난 사람을 놓지 못하는 마음이 잘못일까. 나를 채우리라 바란 것마다 바람이 되어서 흩어졌다. 동굴처럼 빈 마음을 바람으로 메우겠다고? 무심코 발을 떼다가 허방을 짚는다. 휘청거리는 다리를 가누며 층진 바닥으로 내려선다.

마주 보이는 언덕 뒤로 흐린 능선이 겹겹이 포개진다. 저 너머에 카불이 있을 것이다. 내일은 거기로 돌아갈 수 있겠지. 떠나면 그만일 풍경을 새길 듯 눈도 깜박이지 않고 바라본다.

볕 밝은 테라스 안쪽에 밖에서 보기보다 훨씬 많은 방이 줄지어 있다. 그늘 내린 칸칸을 기웃거린다. 벽에 부딪친 발자국 소리가 크게 울린다. 무슬림이 짓뭉갠 벽에 검댕만 남아 있다. 불타고 할퀸 벽을 눈으로 훑는다. 만든 이와 쪼아 없앤 손길이 한데 섞인다.

간다라미술을 바탕으로 한 1,000개의 벽화는 사라졌다. 미처 못 지운 채색벽화가 흐릿하게 남아 있다. 나는 그 자리에 멈추어 푸르고 붉은 물감을 손으로 훑는다. 천오백 년의 세월을 거치면서 본디 색깔은 흐려졌다. 한때 제 빛을 뿜냈을 물색이 간데없다. 나는 쪼가리로 남은 벽화를 일일이 좇는다. 종교와 정치 같은, 공룡들의 주도권싸움 틈바구니에 끼어 모진 세월을 견딘 민초들이 바위벽을 채운다. 눌리며 새긴 그림이 바람에 실려 난다. 닥치는 대로 뭉개고 태운 흔적이 곳곳에 남아 있다. 이름 모를 이들의 오롯이 모은 기원이 파문을 일으킨다.

사암을 깎고 파던 손길은 흙이 되었다. 그들이 만든 길과 방, 제단 모두 허물어졌다. 바위를 한 줌씩 파내면서 자신에게 몫 지워진 운명을 견뎠을까. 완강한 돌덩이를 파고 새기면서 걱정과 두려움을 덜었으리라. 내게 도사린 불안으로 그들을 읽고 있다.

푸슬푸슬한 벽면을 검지로 문지른다. 피 몰린 손톱이 진홍을 띤다. 살갗을 벗길 듯 힘쓰지만 벽은 끄떡하지 않는다. 바위산을 판 외곬의 믿음이 가슴에 턱 얹힌다. 견디기만 하면, 끝까지 가다 보면 바위를 뚫는다는 얘긴가. 돌멩이 같은 것이 머리를 친다. 느닷없이 허공에 던져진 것처럼 아찔하다.

여기를 떠도는 나 스스로 어둠에 밀린 셈이다. 이네들이 했듯 한 가지만 생각하자. 그러다 보면 엉킨 것들이 간추려질지 모른다. 떠돌던 잡념을 추리면 보이지 않던 길이 열릴까. 푸른 옷이 스친다. 산도産道. 태아가 억지로 지나야 한다는 길. 좁고 어두운 길을 밀려나서 밝은 세상으로 나간다는 얘기가 또렷하게 들린다.

"태아는 있던 자리를 떠나리란 짐작조차 못 해. 때가 차면 어둡고 좁은 길을 빠져나가. 뼈가 으스러지는 아픔을 어쩔 수 없이 겪어. 끝이려니 여긴 곳에서 새로운 문이 열려."

부인의 말이 쿵쿵 울린다. 엉킨 속이 풀리고 있다. 비우고 태워서 다시 난다는 라마단이다. 모를 힘이 밴다. 길 없는 길이 희뜩 비친 듯하다.

25

한 평 남짓한 둥근 방이 거쳐 온 어느 방보다 휑하다. 나는 입구 가까이 서서 휘휘 둘러본다. 가운데 버틴 둥근 기둥 둘레에 불상을 앉힌 자국이 남아 있다. 9세기 무렵이라던가. 이슬람교도인 사파르왕조의 야쿱과 이븐 라이스가 여기서 바그다드로 불상을 가져갔다고. 13세기 초에 침입한 칭기즈칸이 주민을 학살하고 폐허로 만들었다는 내용이 딸려온다. 이쪽에 치이고 저쪽에 다친 상흔이 곳곳에 남아 있다.

나는 목을 잔뜩 잦혀 돔형의 천장을 올려다본다. 시커멓게 그을린 돔에 뒤죽박죽 섞인 흙발자국이 찍혀 있다. 거꾸로 걷는 사람이 있을 리 없다. 빼곡한 발자국이 볼수록 의아하다. 찍힌 방향 따라 마음이 갈팡질팡 오간다. 장대 끝에 매단 신발에다 진흙을 흠씬 묻혀서 두드리면 저리 찍히리라. 머리 위에 찍힌 흙 자국이 엉망진창으로 얽힌다. 적의에 찬 눈자위가 곳곳에서 희번덕인다. 온통 뒤숭숭하다.

암벽을 거의 차지한 마애불이 폭파된 게 얼마 전이다. 목숨 걸고 공들인 걸작이라도 언젠가 망가진다. 기댈 데 없는 나를 해체했으면. 소멸하려는 갈망이 신열처럼 퍼진다. 부서지기 전에 부수고 싶은. 나도 모를 충동을 누르며 흠칫 떤다.

난간 없는 테라스로 나간다. 시원하게 열린 벌판이 딴 세상처럼 환하다. 나는 조심스레 다가가서 밑을 굽어본다. 아찔하게 미끄러진 비탈을 보며 어지럽다. 존재가 제풀에 딸려 든다. 온몸의 핏기가 싹 가신다. 뼈마디는 오히려 꼿꼿해진다. 마음과 몸은 얼마나 먼가. 왕모래에 부딪친 햇살이 바늘 끝처럼 팅겨 오른다. 눈이 시리다. 나는 주춤주춤 물러선다. 갑자기 나타난 일본청년이 귓가에 대고 소곤거린다.

"저 위는 위험해. 금세 무너져 내릴 것 같아. 가지 않는 게 좋겠어."

따뜻한 온기가 목덜미에 흩어진다. 그새 발 빠르게 살핀 청년이 나를 지킬 병사처럼 든든하다. 허술한 자아가 어디든 기대려 한다. 댄저러스. 힘주어 발음한 낱말이 내 아이를 끌어온다. 댄저. 위험한 단어가 위험하지 않게 불거진다. 무심코 쟁인 기억이 또렷이 솟는다. 당거. 영어를 독일식으로 발음하던 아이가 찰진 웃음을 쏟는다. 턱을 뾰족하게 치킨 아이가 초콜릿 포장지를 벗긴다.

"단 건 당거야."

흔한 우스개를 옮기면서 짜랑짜랑 웃음을 날린다. 어설픈 조크가 아이를 거치면 쫄깃하게 바뀌더니. 훈훈한 바람이 가신다. 뒤이어 내린 서리가 한기를 뿜는다. 무섭게 외롭다. 추위를 덜 온기가 있었으면. 다리가 휘뚝 꺾인다. 위험해! 되풀이 날아든 말이 지켜주겠다는 뜻으로 들린다. 재빨리 손을 내민 그가 어깨를 감싼다. 살에 닿는 체온이 따뜻하다. 저릿한 피가 등줄기를 타고 미끄러진다. 설핏 배었던 독이 허물 벗은 뱀처럼 빠져나간다. 투명한 햇살이 지천으로 쏟아지는 한낮. 문 없는 설주가 검은 아가리를 벌린다. 방 가운데 버틴 기둥이 짙은 그늘을 내린다. 나를 숨길 은신처 뒤로 재빨리 걷는다. 청년이 바싹 다가온다.

지난 일에 잡히지 마. 수가 빠르게 속삭인다. 스스로 묶인 올무를 벗어. 허울 쓴 유혹이 검질기게 파고든다. 가로막은 금을 넘으면 헐거워져. 가둔 암시가 빗장을 푼다. 쉬지 않고 도지던 기억이 잦아든다. 더운 피가 빠르게 돈다. 아이가 가슴을 파고든다. 고질이 된, 조갈과 허기가 간데없다. 친친 감긴 갈과 칡이 풀린다. 혼인 듯 넋인 듯 검은 바람이 솟구친다. 다순 열기가 회오리친다. 나는 껴안은 팔에 힘을 준다. 머뭇거릴 새 없이 그가 들어온다. 나는 죽을힘을 다해 매달린다. 그의 등에 축축한 땀이 밴다.

청년의 살 냄새가 남아 있다. 알맞게 빈 위와 말간 머리가 남은 긴장을 마저 던다. 등에 닿은 바닥이 가슬가슬하다. 나는 고개만 돌려 바깥풍경을 내다본다. 몇 서 있는 둥근 기둥이 액자틀을 이룬다. 툭 터진 벌판이 그림처럼 담긴다. 납작한 집과 넓은 밭이 흰 볕에 잠겨 있다. 큰 키를 세운 포플러가 짙은 그림자를 내린다. 노랗게 물든 이파리가 늦가을 햇살을 튕긴다. 잉크 빛 하늘이 무한을 그린다. 부신 풍경과 마주하며 눈가가 좁혀든다. 급하게 회오리치던 관능이 그새 식어 있다. 피부병 같은 부끄러움이 가시지 않더니. 내가 애써 지키려던 게 무엇이었을까. 나는 지금 어디로 가고 있는가.

곰살갑게 내려앉은 볕이 돌바닥을 데운다. 쨍한 햇살과 오락가락하는 비가 온도와 습도를 알맞게 맞춘 모양이다. 온기 품은 볕이 살갗을 간질인다. 어쩌다 여기까지 왔을까. 눈먼 열정에 몰려서 쫓기듯 사촌을 안던 그때. 증세처럼 일던 죄책감이나 모멸이 간데없다. 성급하게 들어오는 사촌 탓이라고 짐짓 우겼는데. 이 자리에 덤덤히 누운 스스로가 낯설다.

여기로 밀어낸 누가 있는지. 자청한 걸음인지. 줄지은 상념이 줄곧 예전으로 돌아간다. 무심코 금지선을 넘은 오누이. 사촌과 나 둘 다 저도 모를 장기판의 말이 되었다. 누구의 잘잘못으로 빚어진 일이 아니다. 보이지 않게 지켜보던 누가 무력한 말을 맘대로 옮겼겠지. 그조차 까마득하게 먼 일이 되었다. 나는 무심한 눈길을 빈들에 던진다.

벌판에 우뚝 솟은 나무가 밋밋한 풍경을 꾸민다. 매달린 이파리들이 말간 볕을 되쏜다. 걷는 아이가 테두리에 담긴다. 따뜻한 풍광이 모를 물기를 모은다. 집을 나간 사촌은 어떻게 지낼까. 그럴 수밖에 없었다고 눙쳤지만 말 못할 억울함에 몹시 휘둘렸다. 친친 감은 기억을 벗으려 애썼다. 아이와 둘이 되어서야 맺힌 매듭이 헐거워졌다. 또 다른 덫이라고 안 건 뒤돌아보고서였다. 모질게 겪고야 보인다. 나를 올가미 씌운, 나를 넘어선 힘이 검은 날개를 편다. 도망치지 마. 대차게 맞서. 피할수록 더 지독하게 당해. 수가 다급하게 외친다. 환영으로 어린 손마디가 버둥거린다. 나는 고개를 턴다.

돌아누운 청년의 등줄기가 활처럼 휘어 있다. 돌바닥에 배었던 냉기가 시나브로 올라온다. 살갗에 배었던 땀이 싸늘하게 식는다. 나는 곁에 둔 옷가지를 끌어다 덮는다. 움직이지 않는 청년이 눈가로 스친다. 나는 엎드려서 턱을 괴고 밖을 내다본다. 구름 한 점 없이 파랗기만 한 하늘과 갈빛 땅이 맞닿아 있다. 갓 구운 베르베리의 고소한 냄새가 떠돈다. 항아리 모양의 화덕이 따끈한 열을 뿜는다. 막 꺼낸 빵을 한입 가득 씹었으면.

"새벽에 사람들이 웅성거리는 소리 들었어?"

모로 누운 청년이 웅얼거리듯 말한다. 나는 가볍게 고개를 젓는다. 돌아보지 않는 그가 대답을 기다릴 리 없다. 깨었는지 아닌지 묻는 게 아니다. 나는 태연하게 흘려듣는다. 청년의 배에서 쪼르륵 소리가 난다. 먹을 데가 없다는 건 그가 잘 알 것이다. 깨알처럼 적힌 인쇄물에 그런 것들이 적혀 있을 테니. 빈속이 아릿하다. 그가 준 석류를 괜히 마다했을까. 청년 또한 그걸 빼면 먹은 게 없을 것이다. 그가 먹든 말든 내가 끼어들 일이 아니다. 목을 적시던 달큼한 과즙이 어린다.

"해뜨기 전에 아침을 먹는 거야. 라마단이잖아."

허기 배지 않은 목소리가 또릿하게 날아든다. 라마단 기간에는 해 뜨기 전이나 진 뒤에 음식을 먹어도 된다고. 낯선 풍습이 낯설지 않게 들린다.

"해가 있는 낮 동안 먹지 않을 뿐인데. 호들갑은."

말은 그렇게 하지만 빈 입으로 견뎌야 할 하루가 길다.

"금식으로 뜨겁게 달군 마음과 정신이 단단해진다면서?"

나는 호텔주인에게 들었던 말을 그대로 옮긴다. 내 속의 바람이 불티처럼 날아오른다. 턱을 괴고 밖을 보면서 달라진 나를 그린다. 다른 모습이 떠오르지 않는다. 얽힌 사념을 벗고 새로 날 수 있을까.

26

　　　　　　　　　흰 볕이 벗은 팔을 간질인다.
해가 진 저녁부터 아침이 올 때까지. 불 없는 밤이 길대로 길었
다. 일렁이는 잔 빛이 다습다. 나는 돌벽에 허리를 기댄다.

　등을 세운 청년이 땅에 떨어진 바꿀을 집어서 머리에 쓴다.
파리한 그의 낯빛이 이네들 모자를 쓰자 조금 핏기가 돈다. 베
레모 비슷하지만 느낌이 다르다. 두 뼘 넘는 단을 둘둘 말아 올
리면 둥근 테두리가 된다. 이 땅의 남자라면 누구나 쓰고 다니
는 모자를 가까이 살핀다. 모자라면 덮어놓고 사들이던 때가
내게 있었다.

　어쩌다 거리로 나가면 모자가게가 있는지 살폈다. 눈 설고
방향조차 잡히지 않는 땅이었다. 모자를 파는 곳이 눈에 띄지

않았다. 버린다 하면서 사려드는, 오래 밴 버릇이 쉽게 떨쳐지지 않는다.

청년과 눈을 마주치지 않고 무릎을 세운다. 거기 고개를 얹고 바깥을 내다본다. 영화 '프라하의 봄'이 떠돈다. 가터벨트를 걸친 여자가 둥근 챙이 달린 까만 모자를 쓰고 있다. 검은색 거들이 섹시하다. 어딘가를 쏘아보는, 그렇게 도발적인 눈빛이라면 누구든 끌려들 것이다.

내게 염증 난 적이 있다. 스스로 바뀌리라 다짐하며 사 모은 모자를 재활용쓰레기통에 넣었다. 겉치레가 아닌 본래의 나를 찾으려 했다. 서른 개 넘는 갖가지 모자를 버렸지만 달라지는 게 없었다. 영화를 본 뒤 비슷한 모자가 있으면 샀다. 거울에 비친 나는 주인공과 같지 않았다. 같은 모자지만 분위기가 영 다른 나를 지켜보고는 했다. 챙 넓이나 디자인에 따라서 달라지는 얼굴. 나는 그 작은 차이를 좋아했다. 언제 누가 어떻게 쓰는지에 따라 느낌이 다르다. 제일 맘에 들었던 건 챙이 넓은 연갈색 톤의 플로렌스 스타일과 머리를 넉넉하게 감싸던 은회색 헤링본 베레모였다.

참을 수 없는 존재의 가벼움이라고? 난장판이 된 체코 도심에 그런 에로틱한 장면을 끼워 넣다니. 격동기를 그린 칙칙한 화면이 내게 깔끔하게 기억된다. 훗날 밀란 쿤데라의 작품을 찾아 읽었다. 촘촘한 문체와 치밀한 사념에 빠져들었는데.

부스럭대는 소리가 들린다. 나는 돌아보지 않는다. 주섬주섬 옷을 걸치던 기척이 잦아든다. 설핏 긴장이 밴다. 나를 읽고 있을까. 묵직한 배낭이 튀어든다. 갈가마귀 떼가 검은 날개를 편다. 머릿속 그림이 실제처럼 날아든다. 나는 얼른 피하며 된숨을 몰아쉰다. 보이는 것조차 믿을 수 없다. 움킨 모래처럼 그가 소르르 방을 빠져나간다. 나는 그림자에 대고 들릴 리 없는 말을 뗀다. 구자미리. 대상을 놓친 물음이 허공에 흩어진다.

이들 말을 한마디도 몰랐을 때 나는 바꿀을 마수드 모자라고 불렀다. 그 모자를 쓴 남자 초상화가 어디나 붙어 있었다. 이 나라 정치지도자였다는 마수드가 어딘가 바라보았다. 결대로 찡그린 굵은 주름이 아름다웠다. 사방에 붙은 그가 누군지 모르다니. 건물을 지키는 군인이 그를 알 것이었다. 나는 그에게 다가갔다. 두 손에 총을 받쳐 들고 행인을 살피던 남자가 나를 마주 봤다. 나는 손가락으로 초상화를 가리켰다.

"저 사람이 누구야?"

시끌벅적한 소음이 목소리를 먹어 들었다. 제대로 들렸을까. 길을 차지한 상인들이 제마다 고함을 질러댔다. 거리로 쏟아진 원주민이 아무 데서나 길을 가로질렀다. 멈춘 자동차가 질세라 경적을 울려댔다. 달리는 자동차와 울부짖는 짐승까지 엉킨 거리가 북새통이었다. 제대로 들리는 것 하나 없는, 말 그대로 난장이었다.

"······수드."

되물을 수 없게 엄숙한 위병이 도로 거리를 살폈다. 나는 끄덕이며 포스터 앞으로 다가섰다. 초상화에 그의 이름이 씌어 있겠지. 그림 밑에 굵은 영문자와 암호 같은 아랍글자가 나란히 적혀 있었다.

'The Great Massoud your way move forward'

위대한 마수드가 너를 앞으로 나가게 한다고? 영어를 잘 못하는 내가 남달라 보이는 남자를 제대로 읽었는지. 나는 자신이 없었다. 온 국민이 따랐다는 사내는 암살당했다고 했다. 혼란한 거리 곳곳을 지켜보는 남자를 마주 보았다.

낯선 땅, 그것도 무섭게 어질러진 거리였다. 사람과 물건, 가축과 자동차로 도시는 거대한 수렁이었다. 계절조차 여름과 가을, 겨울이 뒤섞였다. 땡볕으로 달구는 한낮과 살을 얼리는 밤이 되풀이되었다. 모를 소용돌이가 나를 쓸어 갔다. 한때 뉴스에서 빠지지 않던 나라로 왔다. 설핏 두렵고 한편 어리둥절했다.

몇 군데 폭격된 건물 앞을 지나기도 했다. 무수히 뚫린 총알자국과 부서지고 기운 빌딩이 고스란히 남아 있었다. 멋모르고 당한 이들이 어려운 이때를 살아내려고 몹시 바장였다. 각 나라에서 부랴부랴 거둔 구호품이 이 나라로 쏟아졌다. 바삐 모은 갖가지 물품이 여기 와서 상품으로 둔갑한 모양이었다. 버글거리는 인파가 어디나 북적였다. 사람과 탈 것이 여울처럼 소용돌이쳤다. 주인에게 끌려온 가축과 머리부터 들이민 차량이 서로 겨루었다. 성급한 기사가 되는대로 가로지르는 인파에 대고 클랙슨을 마구 눌렀다. 이 흐름이 어디로 흐를지. 나는 소용돌이 한가운데 우두커니 서 있었다. 부서지고 깨졌어도 남은 사람은 살아야 한다. 걷는 이들이 나를 툭툭 치며 지나갔다. 나는 쏠리다가 밀리다가 했다.

나라가 뒤집힌 아노미상태를 눈으로 보고 있다. 공통가치나 도덕기준이 사라진 뒤죽박죽의 거리. 서툴게 아는 몇 가지로 이 소란을 풀 수 없었다. 해일처럼 덮친 혼란이 거리를 쓸었다. 질서라는 게 아예 없었다. 자동차마다 뿜는 검은 매연과 부연 흙먼지가 섞여서 앞이 안 보였다. 나는 세찬 여울에 휩쓸렸다. 팔다리를 잃은 이들이 부서진 건물 앞을 서성였다. 훼손된 눈, 코, 귀, 턱이 거리를 오갔다. 재앙과 상실을 겪은, 지친 얼굴이 길모퉁이에 추레하게 서 있었다. 어떻게든 살아야 한다. 알아듣지 못할 악다구니가 사방에 솟았다. 잃을 게 없을수록 더욱 치열한. 시장은 말 그대로 아수라장이었다. 막 뽑아온 날 것의 채소와 핏물이 뚝뚝 떨어지는 육류와 털을 뽑힌 가금류가 저자로 몰려왔다.

주검을 옆에 두고도 먹어야 산다. 구차하거나 비굴하다거나 여툴 자리가 아니었다. 날 것으로 발가벗겨진 이들이 널려 있었다. 수가 속삭였다. 너도 다르지 않아. 나는 문득 돌아보았다. 남편이 사고로 죽었을 때 끼니를 챙겼던가. 아닌가. 또렷한 눈이 나를 쏘았다. 사랑 비슷한 환상조차 없었으면서 왜 목이 메는데? 냉소 띤 물음이 튕겼다. 포장하지 마. 거짓을 허울처럼 두른 모습이 다가왔다. 얼굴로 핏물이 쏠렸다. 쏠리고 밀리며 걷는 이방여인을 남자뿐인 상인들이 힐끔거렸다.

그렇게 밀려온 곳이 큰 건물 현관 앞이었다. 나는 길가에 떨어진 짐처럼 우두커니 서 있었다. 벽보 속 사내가 어딘가 물끄러미 바라보았다. 뒤죽박죽인 이 나라를 어쩌나 하는 눈길로. 크고 작은 초상으로 도시를 덮을 만큼 그는 나라의 영웅이었을까. 유성페인트로 그린 그의 입간판이 교차로마다 서 있었다. 서툰 붓 자국 탓에 한층 또렷해진 그림자. 우스꽝스럽게 바뀐 얼굴이 지치지 않고 어딘가를 바라봤다. 낯선 여행객조차 우러르라는 듯했다.

탈레반 군사정권을 몰아낸 뒤 이 나라를 이끄는 우두머리가 되었다던가. 묵직한 눈길이 현기증 나게 엇갈리는 차와 사람

너머 아득한 데 닿아 있었다. 나는 익살과 냉소가 밴 쓸쓸한 표정을 마주 보았다. 세상을 다 담을 듯 텅 빈 눈이 비웃는 듯 비쳤다. 한꺼번에 여러 표정을 지을 수 있으니까 마땅히 지도자가 됐겠지. 모르긴 하지만 이 그림을 걸던 이들은 살았을 때보다 더 빛나기를 바랐으리라. 누가 그를 이 나라의 상징으로 바꾸려 했을까. 뒤에서 숙덕거리던 누가 죽은 그를 등에 업고 그가 받던 인기를 누리려 했을까. 죽으면 환호한다. 영웅이라면 더더욱 그렇다. 살았을 때 받지 못한 갈채까지 더하여 거두려 한다.

나는 허룩하게 서서 포스터에 그려진 중년남자를 마주보았다. 정적에게 길을 끊긴 사내가 이 땅을 덮고 있다. 죽은 공명이 산 중달을 물리쳤다던가. 물리칠 적이 곳곳에 남아 있다는 반증이리라. 죽어서 사는 역설을 말하려는가. 마수드는.

보다 나은 길로 나를 이끈 사람이 있었을까. 안개 같은 것이 꾸역꾸역 밀려왔다. 떠오르는 얼굴이 없었다. 자의든 타의든 무리에 섞여서 끝 모를 벼랑으로 걸었다. 수가 날카롭게 외쳤다. 무작정 딸려가려고? 나는 멈칫해서 섰다. 어디로 가야 할지 살폈지만 알 수 없었다.

사람 고리에 묶여서 몸과 마음이 따로 놀았다. 여기든 거기든 수렁이긴 마찬가지였다. 익숙하기도 낯설기도 한 사내가 어딘가 물끄러미 바라보았다. 무섭던 소용돌이를 빠져나온 건가. 마음이 놓였다. 모자를 쓰고 먼데 눈을 둔 마른 얼굴의 남자. 기름기 걷힌 중년사내는 죽어서야 자신의 표상을 이룬 걸까. 이마에 잡힌 굵은 주름 밑에서 움푹 들어간 눈이 사려 깊게 보였다. 기호로 바뀐 그가 이 혼란을 벗어나게 하리라. 어디나 붙어 있는 것으로 보아 스스로 방향이 된 모양이었다. 막힌 길이 열릴지 몰랐다.

그리고 보니 나는 길을 잃었다. 거미줄처럼 얽힌 거리를 따라 걷다가 멈춘 데가 이름 모를 관청 앞이었다. 어지러운 이 거리에서 어쨌든 숙소를 찾아야 했다. 우선 여기서 빠져나가야지. 걷다 보면 눈에 익은 길을 만나겠지. 나는 다시 마수드를 바라봤다. 빈 시선 위로 사촌과 아이가 겹쳤다. 그들이 바라보는 곳을 찾을 것처럼 나는 짐짓 그 눈빛을 흉내 냈다. 부질없다는 듯 설핏 찌푸린 눈이 바라보는 곳. 나는 그쪽으로 걸었다.

막 늙기 시작한 중년사내가 나를 바래주었다. 빈부를 가리지 않고 이 땅의 남자라면 누구나 쓴 모자가 다습게 지켜보았다. 가난을 덮는 작은 소품이 지워지지 않았다. 마냥 걷다가 눈에 익은 건물을 만났다.

27

늘 쓰는 이들의 모자가 물기
를 모은다. 배가 고프다. 나는 빈 입을 다신다. 넓은 채광창으
로 말간 볕이 밀려든다. 울울한 호텔방보다 한결 낫다. 햇살과
바람이 벽과 바닥에 어리댄다. 살갗을 간질이는 빛발을 잡을
듯 엄지와 검지를 둥글게 모은다. 가볍게 빠져나가는 빛과 손
의 숨바꼭질이 이어진다. 번번이 도망치는 빛을 좇다가 그만
둔다. 싱거운 그림자놀이 대신 툭 터진 바깥을 내다본다. 흙과
나무와 하늘과 햇살이 어우러진다.

등에서 좀체 떼지 않던 청년의 배낭이 구석에 있다. 호기심
이 도진다. 너답지 않아. 수가 쿡 찌른다. 제풀에 나간 손을 얼
른 거둔다. 짐짓 딴 데를 바라보지만 검질긴 유혹이 가시지 않

는다. 나는 그예 당겨온다. 안에 든 내용물이 드러난다. 책과 카메라와 인쇄물, 렌즈를 따로 담은 통과 비닐봉투에 담긴 필름, 바닥에 깔린 길쭉한 쇠붙이가 끝을 삐죽 드러낸다. 나는 묵직한 총신을 보며 굳는다. 머리칼이 곤두선다. 상상이 사실이었다니. 얼음과 불이 한꺼번에 달려든 듯 얼얼하다. 나는 빠르게 되짚는다. 전혀 모르는 남자 아닌가. 내가 그린 것과 드러난 사실. 둘의 괴리가 나를 가른다. 섬뜩한 냉기가 등을 훑는다. 발자국소리가 가깝다. 나는 뒤지던 배낭을 재빨리 민다. 그가 오기 전에 나가야지. 손발이 따로 논다. 나는 발딱 일어선다. 바투 다가온 일본청년의 눈이 휘둥그러진다.

"왓츠 더 프로블럼?"

"무슨 일은?"

새된 목소리가 솟는다. 갈라진 음성이 남의 것 같다.

"아무것도 아냐."

나는 허둥거리며 너덧 걸음 뗀다. 심장이 툭탁거린다.

"구자미리……."

천둥 같은 목청이 메아리친다. 난간 없는 발코니 아래 흰빛이 출렁인다. 청년이 날래게 어깨를 움킨다. 나는 힘껏 뿌리친다. 함께 움직이기에는 발코니가 좁다. 비틀거리던 그가 제풀에 균형을 잃는다. 아, 악! 나는 아우성치는 비명을 애써 누르

며 장승모양으로 서 있다. 후줄근한 넝마가 눈앞을 돈다. 까마
득한 아래서 둔탁한 파열음이 울린다. 땅을 때린 번개처럼 사
촌이 스친다. 살얼음판을 걷듯 조마조마하다. 볕을 받은 사촌
얼굴이 핏기없이 희다. 핏빛 통꽃이 툭 떨어진다.

위태로운 짐작이 빠르게 스친다. 그의 아내가 이렇게 일을
당했겠지. 불에서 태어나서 불을 키운 사촌이 안정을 찾을 리
없다. 시끄러운 말다툼이 벌어졌으리라. 제 성깔을 못 이긴 사
촌이 주먹을 날린다. 몸을 비키다가 헛발을 짚은 아내가 바닥
에 머리를 부딪치고. 볕에 새긴 핏방울처럼 선연한 그림이 토
막토막 솟는다. 느닷없이 닥친 사고를 보며 두렵기만 했을 텐
데. 잠깐의 잘못을 덮으려고 갈피 없이 뛰었겠지. 장례식장에
혼자 고개를 푹 꺾고 앉은 사촌은 무슨 생각을 했을까. 돌이킬
수 없는 일을 보면서 꿈이기를 바랐을까. 일일이 짚는 대상이
사촌인지 나인지 알 수 없다. 쓸쓸한 매장풍경은 달무리같이
희미할 뿐 무게가 없다. 재빨리 이은 추측이니까. 무릎이 풀썩
꺾이며 나는 그 자리에 주저앉는다.

나는 네 발로 기어서 테라스 끝으로 다가간다. 아찔하게 미
끄러진 비탈로 고개를 뺀다. 왕모래 깔린 바닥이 아득한 흡기
를 부린다. 가파르게 떨어진 아스라한 바닥이 존재를 빨아들인
다. 나는 후들거리는 팔을 힘껏 버틴다. 통째 바스러질 것 같은

위험이 나를 으른다. 땅을 치고 튀어 오른 볕이 시리다. 아니 따갑다. 널브러진 청년은 미동도 않는다. 바굴을 적신 선혈이 희끗한 왕모래를 먹어 든다. 후끈 달만큼 따뜻한 색깔을 지켜 본다. 핏빛 석류꽃이 툭툭 진다. 잇새에 물린 알갱이가 으깨진 다. 시디신 기억이 어금니를 찌른다. 도려낸 것처럼 명치가 쓰 리다.

가슬가슬한 모래알갱이가 손바닥을 찌른다. 나는 힘주어 움 킨다. 굵은 모래가 손톱 밑을 파든다. 허기일까 두려움일까. 거 센 소용돌이가 나를 감는다. 높이 쌓은 새알무더기가 앞에 있 다. 층층으로 올린 균형이 자칫 무너질 듯 아슬아슬하다. 우 물 턱을 붙잡고 선 사촌은 주검처럼 표정이 없다. 곁을 주지 않 던 고아가 느꼈을 끈질긴 결핍이 이것이었을까. 자신만 허방에 던져졌다고, 무엇이든 그악스레 움켰을 텐데. 말간 햇살이 쇳 가루처럼 튀어든다. 빙글빙글 도는 햇무리가 어지럽게 산란한 다. 원망으로 뒤틀린 아이 눈이 흰빛에 실린다. 아이는 돌아올 까. 이 혼란이 끝나기는 할까. 핏발 선 눈망울이 마주 쏜다. 화 덕에서 갓 꺼낸 베르베리가 따끈하게 씹힌다. 탈 듯 목이 마르 다. 까무룩 어지럼증이 인다. 느리게 돌던 하늘땅이 속력을 낸 다. 비우고 태워서 다시 난다는, 지금은 라마단이다.

28

허허벌판 어디서 나타났을
까. 허가증을 보자던 소년병이 널브러진 청년을 내려다보고 있
다. 키보다 긴 총을 메고. 머리에 터번을 두른 앳된 얼굴이 야
릇한 열기를 뿜는다. 미처 감추지 못한 호기심이 눈에 담겨 있
다. 나는 몇 걸음 떨어져서 우두커니 지켜본다. 주검의 기척을
좇는 앳된 얼굴에 활기가 밴다. 긴 총을 쓸 일이 행여 있을까.
어린 소년과 어울리지 않는 싸움 도구가 장식으로 비친다. 쓸
모 잃은 총이라도 유용하게 쓰일 때가 있으리라. 어리다고 깔
보는 이를 위협할 수 있다. 지열에 단 바람이 후끈하게 스친다.
소년의 머리를 감아 내린 터번자락이 우아한 곡선을 그린다.

턱수염이 부얼부얼 난 장정이 부리부리한 눈을 굴린다. 카

키색 군복 윗도리 단추가 서넛 풀려 있다. 벌어진 옷 틈새로 빽빽한 가슴 털이 비어진다. 튼실한 몸집에 모자를 쓰지 않은 맨머리가 자리를 바꾸어가며 청년을 굽어본다. 군인이라기엔 표정이 순박하다. 민간인이라고 치기에는 차림이 수상쩍다. 청년의 머리로 다가간 그가 큰 덩치를 내리고 쪼그린다. 상처를 살피는지 피를 구경하는지 알 수 없다. 그가 옆에 선 소년에게 뭐라 말한다. 알아들을 수 없는 소리가 퍼진다. 나는 어쩌자는 가늠 없이 무감각하게 바위굴을 돌아본다. 우뚝 솟은 바위산이 넓은 벌판을 막아서 있다. 좁고 가파른 계단을 어떻게 내려왔을까. 청년의 배낭을 아직 들고 있다. 나는 던지듯 가방을 내린다. 무겁다고 생각 못 했던 팔이 뻐근한 통증을 호소한다. 정신없이 뛰던 조금 전이 먼 그림처럼 어린다. 나는 의식 못 하고 팔을 쓸어내린다.

어디서 본 건가 아니면 들은 건가. 하나둘 사람이 모인다. 주고받는 말이 둥근 피막을 이룬다. 적적한 벌판을 뛰는 소년이 낡은 필름 속 그림처럼 어린다. 빈들을 가르는 뜀박질이 비현실을 그린다. 늘어진 달음박질이 굽어진 길 끝에서 지워진다. 햇살 아래 둔 아이스크림처럼 시간이 눅진하게 녹아내린다. 모래 속 바늘이라도 짚어낼 만큼 시야가 밝다.

나는 깊은 잠에 든 것처럼 엎드린 청년을 내려다본다. 외로

튼 고개와 기역자로 꺾인 다리가 불편할 텐데. 반듯하게 펴주었으면. 생각뿐 한 마디도 새지 않는다.

UN을 옆구리에 새긴 흰색 앰뷸런스가 입구를 꺾어든다. 나는 뒤뚱거리는 차를 지켜보며 조바심친다. 더 빨리 달렸으면. 장정이 손짓 발짓을 섞으며 뭐라 말한다. 나는 애매한 눈길로 마주 보다가 고개를 젓는다. 휑한 들을 가로지른 밴이 앞에 멈춘다. 청년을 옮긴 들것이 뒷문으로 들어간다. 나는 누가 민 것처럼 옆자리로 오른다. 한 팔을 번쩍 든 장정이 창에 비치다가 사라진다. 긴장이 풀리고 뼈마디가 후들거린다. 나는 힘 준 다리를 버티며 두 팔을 깍지 낀다.

벌판을 빠져나간 차가 비포장 길로 접어든다. 흙먼지 날리는 외길이 땡볕에 잠겨 있다. 차에 실려 오면서 차창에 비친 병원을 보았다. 오른쪽으로 갈라지는 길이 나타난다. 반원을 그린 아치가 마을 입구를 알린다. 나는 고개를 들어 바라본다. 꺾은 길을 따라가면 시가지가 나온다. 거기 여전히 자리를 지킬 호텔과 빈방에 남겨둔 짐이 어리댄다. 아찔한 추락장면이 어지럽게 난다. 행여 잘못되면 어쩌나. 팀원들의 표정이 어른거린다. 혼자 떠난 여행과 거기서 벌어진 말썽을 입에 올리리라. 입에서 입으로 퍼질 억측이 곁가지를 벋는다. 앰한 소문이 발 없이 날겠지. 양파처럼 켜켜이 겹친 골짜기로 들어오던 날이 언제였을까. 나도 모르게 날이 갔을까. 겹겹이 휘어 돌던 그 길을 다시 돌아나가게 될까. 날리는 깃털이 암울한 그림자를 드리운다. 엉금엉금 기는 게 시간인지 바퀴인지. 십 여분 걸릴 병원이 길이를 늘인다.

나는 감은 눈과 파리한 안색을 바라본다. 핏기 가신 얼굴이 주검을 그린다. 검붉게 핏물 밴 거즈가 이마에 붙어 있다. 하필 내게 이런 불운이! 앞이 보이지 않는다. 오목가슴에 얹힌 더운 덩어리가 부피를 더한다. 손발은 외려 차게 식는다. 속이 쥐어짜듯 쥔다. 죽지 말아요. 똬리 튼 말이 머리를 교란한다. 나는 카불로 가게 될까. 영영 여기 남는 건 아닐까. 그의 가슴에 손을 얹는다. 조용하다. 잡히지 않던 동계가 마침내 툭탁거린다. 나는 긴 숨을 내쉬며 얼굴을 쓸어내린다. 살갗이 까칠하다.

문설주 위에 반원으로 두른 병원글자가 흰빛을 튕긴다. 차에 실려 여기 오면서 얼룩진 창으로 저 글자를 읽었다. 열악한 나라 그것도 궁벽한 골짜기다. 생각 못 했던 병원을 보며 신기했다. 들를 일 없으려니 여긴 건물이 미더운 그림자를 내린다.

앰뷸런스가 멈추며 문이 열린다. 멀쑥하게 큰 커트머리 금발여자가 들것을 받을 것처럼 다가온다. 나는 달싹이려는 입을 얼른 문다.

진료실 귀퉁이에 서서 등을 보인 의사를 지켜보고 있다. 처치대에 누운 청년이 불빛을 받는다. 핏기 가신 낯빛이 그대로다. 이대로 못 깨어나면 어쩌나…….

세면대 앞에 선 의사가 수술 장갑을 벗고 손을 씻는다. 물기를 터는 모습이 먼 그림처럼 어린다. 돌아선 그가 뭐라 말한다. 나는 움직이는 입을 보며 눈으로 묻는다. 뭐라고?

"걱정 마. 수술이 잘 되었어."

그가 활짝 편 두 손을 내리고 청년의 이마를 가리킨다. 열 바늘을 꿰맸다는 시늉이다. 푸른 눈의 의사가 진료 테이블에 앉는다. 번쩍 눈을 뜬 청년이 어리둥절한 시선을 든다. 눈 뜬 모습을 보니 죄던 데가 퍼진다. 나는 침대로 다가가서 거즈에 덮인 이마를 살핀다.

"입원해. 하루쯤 지켜보아야 하니까."

듬직한 의사가 찬찬하게 말한다. 남은 조바심이 마저 가신다. 그가 구석에 놓인 휠체어를 돌아본다. 나는 환자용 탈것을 청년 앞으로 끌어온다. 괜찮아. 청년이 손을 휘휘 젓는다. 나는 말없이 채근한다. 손사래 치던 청년이 어쩔 수 없다는 듯 엉덩이를 옮긴다. 나는 앞장선 흰 가운을 좇아 바퀴의자를 굴린다. 현관문 앞에 멈춘 직원이 고개만 빼고 나란히 선 옆 병동을 턱으로 가리킨다.

"첫 번째 방이야."

나는 눈인사를 건네고 옆 건물로 간다. 들어서자마자 1이 적힌 문이 나타난다. 한 뼘 쯤 열린 틈새로 후텁한 공기가 샌다. 나는 돌아서서 엉덩이로 문을 민다. 환자와 보호자가 무기력한 시선을 든다. 나는 어색한 웃음을 물고 자리를 찾는다. 벽을 따라 놓인 다섯의 철 침대가 다 차 있다. 문 옆이 비어 있다. 나는 거기 휠체어를 갖다 댄다. 두 팔로 침상 턱을 짚은 청년이 엉덩이를 옮긴다. 허름한 여름 바지 아래서 앙상한 뼈대가 드러난다. 뒤따라 나타난 원주민간호사가 흰 종이를 내민다. 청년이 벽에 기대어 눈을 감는다. 간호사가 손끝으로 보호자란을 가리킨다. 내 탓에 부상을 입은 남자다. 나는 무감각하게 영문이름을 적는다. 사인을 확인한 간호사가 휠체어를 밀며 병실을 나간다. 나는 침대 발치에 엉덩이를 걸친다. 해쓱한 청년이 나를 바라본다. 병실 안 시선이 새로 들어온 환자에게 쏠린다. 어쩌다 든 이 자리가 어색하다.

마주보이는 침대 가에 허름한 블라우스차림의 여자가 앉아 있다. 메마른 살갗과 부스스한 머리카락, 눈을 내린 얼굴에 시름이 가득하다. 아들인 듯 보이는 소년은 자는 걸까. 붓기 밴 누런 얼굴이 앳되다. 10살쯤 되어 보이는 얼굴에 병색이 짙다. 나는 시선을 돌린다. 한 다리를 가로대에 매단 남자가 창가 자리에 있다. 무릎 아래가 잘린, 무표정한 40대 남자는 눈을 뜨지 않는다. 걸대에 건 링거가 노란 수액을 한 방울씩 떨어뜨린다. 허벅지를 싸맨 붕대가 검붉은 핏물에 절어 있다. 곳곳에 붙은, 지뢰조심을 알리는 벽보가 다가온다. 사고가 잦은 땅이다. 청년이 나를 바라보고 있다. 나는 무감각하게 넌다.

"아임 쏘리."

예의 느린 말투가 건너온다.

"괜찮아. 아프지 않아. 인도식으로 생각해."

엄살과 먼 담백한 얼굴에 대고 입가를 슬쩍 끈다. 덤덤한 시선이 내게 꽂혀 있다. 가보지 못한 인도가 미약한 위로를 준다.

"인도에 갔어?"

고개를 끄덕이며 인도에서 이곳으로 들어왔다고 얘기한다.

"파키스탄을 거쳐 아프가니스탄으로 왔어."

빙긋 웃은 청년이 십 루피를 구걸하던 걸인을 말한다. 천진한 표정이 소꿉놀이하던 사촌을 닮아 있다. 뜻 모를 열기가 퍼진다.

"가난한 여행자야. 적은 돈이라도 아껴야 해. 내가 왜 네게 돈을 줘? 정색하며 묻지. 그가 대뜸 받아. 넌 영원 전에 내게 돈을 주도록 이미 정해졌어. 그게 신의 뜻이야. 마땅히 받을 것을 받는다는 표정이야."

우스개 같은 얘기가 싱겁게 건너온다. 나는 두어 번쯤 들었음 직한 얘기를 처음인 듯 끄덕인다. 말없이 뒷말을 채근한다. 그래서? 언뜻 부딪친 그의 시선이 나를 비켜간다.

"피 같은 돈을 받고도 인사가 없어. 나는 짓궂게 따져. 고맙지 않아? 그가 아무렇지 않게 말해. 선을 베풀 기회를 주었으니 니가 고마워해야지."

나는 재미있다는 듯 실실거린다.

"너와 내가 한데 묶인 것, 내가 다친 일 모두 정해졌어. 어떻게 받아들일지 각자의 몫이야."

예의 해석할 나름이라는 말. 나는 나긋한 몽상에 휘말린다. 이미 결정됐다고? '운명'이라는 묵직한 단어로 바뀐 말이 용틀임 친다.

"내가 호텔로 돌아가면?"

빤히 바라보며 튕긴다.

"갈 테면 가. 그것도 정해졌을 테니."

인샬라. 어떤 경우든 신의 뜻이다. 그러니 순순히 받아들인다. 청년 혼자 배겼을 길고 고단한 여행을 그린다. 욕심 가신 말간 표정을 슬쩍 곁눈질한다. 모를 길에서 만난 어려움을 그러려니 받아들였으리라. 길을 가는 것과 죽고 사는 일이 신의 뜻이라잖은가. 숨은 암시가 딸려온다. 촘촘한 그물망이 청년과 나. 여기, 이때를 담는다. 제가끔 주어진 금을 밟으며 받은 소명을 좇는다. 묶인 말뚝 주위를 맴돌거나 길을 놓치고 헤매기도 하리라. 모두의 발자국이 어지럽게 얽힌다. 정한 날이 끝난다. 드디어 파장이다. 그물을 지켜보던 누가 그것들을 뭉뚱그려 거둔다. 해석과 암시를 좇던 날이 끝난다. 빽빽한 데가 풀린듯하다.

걸터앉은 모서리가 마친다. 귀퉁이에 동그란 의자가 놓여 있다. 나는 그것을 가져다가 옮겨 앉는다. 다리가 뒤뚝거린다. 길이가 안 맞는지 바닥이 고르지 않은지. 환자와 보호자의 눈이 우리에게 꽂혀 있다. 영어를 드미는 이가 없어서 다행이다. 아는 단어가 바닥날 때까지 생각나는 말은 다 던질 테니.

건너편 나를 지켜보던 여인과 시선이 부딪친다. 낡은 흑백 사진을 빠져나온 얼굴이 뭐라 말한다. 모스부호 같은 말이 허공을 떠돈다. 나는 핏기 가신 거무스레한 안색에 대고 고개를 젓는다. 서로를 알릴 방법이 없다. 어색한 웃음이 샌다. 표정 없는 얼굴이 곧 제자리로 돌아간다.

약기운이 도는 걸까. 눈을 감은 청년의 고개가 삐뚜름하게 기운다. 가지런히 내린 속눈썹이 내 아이를 닮아 있다. 나는 베개 위의 고개로 손을 벋다가 문득 멈춘다. 목으로 바람이 들어가지 않게 이불깃을 다독이고 잠든 입술에 살짝 뽀뽀를 하던, 얼핏 살아난 날이 철지난 그림처럼 떠돈다. 그런 날이 다시 오게 될까. 아예 없던 일인 듯 지워지고 말까. 나는 괸 숨을 삼키며 시트 주름을 편다. 고른 숨소리가 퍼진다. 귀를 기울이다가 고개를 든다. 지켜보던 시선이 후딱 제자리로 돌아간다. 때마다 구경거리가 된다. 나는 발소리를 죽이며 방을 빠져나온다.

마당에 흰 천막 네 동이 꽉 차 있다. 부르카를 걸친 원주민 여인이 오간다. 나는 한갓진 자리를 눈으로 찾는다. 서넛 쪼그린 청회색 부르카가 볕을 받고 있다. 같은 색깔에다 모양까지 한가지인 입성이 모이를 쪼는 가금류처럼 고개를 모으고 있다. 그중 하나가 나를 돌아본다. 그물망 속 시선이 동양여자를 좇는다. 나는 손을 가볍게 흔들고 걷는다. 빤히 보아도 모를 일이 많은데 그물로 덮어서야 제대로 보일까. 시각 또한 제가끔 다르다. 보는 대로 믿게 되는 눈의 시스템은 창조주의 배려일까. 아니면 보이는 만큼만 알라는 금지일까. 경험한 내용 따라 해석을 달리할 텐데. 나는 어쩌면 보고 싶은 대로 바라보았을지 모른다. 지금 내 아이가 보는 것은 무엇일까. 눈에 비친 것들을 어떤 코드로 풀어낼까.

간호사 차림인 서양여자가 차트에 적힌 이름을 부른다. 쪼그렸던 부르카가 허리를 펴고 종종걸음으로 다가간다. 따로 선 남자들이 잰걸음을 구경한다. 그리고 보니 마당을 가른 줄이 둘이다. 어디서나 남자와 여자를 가르는 문화가 서름하다. 성별을 나누는 게 어떻다고? 몇 세대 전의 우리도 그랬다는데. 나는 고개를 털며 엉덩이 걸칠 데를 찾는다.

마당 건너편에 나지막한 담이 있다. 돌담을 두른 키 큰 나무가 짙은 그늘을 내린다. 그늘아래 선 금발여자가 손을 번쩍 든다. 아는 이 없는 곳에서 아는 체하는 얼굴을 살핀다. 차에서 내릴 때 본 여자다. 이파리 틈으로 얼비친 햇살이 짧게 자른 머리칼을 노랗게 물들인다. 무람없이 반기는 모습이 겸연쩍다. 나는 눈을 깔며 내민 손을 마주잡는다. 곧 따라 줄줄이 선 뼈가 일본청년을 당겨 온다. 그는 잠든 걸까. 잠든 척했을까. 앙상한 손을 타고 다순 온기가 건너온다. 병원 행정을 맡고 있다는 그녀가 건물 모퉁이를 턱으로 가리킨다.

"저기 내 방이 있어. 지금 점심시간이야."

활짝 웃는 얼굴로 스스럼없이 말을 건넨다. 서먹한 표정을 본 금발이 또 다른 컨테이너를 가리킨다. 나보다 머리 하나가 큰 여자가 여기저기 알려준다. 외국인의 친절이 짐스럽다.

"저 부엌에서 병원근무자의 식사를 조리해. 환자와 보호자를 위한 식당은 없어."

나는 로봇이 된 듯 되풀이 주억인다.

"염려하지 마. 다른 증상이 나타나지 않으면 퇴원해도 돼."

남을 살피는 마음결이 깊이 스민다. 생판 모르는 사이다. 다친 청년보다 나부터 걱정하던 조금 전. 먼저 다가온 금발을 보며 나는 중얼거린다. 고마워. 외마디 말에 못 담은 미진함이 내게 남는다. 아찔한 추락이 되감긴다. 보이지 않는 손이 위험을 막았을까. 검증 못 할 이야기가 떠돈다. 설핏 진저리가 인다. 어쩌면 병원이 아니라 경찰서로 불려 다녔으리라. 낯선 땅, 상황을 그릴 말재간이나 무죄를 밝힐 누가 없다. 음습한 철창에 갇혀서 하릴없이 지난날을 돌아보리라. 울울한 사념과 화증이 쌓일 테지. 재앙에서 나를 건진 누가 있었을 것도 같다. 긴 숨이 터진다. 무성한 포플러가 짙은 그늘을 내린다. 우거진 잎 사이로 흰 볕이 히뜩거린다. 노르웨이에서 지원하는 비용으로 병원을 운영한다는 얘기가 건너온다.

"나는 내일 노르웨이로 돌아가."

민낯의 화장기 없는 얼굴이 나를 돌아본다. 잠깐 스친 나그네라도 정성을 다한다. 모를 온기가 퍼진다. 남에게 모질고 아는 얼굴이면 덮어놓고 편들던, 어떤 연줄이든 잇던 땅을 돌아본다. 척박해도 익숙한 그곳이 아쉽게 떠돈다.

"칠십 년 전에 노르웨이 지원으로 이곳에 병원을 세웠어. 본국에서 자원한 사람들이 운영과 치료를 맡고. 지금은 이곳 대학을 졸업한 현지인 의사가 함께 일해."

호들갑스럽지 않게 맡은 일을 다 하는 이들이 틈새마다 숨어 있다. 가난한 이들에게 손을 내밀어 온기를 나눈다. 다리가 뻐근하다. 나는 콘크리트 턱에 엉덩이를 내리고 마주 선 병동을 바라본다. 청년은 자고 있을까. 깨었을까.

"물을 끓여 마시고 정한 데서 용변을 보는 것들을 가르쳐. 깨끗한 환경이 만들어지면 여기 사람에게 맡기고 떠날 거야."

먼저 깨친 누가 뒤에 오는 사람을 이끈다. 방에 틀어박혀서 구덩이를 파던 모습이 떠돈다. 얼마 전까지만 해도 스스로 갇혀 있었다. 팽개쳐졌다고 이를 물며 모진 연상을 이었다. 돌아선 아이가 나를 째린다. 아이는 지금 어디서 무엇을 할까. 꼭 이렇게 되어야 했을까. 왜 하필 나였을까. 지긋지긋한 이 족쇄가 언제면 풀릴까. 사념은 줄곧 지난날로 돌아간다. 버거운 짐이 떠나지 않는다. 명치를 누른 묵직한 돌덩이가 그대로다. 내 무게를 아이에게 몽땅 얹었을까. 아이는 정작 힘겨웠으리라. 멀리 와서야 보인다. 미숙한 어미가 불을 키웠다. 짱짱한 햇살이 정수리에 꽂힌다. 금발머리가 혼잣말을 뇐다.

"내다볼 안력이 열려서 스스로 서기까지 하나씩 가르치는 거야."

나는 여자를 돌아본다. 해말간 얼굴에 나무그림자가 어룽댄다. 자랑하지 않으면서 맡은 일을 다 한다. 옹졸하지 않은 마음이 넓은 자락을 편다. 옹색한 스스로가 그 비례로 초라하다.

"저쪽으로 갈까?"

여자가 앞장선다. 나는 묶인 것처럼 뒤를 좇는다. 엔지오로 왔다는 여자 말에 수가 재깍 끼어든다. 같은 일을 하잖아. 나는 뜬 마음을 누른다. 같은 일이지만 내용까지 같다고 못 한다. 벗어나려고 안간힘쓰던 나와 마음을 다하는 여자. 보이지 않는 틈이 넓다. 여긴 컴퓨터 방, 이쪽은 함께 일하는 사무실. 나는 가리키는 방마다 기웃거리며 모퉁이를 돈다. 또 다른 뜰이 거기 있다.

"하이!"

커트머리 목청이 높이 솟는다. 걷어 올린 휘장 앞에 두 손을 모은 소녀가 다소곳이 서 있다. 모양만 흉내 낸 앞치마가 아닌 원피스 모양의 겉옷을 덧입고 있다. 새내기로 보이는 간호사가 수줍은 웃음을 문다. 하얀 머릿수건을 두른, 동그란 얼굴이 순박하다. 높지 않은 콧날이 어린 날 같이 놀던 순이를 그린다. 수줍어서 어쩔 줄 모르는 모습이 설지 않다. 시린 볕이 쏟아지는 한낮. 붉은 볏을 넓게 편 맨드라미가 비친 것도 같다. 선홍 석류꽃이 부신 햇살을 받는다. 나는 쩔쩔매는 모습을 보며 두어 걸음 다가간다. 얘는……! 마른 입술을 달싹이는 내게 소녀가 눈을 둥글게 키운다. 잠깐 어린 몽환이 후딱 사라진다. 말과 습관이 영판 다르다. 여기는 중앙아시아 깊은 골짜기, 바미안이다.

"하자라 족이야."

커트머리가 소녀를 가리킨다. 눈 둘 데를 못 찾은 소녀가 모아 잡은 손과 함께 몸을 꼰다. 복순이나 순덕이면 어울릴 얼굴에 핏물이 밴다. 숫기 없는 어린 간호사 뒤로 작은 탁자가 놓여 있다. 커트머리가 손금고 크기의 상자를 가리키며 백신이 들었다고 말한다. 물을 끓이고 화장실에서 용변을 보는 그림이 텐트에 붙어 있다. 붉은 가위로 그린 X자가 지뢰조심을 알린다. 포스터를 붙인 벽이 흔들린다. 바람은 없다. 누가 텐트 뒤를 걷는 게지.

커트머리를 따라 병원구내를 한 바퀴 돌아 처음 자리로 온다. 나는 콘크리트 턱에 엉덩이를 내린다. 석조 단층 건물로 사람들이 쉴 새 없이 들락거린다. 둥근 돌이 군데군데 박힌 벽이 눈에 익은 듯 친근하다. 정권이 바뀔 때면 이런저런 일이 있었다고. 민간인 대신 군인을 치료하는 야전병원으로 쓰기도 했단다. 어느 시절이든 버텨내기만 하면 제 몫을 한다는 걸까. 끝까지 살아야 한다던 말. 푸른 이미지로 바뀐, 비행기에서 만났던 여인이 나를 바라본다.

"한곳을 파는 게 중요해. 소신껏 파 내리면 마침내 물이 솟구쳐."

푸릇한 음성이 퍼진다. 뜻 모를 물기가 스민다. 나를 드러낼 영어실력이 못 된다. 나는 홀린 듯 주억인다. 소리 없이 맡은 일을 다 하는 걸음이 바삐 오간다. 산골에 켠 작은 빛이 폐허를 밝힌다. 커트머리가 혼잣말처럼 중얼거린다.

"여긴 좋은 나라야."

나는 키운 눈으로 돌아본다. 보고 즐길 것이라고는 없는, 다 부서진 곳인데? 사방에 오물과 쓰레기가 널려 있다. 끼니조차 제대로 못 때우는 가난한 살림에다 흙먼지만 날린다. 가까스로 목숨을 잇는 땅 아닌가. 필요한 물건조차 제때 얻지 못한다. 물과 전기를 제대로 쓰는 것도 아니다. 어느 것 하나 넉넉하지 않은, 핍진한 살림에다 라마단이라는 이름으로 금식을 강요하기나 한다. 뼈만 남은 이들에게 덜어내고 바꿀 게 뭐가 있다고.

이 키다리 여자는 무엇이 좋을까. 나는 의아하게 살핀다. 결 따라 펴진 미소가 밝은 기운을 부린다. 설핏 서린 아쉬운 표정이 나를 깨운다.

"아름다운 땅이야. 기회가 있으면 또 올 거야."

시선을 멀리 두고 되풀이한다. 이 척박한 땅에? 수가 쿡 찌른다. 그렇다면 그런 줄 받아들여. 모르면서 우기긴. 내가 가진 잣대가 무엇인지. 어떻게 바라보는지. 의구심이 든다. 금발의 화장기 없는 민낯이 투명한 햇살을 받는다. 사위에 널린 흑갈색 땅이 낙낙한 결을 편다. 금발의 존재감이 나를 압도한다. 말간 햇살이 옷에 밴 때를 또렷이 드러낸다. 안팎이 초라하다.

가기 전날까지 일하다니. 나는 곁가지에 매달린다. 이웃을 보살피는 손길이 곳곳을 어루만진다. 일어나지 않을 일을 키우며 애달아 하던 모습이 추레한 그림자를 내린다. 카르페 디엠! 지금을 살아. 잊었던 문장이 천둥소리를 울린다. 나는 눈을 똑바로 든다. 언젠가 본 것 같은, 까맣게 잊었던 한 세계가 달려온다.

29

"봉 보야지."

잘 가. 나는 돌아선 커트머리의 등에 대고 두 나라말을 웅얼
거린다. 가볍게 손을 흔든 그녀가 성큼성큼 걷는다. 나는 한동
안 서성이다가 병실로 돌아온다. 허리를 벽에 기댄 청년이 나
를 바라본다. 설핏 찡그린 얼굴을 훑으며 동그란 의자에 엉덩
이를 내린다. 여전히 뒤뚱거리는 의자다리가 미덥지 않다. 방
심하다가 자칫 넘어지리라.

"다친 데가 아프지 않아?"

"괜찮아. 시간이 지나면 낫겠지."

청년이 덤덤한 대답과 함께 나를 바라본다. 갑자기 마주친
눈길이 거북하다. 나는 둘 데 없는 시선을 창밖에 던진다. 하늘

이 파랗다. 빠르게 움직이던 구름은 어디서 비를 만들까. 아찔한 높이에서 떨어지던 모습이 어린다. 보이지 않게 지키는 손길이 있다던데. 기적 또는 부처의 가피, 하나님의 보호라 해도 괜찮다. 나는 검증 못 할 내용을 되작이며 혼자 가슴을 쓸어내린다. 홀쭉한 몸매도 거들었으리라. 살이 있었다면 높이에 따른 가속도에다 무게까지 보태져서 치명적이었을 텐데. 허술한 입성 켜켜이 밴 공기가 충격을 덜었겠지. 철 지난 옷을 겹겹이 껴입어서 궁상이더니. 무슨 일이든 후딱 해치우던 사촌이 다가온다. 지금 그는 어디서 무엇을 할까.

함께 기차역에 갔던 날이 오래된 필름처럼 돌아간다. 크고 작은 두 아이가 횅한 공터를 걷고 있다. 뜻 모를 핏물이 볼과 이마를 달군다. 나는 붉어진 얼굴을 깊이 숙인다.

계집애가 앞선 사촌을 숨차게 좇는다. 바람 한 점 없이 무덥던 날로 기억한다. 울타리를 두른 쥐똥나무가 진한 꽃냄새를 흘렸다. 골이 팼다.

키를 넘는 울 너머에 수상쩍은 기운이 희뜩거렸다. 형태 없는 귀신이 검은 털에 덮인 긴 팔을 벋어 쥐도 새도 모르게 낚아챌 것 같았다. 사촌이 걸음을 멈추었다. 나도 따라서 섰다. 내게 다가온 그가 키를 낮추어 속삭였다. 후텁한 숨이 귓바퀴를 덮었다. 이건 비밀이야. 어지러운 음성이 퍼졌다. 나는 제풀에 꺾인 다리를 재빨리 가누며 히쭉 웃었다. 어수룩한 흠이라도 잡히면 사촌이 대뜸 소리칠 것이었다. 이런 찌질이! 너 땜에 망쳤어. 괜히 데려왔잖아! 짐작만으로 조마조마했다. 바싹 다가온 입술이 귓바퀴를 스쳤다. 왠지 아득했다.

"아무한테도, 절대로, 입도 벙긋하면 안 돼."

힘주어 다짐하는 목소리가 깊이 파들었다. 어딘가 짜릿했다. 가슴이 툭탁거렸다. 둘만 아는 비밀이 생겼다. 사위에 시디신 볕이 쏟아졌다. 설레고 두려운. 공터에 가득 내린 햇살이 춤을 추었다.

"니가 먼저 다가가서 공손히 말해. 그다음에……."

나는 고개를 끄덕였다. 여덟 살이나 아홉 살 무렵이니까 그는 열 살 또는 열한 살이었다.

"이거 사겠어요? 그 말만 해."

그가 거침없이 쏟았다. 모르는 것 없는 그가 대단해 보였다. 머뭇거리거나 당황하지 마. 그가 힘주어 말했다. 둘이 짠 것처럼 보이지 마. 나는 한마디도 놓치지 않으려고 귀를 모았다. 나를 끼워준 그를 실망시키면 안 되었다.

운동장처럼 휑한 뜰 저편에서 젊은 아저씨가 걸어왔다. 사촌이 그에게 다가갔다. 까만 수첩을 꺼내 들고. 둘의 꿍꿍이가 틀어진 눈치였다.

"얼마 줄 건데요?"

사촌이 목소리를 키웠다. 사지 않아도 괜찮아, 느물거리는 표정을 보며 나는 조바심쳤다. 그가 내게 가르친 말은 그게 아니었다. 시시덕거리며 입을 맞춘 짬짜미가 틀어지면 안 되었다. 남몰래 훔쳐볼 뽑기나 만화책, 아이를 막아설 극장 입구와 거리에 붙은 알록달록한 포스터가 어지럽게 날았다. 나는 발소리를 죽이며 다가섰다. 사촌은 자신의 말에 열심이었다. 나는 조바심치다가 그의 옆구리를 찔렀다. 그가 느릿하게 돌아보았다. 거기 있었어? 하는 표정으로. 발꿈치를 든 내가 빠르게 속삭였다.

"아까 정한 값을 먼저 말해."

소곤거린 소리가 또렷이 들렸다. 젊은 아저씨가 미심쩍게 둘을 훑었다. 붉어진 사촌을 보며 나는 어쩔 줄 몰랐다. 애써 꾸민 일을 망치다니. 사촌이 내 손을 잡고 돌아섰다. 둘 다 말이 없었다. 묵직한 쇳덩이 같은 것이 목을 눌렀다. 대부분은 그냥 가. 처음부터 사는 이는 드물거든. 집을 나서면서 당당하던 모습이 간데없었다. 말없이 걷던 사촌이 몸을 날려 돌멩이를 걷어찼다. 날아간 돌이 나를 겨냥한 듯 졸았다.

"짰다는 걸 들켰잖아."

사촌이 불퉁거렸다. 나는 더욱 풀이 죽었다. 모처럼 끼워준 오빠를 실망시키다니. 그에게 없는 엄마 아빠가 내게는 있다. 상한 속을 그리니 더욱 애가 탔다. 돌이킬 수 없는 실수를 저질렀다. 목이 따갑고 눈이 슴벅거렸다. 덥고 답답해. 나는 울상을 짓고 징징거렸다. 희기만 한 얼굴이 나를 돌아봤다. 텅 빈 눈이 나를 훑었다. 허망한 꿈을 놓친. 쓸쓸한. 아쉬운. 진한 꽃냄새가 흘러들었다. 부신 햇살이 한데 섞였다. 골치가 지끈거렸다. 그날의 꽃냄새가 두통을 부른다. 다시 그를 따라간 적이 없다.

기억은 사실의 저장이 아니라 변형된 해석이라던가. 언제 어떻게 받아들이는지에 따라 그림이 달라진다. 배가 고프다. 갓 구운 베르베리 냄새가 흘깃 스친다. 난장을 떠돌 아이가 다가온다. 제때 먹기는 할까. 텔레비전의 요리 프로그램을 바라보던 모습이 둥둥 뜬다. 사촌이 그렇듯 아이도 늘 배가 고팠을까. 먹어서 채울 수 없는 헛헛증이 왜 배었을까. 어쩌지 못할 무력감이 퍼진다. 그림자로 바뀐 아이가 밤의 어지러운 네온을 좇는다. 얘야. 그리해서는 허기가 더할 뿐이야. 나는 달싹거리려는 입을 급히 문다.

"탈레반이 녹화된 필름을 보았어."

청년이 딴 얘기를 꺼낸다. 그가 은행에서 컴퓨터를 보았다고 말한다.

"다 부서진 나라에 컴퓨터가 있다는 게 신기했어. 나는 메일을 써도 되는지 물었어. 직원이 컴퓨터를 부팅시켰어. 오지를 다니는 터라 집에다 소식 전할 방법이 없어. 인터넷을 열자마자 다운되는 게 미안했던지 대신 파일 한 개를 열어서 보여 주었어."

그가 느릿하게 잇는다. 나는 수굿이 다음 말을 기다린다. 느린 바이러스에 감염된 걸까. 달리 시간 보낼 거리가 없다. 내 탓에 다친 사람 아닌가. 이만하기 다행이다. 나는 새삼 긴 숨을 쏟는다. 그의 시선이 창턱에 닿아 있다. 덩그마니 놓인 알루미늄 물병이 눈에 띈다. 목마른가? 뒤늦은 짐작이 등을 민다. 나는 콘크리트로 마감한, 무미한 실내를 너덧 걸음 걷는다. 시멘트벽에 칠한 흰 페인트가 들떠 있다. 투박한 주물난로가 가운데 놓여 있다. 녹슨 적갈색 배불뚝이난로가 흐릿한 온기를 낸다. 세로로 긴 창이 길가로 나 있다. 변색된 옥양목커튼이 양쪽에 묶여 있다. 창과 잇댄 나지막한 담 너머로 빈 길이 담긴다. 쨍쨍한 햇발이 창가를 데운다. 병실은 춥지도 덥지도 않다. 햇빛과 체온이 보태어진 실내가 알맞은 온도를 유지한다. 소독까지 볕에 맡긴 혐의가 있다. 물병과 스테인리스 컵이 한데 놓여 있다. 나는 조심하며 따른다.

가득 찬 컵을 조갈 밴 청년 입 가까이 드민다. 마른 입술이 물에 젖는다. 보면서 갈증이 인다. 스스로 정한 금식을 끝까지

지킬 것이다. 환부를 보살필, 보이지 않는 손길이 어리댄다. 조금 더 참아. 빨리 해가 졌으면. 느슨하게 풀리는 속을 다잡으며 머뭇거리는 해를 살핀다. 산등성이 쪽으로 기운 건가. 그대로 인가. 나귀 한 마리가 빈 길을 느릿느릿 가로지른다.

"주민의 목을 베는 탈레반을 찍은 그림이 쇼킹했어."

나는 미리 얼굴을 찡그린다.

청년이 잠깐 끊었던 말을 잇는다. 배타적이며 편협하고 사납다는 탈레반을 들었다. 보라는 듯 바미안 석굴을 파괴했다고. 국교를 튼 파키스탄조차 비난했다고 했다. 종교적 신념만 앞세운 무지막지한 집단이라는 식의 얘기를 나는 그러려니 듣는다. 세상에 이런저런 사람들이 섞여 있을 테니. 내가 겪은 일이 아니고 내게 해코지한 게 아니니까. 띄운 거리 따라 반응이 달라진다. 너그럽다는 내용의 실상이 드러난다. 굳이 끼어들 말이 아니다.

"벌판에 판 구덩이에 사람을 세웠는데 가족으로 보이는 이들이 옆에 있어."

지금이 어느 때인데 산 사람을 땅에 묻어? 그것도 가족이 보는 앞에서? 쏟지 못한 말이 아우성친다.

"칼을 든 이가 땅 위에 드러난 목을 자르기 시작해."

찡그린 미간이 더욱 좁혀든다. 무슨 말을 해야 할지. 머릿속이 캄캄하다.

"짐승 같은."

쏟고 보니 겉돈다. 어눌한 말을 보탠다.

"사람이 짐승보다 지독해."

힐끗 돌아본 그가 이어 말한다.

"나이 지긋한 여자가 시신을 거두더라."

엄청난 살육을 말하는 청년과 듣는 나 모두 강 건너 불구경이다. 그보다 더한 장면을 들은 적이 있다. 객쩍은 속내를 들킬 것 같다. 나는 슬쩍 거든다.

"피붙이가 산 채 죽는 장면을 지켜본다고?"

생각보다 목소리가 높다. 얼결에 말하고 제풀에 놀란다. 청년의 표정이 그대로다. 잘못 든 길로 들어선 날들, 바뀌지 않을 상황을 미리 그리며 혼자의 연상에 묶이고는 했다. 아이가 나를 째린다. 어지러운 그림자가 그때처럼 으른다. 꽁꽁 묶인 내가 컨베이어 벨트에 실려 있다. 어마무시한 둥근 칼이 서두르지 않고 돈다. 통나무를 자르는 톱날이 조금씩 가까워진다. 극한의 공포가 덮친다. 상상한 쾌락만 진정이라던가. 극치는 상상 속에만 존재한다던 말. 미루어 키운 두려움이 공황상태를 부른다.

"죽기를 기다리기보다 단숨에 끝나는 게 나아. 차라리 내가 아프고 말지 하는 말은 그래서 설득력이 있어. 두려운 상상만으로 엄청난 고문이 돼."

청년의 눈이 내게 머물러 있다. 늘 따라오는 아이가 공포를 부추긴다. 물꼬를 튼 말이 제 길을 잡는다.

"상상하는 두려움에 갇히느니 단박 끝나는 게 나아."

말하다가 입술을 문다. 청년이 내 사정을 알 리 없다. 어려움을 겪기보다 죽는 게 낫다는 말로 들렸을 텐데. 청년의 묵직한 시선이 내게 꽂혀 있다. 내 느낌인가. 실제 그런가. 흰 벽 뒤에 있을 마당을 그린다. 아직 차례를 기다리며 서성일까. 다 끝났을까. 갈 데 잃은 눈길이 창 너머에 머문다. 하늘이 푸르다. 갑갑증이 덜하다.

"그뿐 아니고 들것에 누운 남자 목을 이어 자르더라."

청년이 손짓과 단어를 함께 섞는다. 내게 일어나지 않았으니 다행이라고 해야 하나. 대책 없이 무력한 나를 지켜보아야 하나. 어떤 종교든 사랑을 치킨다. 이슬람 교리를 앞세워서 사람을 베다니. 무지막지한 종교집단으로 국제사회에서 낙인 찍혔다는 탈레반을 들었다. 땅을 흔드는 갖가지 힘이 스친다. 서로 다른 종교와 이념, 큰 밥그릇을 차지하려고 치열하게 싸운다. 머릿속 그림과 들리는 얘기를 맞추다가 끼어든다.

"종교와 이념이라는 기치를 치키고 무슨 일이든 저질러. 거창한 명분을 세운 뒤 대놓고 포악해져. 가책 따위 가질 필요가 없어."

청년은 옳으니 그르니 거들지 않는다. 내 아이는 무엇을 치킨 걸까. 혼란한 머리가 분별을 잃은 걸까. 제 길을 잡은 말이 꼬리를 문다.

"무리에 섞이면 당연히 흥분하지. 광기에 쏠린 군중이 거대한 소용돌이를 이루어. 거기 말리면 쉽게 빠져나오지 못해."

나는 잠깐 숨을 고르고 마침표 같은 말을 뱉는다.

"목숨을 해코지할 권리를 누가 주는데?"

그가 물끄러미 바라보고 있다. 표정이 사라진 말간 시선. 상기된 볼이 식는다. 불타고 망가진 바미안 석굴이 떠돈다. 사악한 바람이 불상 쪼가리까지 바수어진 폐허를 쓴다. 검은 연기가 시야를 흐린다. 앞을 모르기는 지금도 마찬가지다. 갈팡질팡 오가는 길을 제대로 걸을 날이 있을까. 지독한 이 고리가 풀리기는 할까.

병실 안 시선이 우리에게 쏠려 있다. 나는 눈을 내리고 구겨진 시트를 손으로 편다. 청년이 지친 듯 자리에 눕는다. 나는 발치에 밀린 담요를 끌어다 그를 덮는다. 눈을 감은 표정이 순하고 참하다. 실제 그런가. 그렇게 비친 건가.

30

내 보폭으로 삼십 분쯤 걸으면 식당이 있는 시가지에 닿는다. 나는 급할 것 없는 걸음으로 병원 문을 나선다. 산등성이에 걸린 해가 아직 머뭇거린다. 포장 안 된 길이 조금 내린 비로 엉망이 되어 있다. 움푹 팬 바퀴 자국에 물이 괴어 있다. 곤죽을 이룬 땅 건너편이 꼬들꼬들하다. 나는 도도록한 그곳으로 뛴다. 어릴 적 마른 땅을 골라 디디던 버릇이 남아 있다. 앞산에 걸렸던 붉은 해가 미끄러지듯 떨어진다. 남기 서린 길 끝에 부연 연기가 핀다. 나는 그쪽을 보며 걷는다.

철로 만든 불화덕이 상인과 손님을 가른다. 한 뼘 남짓한 폭의 화덕이 가로로 길다. 냉랭한 안에 숯인지 나무인지 얼기설기 쌓여 있다. 마주 선 어린 총각이 애티 가시지 않은 얼굴을 든다. 손닿는 곳에 놓인 양은 자배기 안에 미리 꽂은 케밥이 수북이 담겨 있다. 쇠꼬챙이에 꿴 꼬치가 날 것의 비린내를 풍긴 듯하다. 어린 총각이 화덕 저편에서 바쁘게 움직인다. 좀체 불이 붙지 않는다. 나는 검은 땔감을 보며 조바심친다. 어서 붉어 졌으면. 기다릴수록 기다리는 일이 길이를 늘인다. 언제면 흐르는 시간에다 듬쑥하게 마음을 맞추게 될까. 총각이 검붉게 언 손으로 부채를 연신 흔든다. 기름때에 찌든 앞자락이 반질 거린다. 묵은 때를 보며 미간을 줍힌다. 짙은 연기가 화덕을 감는다. 건듯 분 바람이 냇내를 흩는다. 눈이 따갑고 눈물이 솟는다. 나는 한 발 물러나서 코앞에 손부채를 팔랑거린다. 매운 연기가 나만 좇아온다.

불땀이 비치더니 불길이 솟는다. 막막한 기다림이 드디어 끝난다. 나는 눈을 슴벅거리며 총각의 환한 얼굴에 대고 손가락 다섯을 활짝 편다. 주문을 받은 꼬치 다섯 개가 막 핀 불에 놓인다. 손가락 굵기의 살코기와 허연 비계가 거무튀튀하게 익어간다. 양인지 소인지 냄새로 가릴 깜냥이 아니다.

숯불에 구운 생고기를 갖가지 야채에 싸 먹던 아이가 앞에 있다. 조금 도톰하게 구운 로스를 좋아했는데. 아직 그걸 즐길까. 생판 다른 입맛으로 바뀌었을까. 볼록하게 부푼 볼이 다가온다. 우물거리는 입가가 미어질 듯하다. 상처처럼 찍힌 쌈장을 닦아 주어야지. 내민 손을 재빨리 피하던 얼굴이 생생하게 살아난다. 야들야들한 살갗을 건성 훔치더니. 자고 나면 도지는 식탐과 게걸스럽게 삼키는 얼굴을 지켜보면서 흐뭇했다. 안 먹어도 배부르던 날이 다시 올까. 노란 껍데기를 벗지 못한 채 겁 없이 험한 세상으로 뛰어들다니. 박빙을 걷는 것처럼 아슬아슬하다. 괴었던 숨이 한꺼번에 터진다.

꼬치 굽는 총각이 신명을 낸다. 한 손으로 부채를 부치면서 다른 손으로 날렵하게 구이를 뒤집는다. 익은 케밥을 반으로 자른 베르베리에 얹은 뒤 단숨에 꼬챙이를 뺀다. 얇은 밀가루 빵에 놓인 양고기가 둘둘 말린다. 신문지에 싼 빵 뭉치가 내게 건너온다. 오늘 저녁은 이것으로 때울 것이다.

과일을 샀으면. 나는 빈 거리를 휘휘 둘러본다. 문 연 가게가 눈에 띄지 않는다. 성글게 매달린 연둣빛 포도나 물크러진 바나나가 흔하더니. 바람이 철시된 거리를 쓸고 간다. 함부로 널린 지스러기가 너울거린다. 비루먹은 개 한 마리가 쓰레기더미에 코를 박고 킁킁거린다. 나는 아쉽게 돌아선다. 허기진 배에서 물 흐르는 소리가 난다. 낮 동안이라지만 굶는 게 말처럼 쉽지 않다. 붉어진 해를 마주 보면서 갔는데 땅거미가 내린다. 시계가 아닌, 지는 해에 맞춰 금식을 푸는 관습이 허기진 마음을 푼다. 조금씩 이우는 해를 보면서 빈속을 달래었으니까.

청년이 케밥을 한입 크게 베문다. 느릿한 말투와 달리 입놀림이 빠르다. 턱이 분주하게 오르내린다. 나는 시원찮게 깨작거린다. 비계를 씹었을까. 느끼하고 비릿하다. 타고난 식성이 기름기를 마다한다. 나는 들키지 않게 입에 문 음식을 휴지에 뱉는다. 내 몫의 고기를 청년에게 몽땅 던다.

"겨우 그걸 먹어?"

청년의 눈이 내게 머문다.

"이거면 충분해. 난 됐어."

나는 손사래 치며 입에 넣은 빵을 크게 우물거린다. 무미한 맨 빵이 치미는 욕지기를 가라앉힌다.

"배부른데……"

말은 그렇게 하지만 그는 음식을 남기지 않는다. 나는 케밥을 쌌던 신문지를 둥글게 뭉친다. 구석에 있는 쓰레기통에 버리는 것으로 저녁 설거지가 끝난다.

밖이 깜깜하다. 호텔로 돌아가려다가 칠흑이 된 거리를 보며 주저앉는다. 외진 길, 인적 없는 벌판이 나그네를 노린다. 어슬렁거리던 들개가 송곳니를 드러내리라. 인광 담은 눈빛이 나를 째린다. 그르렁거리는 소리가 덜미를 움킨다. 발톱을 세운 짐승이 어금니로 어깨살을 깨물 테지. 들짐승보다 두려운 건 칼을 든 강도다. 어둠을 방패 삼은 망나니가 느닷없이 옆구리를 찌를 수 있다. 당한 해코지를 하소연할 데 없는 외국이다.

나는 침대 밑에 든 보조 잠자리를 꺼낸다. 얻어온 담요로 몸을 감싸다가 청년과 눈이 마주친다. 말끄러미 바라보던 그가 고개를 돌린다. 나는 눈을 질끈 감고 벽에 등을 기댄다. 어느 때보다 긴 하루를 보내었다. 허둥거린 피로가 한꺼번에 몰린다. 낯선 땅인데다 잠자리는 더 설다. 거른 끼니와 시원찮은 저녁식사, 고단했던 하루가 무게를 보탠다. 잠들면 엉킨 망념이 단박 지워질 텐데. 오늘은 어떤 꿈을 꾸게 될까. 온순해진 아이를 만날지 모른다. 허탄한 바람이 눈시울에 매달린다. 순해진 아이가 품을 파고든다. 저리게 따뜻하던 기억이 올라온다. 앞뒤 잘라낸 이미지가 어지럽게 섞인다. 갈피 없는 그림자가 산란하게 섞인다.

꿈으로 가는 길이 쉽사리 나타나지 않는다. 눈시울 안쪽에 어리대는 그림자를 좇는다. 빨리 잠들었으면. 잠을 바라는 눈과 달리 머릿속이 말짱하다. 눈을 감았다 떴다 한다. 네 줄기 불빛이 천장을 훑다가 지워진다. 달리는 짐차가 지층을 흔든다. 세 줄 네 줄 갈라진 빛이 벽을 쓸다 사윈다. 감은 눈 안쪽에 짙은 어둠이 괸다. 이 적막감을 견뎌야 한다. 삐걱거리는 금속성이 추임새를 넣는다. 땅을 울리던 차바퀴 소리가 뚝 그친다.

부릉거리는 엔진소음이 낮게 깔린다. 차 머무는 데가 가까이 있을까. 석탄 타는 소리가 잦아든다. 코끝에 닿는 공기가 싸늘하다.

바람이 나뭇가지를 흔든다. 멀리 떨어진 마을에서 아잔을 알리는 스피커소리가 퍼진다. 예배를 알리는 단조로운 음이 낮게 깔린다. 차와 사람이 뒤섞인 시가지에서는 와와 거리기만 하더니. 하루에 몇 번씩 울리던 느릿한 기도소리가 고즈넉하게 스민다. 들끓던 머릿속이 언제였나 싶게 갠다. 낮게 코 고는 소리와 뿌드득 이빨 가는 소리가 섞인다.

의식이 까무룩 지워진다. 엇갈리던 사념이 뚝 그친다. 한순간 내린 검은 너울이 존재를 낚아챈다. 때마다 끼어든 틈새로 후딱 미끄러진다. 껍질 벗은 뱀이 풀숲을 날렵하게 긴다. 길든다는 건 허물을 쓰는 일일까. 면도날 같은 문장이 나를 가른다.

깃털처럼 가벼워진 존재가 무의식으로 빚은 판타지를 타고 난다. 삼차원에 길든 허위와 치장이 사라진다. 왜 어떻게 왔는지 따지는 누가 없다. 나는 클로즈업 된 주체가 된다. 이성과 논리가 사라진다. 어떤 경우든 스스럼없이 받아들인다.

31

달리는 차 뒷자리에 청년과 내가 앉아 있다. 탈색된 볕이 황톳빛 사막을 달군다. 바퀴에 말린 흙가루가 구름처럼 핀다. 상한 밀가루 같은 미진이 차창으로 미어진다. 어디선가 세찬 물소리가 날아든다. 나는 소리를 좇아 두리번거린다. 오아시스야. 청년이 지친 소리를 낸다. 나는 시원하게 적실 물을 그리며 고개를 뺀다. 차창 밖 층진 턱 아래에 흑갈색 냇물이 콸콸 흐른다. 땡볕에 시달린 너덧 그루 나무가 짙은 그림자를 내린다. 이파리마다 더께진 흙먼지가 더위를 보탠다. 눅진한 바람이 시든 잎을 미약하게 흔든다.

그늘 아래 쪼그린 서넛의 아낙이 빨래를 빤다. 떨어진 바늘을 집어낼 만큼 햇살이 밝다. 원주민이 걸친 빨강 노랑 초록이 밋밋한 사막을 꾸민다. 바삐 손을 놀리던 여인이 눈을 든다. 맵찬 눈매가 독기를 날린다. 머리에 두른 석류꽃색깔 천이 유년을 불러낸다. 계집애가 볕 밝은 우물가에 서 있다. 선혈 빛 통꽃이 흩어진 땅을 구르고. 마주 선 사촌이 반 가른 석류를 건넨다. 햇살을 듬뿍 받은 선홍이 말간 타액을 모은다. 미간이 좁혀든다.

기우뚱거리며 달리는 차가 푸짐한 흙가루에 싸인다. 치근거리는 더위에다 땀과 먼지까지. 팍팍한 길을 오래 달린다. 지폐에서 본 아치가 나타난다. 내리닫이 긴 옷을 걸친 노인이 그 앞에 서 있다. 노인이 멈춘 차로 다가온다. 턱과 볼을 덮은 은빛 수염이 바람에 날린다. 무람없이 껄껄대는 노인을 보며 경계심이 잦아든다. 함께 악수를 나눈 일본청년이 노인을 좇아 걷는다. 나는 하릴없이 둘을 따른다. 한참 걷던 청년이 돌아본다. 언제 사촌으로 바뀌었을까. 나는 뜻밖의 얼굴을 스스럼 없이 마주 본다.

노인의 걸음은 빠르지도 느리지도 않다. 걸음마다 모래가 푹푹 팬다. 둘과 거리가 번다. 가볍게 걷던 사촌과 노인이 팬 구멍 앞에 멈추어 있다. 나는 허둥거리며 다가간다. 노인이 깊게 팬 구렁을 가리킨다. 나는 검정뿐인 허방에 고개를 뺀다.

"오래전에 번성했던 지하왕국이야."

깊이 모를 어스름을 굽어보며 불온한 추측이 퍼진다. 철모르는 아이가 으슥한 뒷골목을 헤맨다. 폐허를 지키는 어처구니가 붉은 촉수를 늘인다. 냉소와 배반이 나를 당긴다. 나는 서너 걸음 물러선다. 사촌과 노인이 다시 걷고 있다. 재게 걷지만 번거리가 좀체 좁혀지지 않는다. 또 다른 구덩이가 나타난다. 흐릿하게 드러난 지하계단이 검은 어스름에 잠겨 있다. 어둠 속 계단이 끝을 보이지 않는다. 내려갈까? 말까? 망설이다가 끝없이 이어지는 층계를 탄다. 층계참에 잇대어진 칸칸의 방을 훑기도 한다. 폐허를 채운 음기가 존재를 닦달한다. 옛날의 영화를 담은 왕국과 한때 위엄차던 바미안 대불이 속절없이 무너졌다. 묵은 시간이 먼지가 되어 날린다. 바스러진 영광이 서리를 뿜는다.

무너진 벽 앞에 흙무더기가 쌓여 있다. 몸을 숨긴 곡두가 나를 째린다. 아스라이 귀울음이 운다. 엄마! 나를 채우던 존재감이 살아난다.

나는 둥근 빛이 어룽진 바닥에 서서 고개를 뒤로 잦힌다. 뚜껑처럼 덮인 하늘이 동그랗게 담긴다. 목이 아파서야 고개를 내린다. 마른 우물바닥 같은 곳에 혼자 서 있다. 어찌 벗어날지 막막하다. 혼자의 고립감이 깊게 팬다. 여기서 빼낼 누가 있었으면.

사촌 아닌 청년이 앞에 있다. 엉겁결에 청년을 좇다가 돌아본다. 어둠 깔린 지하가 음침한 냉기를 뿜는다. 두고 온 아이가 발목을 붙잡는다. 이대로 영영 멀어지고 말까. 나가야 하는, 나갈 수 없는 두 마음이 팽팽하게 겨룬다. 계단 끝에서 빛이 비친다. 나는 돌아선다. 볕 밝은 세상이 나를 맞는다. 햇발에 단 모래가 따끈하다. 한기가 가신다.

퍼뜩 눈을 뜬다. 활짝 갠 아침이다. 무의식을 먹어든 어둠이 아직 미적거린다. 언제 깼을까. 청년이 말끔한 얼굴로 지켜보고 있다. 남은 잠기운이 빠르게 걷힌다. 나는 잠자리를 걷고 둥근 의자를 끌어다 앉는다.

"꿈을 꾸었어."

그가 고개를 끄덕인다. 나는 밖에 눈을 던진다. 응달 내린 창밖, 길 건너 밭머리로 햇살이 한 뼘씩 다가온다. 짙게 드리운 그늘이 주춤주춤 물러난다. 양지와 음지가 또렷이 갈린다. 허리높이의 돌담 밑에 쪼그렸던 무슬림사내가 느릿하게 일어선다. 툭 터진 들에서 볼 일을 치른 눈치다. 서둘러 고개를 돌리는 나와 달리 무슬림사내는 아무렇지 않다.

"사촌과 함께 황토 벌판을 달렸어. 돈에 그려 있던 아치가 사막 한가운데 있더라."

나는 꿈속 풍경을 짚어 말하다가 지갑에 든 지폐를 꺼낸다.

때에 전 눅눅한 지폐를 그의 눈앞에 펼친다.

"이것과 같은 문을 보았어. 그곳을 지키던 노인이 나를 지하나라로 데려갔어. 땅 밑으로 9층까지 이어진 긴 계단을 내려가는데 같이 간 사촌이 사라졌어. 폐허가 된 지하에 혼자 남으니어찌나 무섭던지……. 예전에 번성했던 왕국이라던데. 무너진벽뿐이었어."

청년의 눈빛이 묵직하게 가라앉는다. 뭘 생각할까.

"번영과 몰락이 한순간 꿈이야. 깊은 구렁을 겨우 빠져나왔어. 하마터면 여기 없었을 텐데."

나는 과장되게 말하고 가슴을 쓸어내린다. 말없이 듣기만하던 청년이 느릿하게 대꾸한다.

"여기서 얼마쯤 가면 나쉬카르카라는 유적이 있대. 한때 번성했던 왕국인데 흔적이 남았다는 거야."

꿈에서 본 지하왕국을 그가 현실과 잇는다. 실제 있던 나라라고? 나는 퍼뜩 놀란다. 미리 알려준다는 예지몽을 꾸었을까. 내게 그런 능력이 있다니. 사실과 허구가 뒤엉킨다. 나는 커진망념을 털며 어깨를 편다. 머릿속이 말끔히 갠다. 청년과 함께다닌 일은 말하지 않는다. 붉은 빛깔을 띤, 오천 아프가니 지폐에 그린 아치와 황톳빛 사막을 지키는 둥근 문이 겹친다. 뜻밖의 감상까지 보태어진다. 어딘지 모를 벌판, 허물어진 지하세계를 잇던 길이 몽과 환을 그린다. 꿈속에서 꿈을 꾸는 것처럼 눈을 뜨고 꿈을 꾼다.

"옛날 이 나라에 보스트카스찰이라는 곳이 있었다고 해. 나쉬카르카를 지나서 벌판을 가로지르면 그곳에 닿는다던데. 이천 오백 년 전에 번성했던 오아시스 마을 흔적이 남아 있다고 들었어."

꿈에서 본 풍경이 실재했다고? 음침한 지하세계, 폐허에 괸 두려움이 살아난다. 무의식이 된 아이가 말간 눈을 든다. 지금 어디를 헤맬까. 도로 돌아오기는 할까.

"살아야 할 운을 타고난 사람이라면 어떤 경우든 살아남겠지?"

나는 혼잣말처럼 뇐다. 청년의 묵직한 시선이 내게 꽂혀 있다. 앞뒤 잘라낸 말이라면 귀신이라도 못 알아들을 것이다.

"운이라고?"

청년이 짧게 되풀이한다. 간밤 지하세계가 되살아난다. 이미지로 남은 풍경이 검은 그림자를 내린다. 명사로 잇는 영어 대화가 잘도 이어진다. 나는 이해와 오해 사이를 감각 없이 오간다.

"이 나라에는 그런 식의 굴이 셀 수 없이 많아."

배낭을 당긴 그가 지도를 꺼내어서 한 곳을 짚는다. 꿈속 무의식에서도 앞장서더니. 꿈속 길라잡이가 종이에 그린 길을 가리키고 있다. 집시여인의 맵찬 눈매가 날 것의 독기를 뿜는다. 시원의 생기가 날린다. 세포마다 불을 밝힌다.

청년의 얼굴이 아직 핼쑥하다. 나는 골똘해진다. 보이는 현실과 잡히지 않는 꿈, 둘을 잇는 길이 있을까. 터무니없다고 밀치지 말자. 어려워 보일수록 쉬운 방법 또한 있을 테니. 웅얼거리는 청년의 음성이 또렷이 꽂힌다.

"눈을 감고 꿈을 꾸면 현실을 쉽게 넘을 수 있어."

느닷없이 날아든 말을 들으며 소스라친다. 발 없는 귀신이 후딱 곁을 스친 것 같다.

32

병원에서 하루를 보내고 호텔로 돌아왔다. 청년의 안색이 예전과 같다. 나는 돌아서서 가슴을 쓸어내린다. 의사가 괜찮다고 했으니 걱정하지 않아도 되겠지. 청년의 배낭과 내 것이 문가 벽에 기대어 있다. 제마다 침대 곁에 세웠던 짐을 한갓진 곳으로 옮겼다. 때마다 거치적거리더니 드나드는 걸음이 제법 낙낙하다. 문 옆에 놓인 짐을 따로 들고 헤어지면 끝이다.

"구자미리. 넌 어디로 갈 건데?"

나는 두 나라말을 겹쳐서 가볍게 묻는다. 예의 느릿한 말투가 건너온다.

"여기 어딘가 호수가 있다고 들었어. 지도에는 나와 있지 않은데. 여기까지 왔으니 찾아보겠어."

여기 어디에 호수가 있다고? 물을 얻으려고 무한정 땅을 파 내리는 곳 아닌가. 홍갈색 흙먼지뿐인 거친 땅이다. 도랑이면 몰라도 어딘가 풍성한 물이 담겼다고? 일렁이는 물결이 엽서 속 풍경을 그린다. 메마른 공기에다 흙먼지만 날린다. 물을 찾는 남자가 생기를 부린다. 아침저녁으로 겨울날씨를 보인다. 찬바람만 오갈 물가가 서늘한 감상을 일으킨다.

"수연아."

익숙한 음성이 퍼진다. 수에 강세를 준, 쑤가 메아리를 울린다. 겨울 들판처럼 헛헛한 목소리. 사촌에게 다순 날이 있었을까. 그는 겨울뿐인 날을 어떻게 지낼까. 억지로 떠맡은 결핍을 무슨 수로 견딜까. 처음부터 없던 부모, 죽은 아내가 만든 빈자리가 검은 구렁을 판다. 울타리 없는 자신의 처지를 뼛속에 새길까. 어쩌다 바닥으로 내려앉은 자신을 돌아보며 누구랄 것 없이 원망할까. 문득 솟은 정한이 서늘한 그림자를 내린다. 나는 깊이 괸 숨을 나누어 쏟는다.

지난밤 꿈이 아직 남아 있다. 우물보다 깊은 땅 밑에 나라를 이루었다는 사람들이 있다. 모를 삶이 느린 걸음을 옮긴다. 질긴 목숨이라는 낡아빠진 말이 딸려온다. 맑은 물이 철철 흐르고 우거진 숲이 빼곡히 이어지는 내 나라. 늘 그러려니 여긴 풍경을 새삼 돌아본다. 금수강산이라는 낡아빠진 말이 새 기운을 부린다. 수를 놓을 만큼 작다는 말인가. 오밀조밀 곱다는 얘긴가. 마른 먼지만 날리는 땅, 한 모금의 물이 아쉬운 땅에서 내 나라를 돌아본다. 애틋한 감상이 끼어든다. 머리카락 보일라. 꼭꼭 숨어라. 진홍빛 노을이 번진다. 뒤섞인 목청이 귀 울음을 운다. 말라붙은 우물바닥에 물기가 돈다. 아린 상처가 아물려 한다.

언덕 위 이름 모를 동네를 걷다가 우물 파는 광경을 본 적이 있다. 마른 자갈길을 터벅거릴 때 물 기척이 날아들었다. 나는 코끝에 스친 습기를 좇았다. 제법 떨어진 언덕 아래서 개울물 소리가 들렸다. 나는 뜻밖의 물기운에 홀려서 길 없는 비탈을 타 내렸다.

사내와 계집이 저도 모를 그리움으로 끌릴 때. 꼬리치며 달리는 정자와 막막하게 떠도는 난자는 95퍼센트 이상이 물로 되었다고. 한 존재를 키우는 작은 세계, 자궁 또한 출렁이는 물이라고 했다. 물로 된 존재가 물에 딸려가는 게 마땅했다. 다 자란 사람의 체액 또한 70퍼센트를 웃돈다던데. 내게 깃든 물은 때마다 아이에게 돌아간다. 아이 안에서 미친 듯 소용돌이치는 물살은 어디로 그를 몰아가는 걸까. 물에 실린 사념이 정처 모를 곳을 흘렀다.

잠잠하던 수가 돌돌 흐르는 물을 반색했다. 나는 그리 맑지 않은 물가에 쪼그리고 앉았다. 오목하게 모은 손바닥에 우윳빛 물을 담았다. 저릴 만큼 찬 냉기가 살을 파들었다. 움킨 물이 곧 새었다.

앞세운 나귀 등에 빈 통을 실은 아낙이 내리막을 타 내렸다. 나와 멀찍한 곳에 나귀와 함께 멈춘 여자가 통을 내려 물을 폈다. 머리에 쓴 붉은 보자기와 녹음 빛 옷 색깔이 수면에 어렸다. 어른거리는 원색이 몽환을 풀어냈다. 거리를 띄우고 바라만 보면 풍경마다 그럴싸한 그림 아닌가. 구경하는 눈과 마음이 푸근하게 풀렸다. 낯선 길손에게 눈길조차 주지 않는 젊은 여자가 가득 채운 물통을 힘겹게 안장에 올렸다.

커다란 물통 두 개를 옆구리에 나누어 매단 나귀가 앞장섰다. 흐르는 개울이 우렁찬 소리를 냈다. 통 안에서 출렁거리는 물소리가 한데 섞였다. 여자가 나귀를 따라 언덕으로 올랐다. 나는 느릿느릿 뒤를 좇았다. 숱 많은 꼬리를 흔들며 걷던 나귀가 그새 보이지 않았다.

너른 들 군데군데 서 있는 집 몇 채가 한적한 풍경을 그렸다. 발 가는 대로 걷다 보니 샛길로 들어와 있었다. 대문 앞에 쌓인 탄피가 산처럼 높았다. 모아둔 고철로 보아 거두는 사람이 있으리라. 기회를 잘 잡으면 넓고 탄탄한 대로를 달릴 수 있다. 어디서든 어떤 환경이든 부지런하기만 하면 살길이 열리고 재물도 쌓인다지 않은가.

먹이를 뒤지던 살진 쥐가 내 발소리에 놀라 귀를 쫑긋거렸다. 반들거리는 눈동자가 빠르게 굴렀다. 잔꾀 밴 영악스런 시선이 빤빤하게 나그네를 살폈다. 나는 고개를 털었다. 눈앞의 먹이에 정신을 팔다니. 나는 무엇을 위해 살고 있는가. 언제까지 등 돌린 아이에게 끌려가야 할까. 나는 빈 눈을 먼데 던졌다. 열기 밴 해가 지평선까지 뜸지근하게 덮고 있었다. 급한 일은 없었다. 이제 끝이야. 목을 죄던 절박한 괴로움조차 엄살 같았다. 집 앞 텃밭에 심었던 작물은 이미 거둬들였다. 볕을 쪼인 거무스레한 흙이 포실하게 살피듬을 다듬었다. 몇 안 되는 집이 낙낙하게 어우러졌다.

충동대로 내닫던 아이는 찾던 것을 만났을까. 힘껏 붙잡을수록 더 튕기더니. 짐작보다 잘 지낼지 모를 일이었다. 도로 아이로 돌아간 연상이 한결 나긋했다. 가다가 놓친 길을 찾아서 돌아오기도 하겠지. 가슴을 쪼던 자책이 수굿했다. 일상에 서리서리 밴 힘든 곡절을 뒤늦게 알아채기도 하리라. 언제 조였나 싶게 긴장이 풀렸다. 밖을 오가는 아무도 보이지 않았다. 호젓한 고샅풍경이 내 어린 날 걷던 여느 시골과 다르지 않았다. 시간이 멈춘 고즈넉한 길을 내키는 대로 걸었다.

악취가 물씬 풍겼다. 곬지어 퍼지던 연상이 깨졌다. 눈앞에 발 디딜 데 없는 진창이 펼쳐 있었다. 오수와 분뇨로 질척거리는 시커먼 흙탕이 널따란 아가리를 벌렸다. 잘못 든 길이지만 돌아서려니 내키지 않았다. 나는 십여 미터 건너 마른 땅을 보며 용기를 내었다. 어찌어찌 여기만 건너면 될 일이었다. 나는 곤죽이 덜한 데를 골라 디뎠다. 사람과 짐승 배설물이 섞인 오니가 숨을 막았다.

길 아닌 길을 굳이 가려는 길손이 수상했으리라. 묶어놓지 않은 개가 달려왔다. 조금 떨어진 자리에 네 발을 버틴 짐승이 사납게 짖어댔다. 흰 이빨을 드러내고 으르렁대는 녀석이 나를 지켜보겠지. 심장이 툭탁거렸다. 숨은 성깔을 도발하면 안 되었다. 컹컹 울리는 소리가 조용한 동네를 흔들었다. 뛰기라도 하면 날카로운 송곳니가 종아리에 박힐 것이었다. 맞설 배짱이 있을 리 없었다. 뒤뚱거리는 걸음을 들키기만 하면 이때다 하고 달려들 테니. 나는 빠르게 내빼려는 마음을 애써 눌렀다. 억척스럽게 짖어대는 소리가 덜미를 움켰다.

걸쭉한 진창을 어떻게 빠져나왔을까. 마른 길을 걷다 보니 사위가 조용했다. 조이던 속이 풀렸다. 나는 안심하고 돌아보았다. 언제 사라졌는지 개가 보이지 않았다. 노란 얼굴의 동양 여자를 보며 제 간에 놀란 건가. 늘 맡던 것과 다른, 낯선 체취가 적개심을 불렀을 테지. 나도 모르게 놈의 영역을 밟았던 게다. 느닷없이 나타날 구렁텅이를 조심해야지. 새삼 다짐했다.

멀리 작은 동산처럼 쌓인 흙무더기가 있었다. 그 옆 팬 구덩이 가장자리에 쪼그린 몇과 얼기설기 엮은 통나무를 보며 다가갔다. 아래를 굽어보던 이들이 내게 눈을 들었다. 나는 어설프게 멈추었다. 엎어 세운 디귿자 모양의 통나무에 건 도르래가 돌돌 소리를 내며 돌았다. 굵은 밧줄에 매달린 두레박이 밑으로 내려갔다. 흙장난하던 아이 서넛이 빤빤한 눈을 들어 나를 구경했다. 쥐고 있던 검은 흙가루가 풀풀 날렸다. 어디나 바스러진 흙뿐이었다.

나는 바싹 다가섰다. 발길에 밀린 흙이 투두둑 떨어져 내렸다. 깊이 울린 공명음이 오래 떠돌았다. 노인이 깔았던 눈을 들어 나를 훑었다. 바싹 마른 얼굴에 걱정이 가득했다. 멋모르고 훼방 놓는 외국여자가 못마땅했겠지. 나는 멋쩍게 씩 웃었다. 지름 2미터 남짓일 구덩이 속에서 흙 담긴 두레박이 뒤뚝뒤뚝 올라왔다.

"무슨 일을 하는 건데?"

나는 검은 아가리를 가리키며 물었다. 영어를 알아듣는 누가 대답해 주겠지. 옆에 있던 꼬마가 재빨리 받았다.

"우물이야."

이렇게 우물을 판다고? 그새 말라붙은 세포가 물 기척을 반겼다. 나는 까마득한 바닥에 출렁일 맑은 물을 그리며 바싹 다가갔다. 기댈 무엇 하나 없었다. 대강 쏟은 흙무더기가 허물어졌다. 아래로 떨어진 흙덩이가 아득한 공명음을 내었다. 나는 고개를 길게 뺐다. 빈 허방뿐 물기 비슷한 흔적조차 없었다. 무위의 검정이 무서운 흡기를 부렸다. 뜻과 달리 몸이 딸려가려 했다. 나는 후들거리는 다리를 앙버텼다. 안 보이는 손이 나를 당겼다. 죽음에 잇댄 두려움이 퍼졌다. 어둠 속 존재. 존재의 어두움. 두 문장이 물고 물렸다. 핏기 가신 얼굴이 싸늘했다. 나도 모르게 서너 걸음 물러섰다. 옆에서 나를 구경하던 꼬마가 검지를 세워 도르래와 바닥을 훑었다.

"이십이 미터야."

나는 외마디 영어를 들으며 눈을 둥글게 떴다. 장비라야 도르래와 그것을 타고 오르내리는 두레박이 다였다. 먹을 물을 얻으려고 맨손으로 땅을 파 내리다니. 어느 세월에 굳은 땅을 파서 우물을 만든다지? 나는 도르래와 노인을 번갈아 훑었다. 파낸 흙을 두레박에 담아 올리면 위에서 버리는 구조였다. 도르래에 매달린 두레박이 까딱까딱 올라왔다. 시추기로 판다면 고단한 노역쯤 안 해도 될 텐데. 관정을 타고 힘차게 솟구칠 물이 어른거렸다.

나를 지켜보던 꼬마가 어깨를 으쓱 폈다. 적갈색으로 그을린 얼굴에 표정이라고는 없는 노인이 두레박의 흙을 옆에 쏟았다. 빈 통이 깊은 어둠 속으로 내려갔다. 갈피마다 서린 주름과 불거진 핏줄, 매듭 굵은 손가락이 시고 매운 삶을 알렸다. 나는 꼬마에게 들은 짧은 말과 눈으로 본 풍경과 내 짐작을 한데 꿰었다.

노인이 이러저러한 지시를 하는 모양이었다. 꾀죄죄한 차림새로 보아서 그저 그런 시골 노인이었다. 시추기나 관정 같은 건 먼 나라의 신기한 소문일 것이었다. 오로지 감각만으로 땅 밑에 숨은 물을 찾아내다니. 나는 숨죽이며 야성인지 신성인지 모를 신비를 그렸다.

까마득히 먼 옛날, 땅을 파기만 하면 물이 솟았다는 인물이 있었다. 물이 귀한 사막에서 우물은 무엇보다 귀한 자산이었다. 이삭이라는 이름은 '웃게 하는 이'라는 뜻이라고. 그의 아버지 아브라함이 백 살, 어머니 사라가 아흔다섯일 때 낳은 아들이었다.

자녀를 낳지 못한 아브라함은 오래전 잉태의 예언을 들었다. 부부는 그 말에 매달려서 이제나저제나 기다렸다. 날이 갈수록 늙고 쇠약해지는 둘에게 하늘의 약속은 이루어지지 않았다. 기다린다고 말하기조차 부끄러울 만큼 세월이 흘렀다. 예언을 들은 게 실제인지 꿈인지 어렴풋했다. 아내 사라가 곰곰이 생각했다. 이미 오래전에 달거리가 끝났다. 자신이 낳은 아이가 꼭 대를 이으란 말이 아닐지 몰랐다. 누구든 남편의 씨를 받으면 되지 않을까. 사라가 자신의 몸종 하갈을 남편의 침실로 들여보냈다.

하갈이 아브라함의 아들을 낳았다. 뻐기는 몸종을 보며 사라는 강짜와 노염으로 활활 탔다. 누구 덕으로 아들을 낳았는데. 아랫것이 감히 나를!

사라에게 쫓겨난 하갈이 다시 돌아온 얘기는 줄이기로 하자. 하갈의 아들 이스마엘의 씨에서 이슬람교가 만들어졌고 아브라함, 이삭, 야곱의 계보인 크리스트교와 서로 불화한다는 사연도 건너뛰기로 한다. 이복형제인 이스마엘과 이삭의 불화는 현재 진행 중이다.

우연인지 섭리인지 알 수 없다. 나그네 셋이 아브라함의 집에 들렀다. 부부는 정성스레 그들을 대접했다. 푸짐한 음식을 먹고 마신 길손이 아브라함에게 아들이 생긴다는 소식을 알렸다. 장막 뒤에 숨어서 엿듣던 사라가 피식 웃었다. 생명을 담는 자궁이 말라붙은 게 언젠데 이제 새삼스럽게 아이라니. 나그네하나가 몰래 웃은 사라를 나무랐다. 당황한 그녀가 애써 우겼다. 웃다니요. 천만에요. 절대 웃지 않았어요.

거짓말처럼 아이가 생겼다. 때가 찼다. 바랄 수 없었지만 간절히 품었던 소망. 한 여인의 오랜 바람이 말대로 이루어졌다. 뱃속에 열 달을 담았던 생명을 마침내 품에 안았다. 사라는 치켜든 아들을 보며 쏟아지는 햇빛처럼 맘껏 웃었다. 그래서 얻은 이름이 이삭이었다. 밤하늘의 별보다 찬란하고 사막을 적시는 물보다 시원한 아들, 이삭이 늙은 부모의 핍진한 생명을 살렸다. 노쇠한 부부는 갓 난 아들을 보며 속까지 부셨다.

축복의 아들은 탈 없이 자랐다. 성년이 된 그는 부모 고향땅의 처녀를 아내로 얻었다. 하는 일마다 잘 풀렸다. 그들이 사는 곳은 여느 광야처럼 물이 귀했지만 이삭이 땅을 파면 물이 솟았다. 사막에서 우물은 목숨과 잇대어 있었다. 기다리던 적들이 힘써 판 샘을 빼앗았다. 이삭은 그때마다 군말 없이 내주고 다른 곳에 가서 우물을 팠다고 했다.

복이 복을 부르고 저주가 저주를 낳는다. 심은 대로 거둔다고 자연이 가르친다. 내 땅을 어지럽히던 단어가 와글와글 솟는다. 대박! 대박을 터뜨려! 각다귀 같은 무리가 사기성으로 빚은 환영을 좇아 우우 몰린다. 이삭이 그러했듯 내 마음 또한 평안하게 가라앉았다. 노인과 아이를 비춘 햇살이 고즈넉이 일렁였다. 보이는 풍경은 흙먼지 날리는 벌판인데 안으로 찹찹한 물기가 배어들었다.

"내 이름은 아우랭잽이야."

어떻게든 말을 붙이려는 꼬마가 또랑또랑한 눈빛으로 올려보았다. 초등학교 오 학년치고 작은 몸매가 곁을 빙빙 돌았다. 영어를 말하고 싶어서 조바심치는 것이다. 학교에서 배운 외국말을 모처럼 쓸 기회일 테니. 허름한 차림새에다 영양상태가 좋지 않아 보이지만 커다란 눈동자가 총기 있게 반짝였다. 나는 소년의 말상대를 하고 싶지 않았다. 내 아이는 어느 눈에 들고 싶었을까. 나 아닌 누군가의 언저리를 헤맬 아이가 모래바람에 섞였다. 메마른 땅이 모든 소리를 먹어 들었다. 진공의 고요가 나를 에워쌌다.

33

　　　　　　사람 없는 빈 호숫가를 거닐
청년을 그린다. 부연 흙가루가 날리는 곳, 게다가 겨울로 접어
든 참이다. 하필 이때 물가를 찾다니. 제때를 만난 찬바람이 서
슬을 세운다. 눈 뜨고 꾸는 꿈이 몽과 환을 부른다. 하늘땅을
덮을 너울이 덮친다. 물속에 내가 있고 내 안에 물이 있다. 언
제 적 꿈이었을까. 나를 가둔 물기둥이 새 기운을 부린다.

　청년의 눈이 벌판 끝에 가 있다. 여기 어디라고 했지만 차에
실려 몇 시간을 달려야 할 것이다. 버려진 듯 보이는 땅이 얕잡
을 수 없게 넓다. 도로나 차 사정 모두 좋지 않다. 카불에서 바
미안까지, 125킬로미터라는 거리를 종일 차에 실려 흔들렸다.
벌판을 덮는 흰 서리가 곧 겨울이 되리라고 알린다. 몇 번의 비

바람이 성글게 매단 나뭇잎을 훑어 내렸다. 앙상한 가지가 시퍼런 하늘에 잠겨 있다.

"한때 나는 가슴이 터질 것처럼 답답했어. 우연히 태어나서 내 뜻과 상관없이 쓸리다가 사라진다고 생각하면 서늘했어. 그저 산다는 건 말이 안 돼."

내가 그러려니 받아들인 것을 청년이 뒤집는다. 수학의 정의처럼 무조건 긍정해야 하는 것이 있다. 가설부터 회의하다니. 나는 말끄러미 청년을 바라본다. 모든 일이 일어날 수 있다. 어떻게 받아들일지 스스로 알아서 할 일이다.

"부모가 만든 틀을 자식에게 고집하는 게 말이 돼? 탈 없이 잘 먹고 잘 입는 것만을 목적으로 살아가라니. 밥과 옷, 집으로 끝날 수 없어. 겉치레나 하면서 대책 없이 날을 흘려보내라는 거야. 나만의 방법을 찾을 거야."

여러 종류의 생활방식이 지나간다. 지하와 지상, 물 위와 밀림에서도 삶이 이어진다. 생각과 시선이 다른 이들이 널려 있다. 내 것만 우기는 소아를 벗어나 타인을 긍정하는 넓이를 가져야 하리라. 끌려오던 아이가 나를 빤히 바라본다. 아이는 바라던 것을 찾았을까.

청년이 바라보고 있다. 나도 모르게 골똘했던 시선을 서둘러 깐다. 무안한 틈을 말로 메워야지.

"너네 부모님이 뭘 바라는데?"

"부유하게 살면 행복한 줄 알아. 옆집 아들처럼 하래."

평온한 얼굴의 노부부가 떠오른다. 다른 데나 기웃거리는 아들이 걱정스러웠겠지. 그들이 닦은 길로 탈 없이 갔으면 했을 텐데. 애써 모은 것을 물려주고 싶었을 것이다.

"부모도 엄밀히 따지면 남이야. 남의 바람을 채우며 살 수 없어. 그럴 능력도 없고. 잠자고 세수하고 아내가 차려준 밥을 먹고 넥타이를 매고 출근하고. 저녁이면 동료와 술집에 들러서 적은 봉급과 맘에 들지 않는 상사를 불평하겠지. 술을 핑계 삼아 쌓인 불평을 쏟아내고 휴가 때 잠깐 들른 외국의 풍물을 늘어놓는 따위. 시시한 소꿉장난 같아."

나는 듣기만 한다.

"몰골이 말이 아니지? 내가 거지처럼 보이지?"

청년이 가슴 쪽으로 엄지를 잦힌다. 나는 고개를 젓는다. 때에 찌든 옷이 허름해도 눈빛이 살아 있다. 가난한 이곳 아이들이 그렇다. 스스로 버틸 힘이 한 겹 살갗 밑에 깔려 있다.

"어찌 보이든 괜찮아. 어머니가 질색했지만 난 이게 편해."

나는 깊이 끄덕인다. 그가 쾌활하게 잇는다.

"이 사회가 소시민의 삶을 부추겨. 빠듯한 월급에 매달려서 한 달을 살라니. 앙증맞은 컵에서 기신기신 목숨을 잇는 식물이 되라는 거지."

그의 얘기가 길어지고 있다. 허룩한 몸피에 생기가 돈다. 왜 그리 어렵게 사는 거야? 그냥 살아. 나는 입 끝에 밀린 말을 누른다. 사촌이 나를 보고 있다. 그런다고 돈이 생기니? 나름으로 받아들인 말이 미심쩍긴 하다. 제대로 알아들은 건지. 잘못 받아들인 오해를 이해인 줄 착각하는지.

"어디다 초점을 맞추어야 할지 그걸 모르겠어. 아슬아슬하게 균형을 잡았다싶을 때 꼭 깨지지. 언제나 제자리야."

초점을 들으며 뜨끔하다. 부연 안개에 잠겨 산란하던 날이 떠돈다. 청년이 그런 날을 알까. 청년이 말하는 균형이 대척점에 선 아이를 당긴다. 아담한 온실을 마다한 아이가 앞에 있다. 다시 말하지만 나는 밀려서 살았다. 초점 같은 걸 따지고 여툴 겨를 없이 습관대로 상황에 밀려서 여기까지 왔다. 울타리를 뛰어넘은 남자가 눈가를 좁힌다. 가지 않은 길을 가는 모습이 나를 깨우친다.

"이렇게 떠돌다 보니 내가 넘으려는 벽이 무엇이었는지조차 가물가물해. 일상의 규칙이 됐든 거기서 벗어나려던 생각이든. 그게 왜 그리 중요했을까. 내 자리를 떠나면 잡힐 줄 알았는데 모를 것을 찾으려니 골치가 아파."

그의 미간이 설핏 구겨진다. 가볍게 금지를 뛰어넘던 사촌과 망설이던 계집애가 다가온다. 눈을 질끈 감은 계집애가 주저없이 내달리는 사촌을 좇는다. 처음이 어렵다. 울타리 안의 허용이 갑갑한 이들이 있다. 자의든 타의든 규제를 넘으며 헐거워지리라. 이만큼 알아듣는 것도 혼자 헤맨 보람이리라.

"기대지 않고서는 길을 찾으려 했어. 부모가 사랑으로 자녀를 볼모 잡으면 나처럼 튕겨 나가고 말아. 혼자 걷도록 돕지 못하면 국으로 지켜보는 게 나아."

대놓고 덤비던 아이가 얼굴로 핏물을 모은다.

"철없이 혁명을 꿈꾸었지. 외인부대에 들어가려 한 적이 있어. 감정과 생각을 날려 보내고 나를 몽땅 걸고 싸우는 게 근사해 보였어. 테러리스트가 꿈이었다니. 우습지 않아?"

나는 고개를 젓는다. 우습지 않다. 불온한 연상이 핏속을 짜릿하게 돈다. 나는 버릇처럼 주억인다. 그렇지만 억센 군인이 되기에는 가냘픈 몸피다. 갈 데 잃은 눈이 그의 배낭에 멎는다. 그래서 가방에 총을 넣고 다니니? 묻지 못한 말이 떠돈다. 숨긴 총을 내 앞에서 쓰지 않기를. 그의 눈이 내게 꽂혀 있다. 나는 창밖으로 시선을 든다. 홀쭉하게 큰 나무가 바람을 맞고 있다. 몇 남은 이파리가 지친 듯 떤다. 잘못된 길로 가는 아이를 손 놓고 바라보라니. 그래야 스스로 넘어서게 된다고? 시행착오를 겪는 모습을 지켜보는 고통을 모르니까 쉽게 말한다. 나야말로 균형을 잡고 흐트러진 시선을 한 점에 모아야 한다.

내 식으로 받아들인 내용이 디딤돌인지 걸림돌인지 알 수 없다. 날 때부터 써왔던 모국어로 말한다 해도 마찬가지다. 제마다 지닌 말뜻이 같지 않다. 당연히 거기 따른 풀이가 달라진다. 꿰어 맞추고 잘라내는 언어소통이라면 이만큼 잇는 게 나쁘지 않다. 나도 모르게 골똘했을까. 목이 뻣뻣하다.

나는 맘껏 팔을 늘여 기지개를 켠다. 누가 보든 말든 결대로 마디를 편다. 떠도는 사념은 때마다 제자리로 돌아간다. 요동치는 십 대 아이를 무슨 수로 읽을 것인가. 둘의 틈이 아스라하게 번다. 속을 꿰뚫어 보는 기술이 있다면. 여기서 한국까지, 물리적인 거리보다 더 멀어진 아이가 아린 시선을 든다. 고립감은 현재 진행 중이다.

"상처가 아프지 않니?"

나는 설핏 이맛살을 좁히며 청년에게 관심을 돌린다.

"아니, 괜찮아."

간결한 대답이 돌아온다.

"너는 어디로 갈 건데?"

그가 캐듯 묻는다.

"내가 엔지오라는 말 안 했던가? 카불로 돌아가서 주어진 일을 할 거야. 하찮은 일이지만 열심히. 여기서 배웠어."

둘의 시선이 잠깐 겹친다.

34

         돈을 따로 내면서 방을 빌릴 사람이 없었을까. 레스토랑에서 두 끼의 식사를 하면 홀에서 하룻밤을 거저 자도 된다는 얘기를 들었다. 통로를 따라 이어진 문마다 자물쇠를 하나씩 물고 있다. 해일처럼 밀려든 나그네가 왔던 것처럼 빠져나갔다. 왁자지껄 시끄럽던 호텔이 거짓말처럼 조용하다. 적적한 통로가 더욱 썰렁하다. 날씨까지 고르지 않다. 비가 오다 해가 뜨다 제멋대로다. 남은 자의 몫일 감상이 내게 얹힌다. 식당을 겸한 홀이 아직 북적인다. 허름한 차림의 사내들이 여럿 드나드는 걸 눈여겨보았다.

    밥을 먹으려면 호텔에 딸린 레스토랑 빼고 갈 데가 없다. 식당은 흉내만 낸 프런트 건너편에 있다. 여닫이문을 여니 온돌처럼 무릎 높이로 올린 홀이 나타난다. 영화에서 본 우리네 옛 주막과 닮아 있다. 뜻밖에 나타난 옛 시절이 낯설기도 익숙하기도 하다. 실내를 채운 사내들이 벽에 기대어 한 다리를 세우고 있다. 제마다 흩었던 시선이 한꺼번에 쏠린다. 종종걸음으로 밥 심부름하던 총각이 멈추어 서서 빤히 바라본다. 곧 따라 들어온 일본청년이 치킨 눈을 긋는다. 올라가, 하는 눈짓이다. 나는 얼른 신발을 벗는다.

흙바닥에 샌들 종류의 신발이 어수선하게 흩어져 있다. 나는 조금 번 틈을 비집고 끼워 넣는다. 무릎을 세웠던 사내가 엉덩이를 틀어 자리를 만든다. 나는 미끄러지듯 끼어든다. 쩍쩍 갈라진 발뒤꿈치와 맨발에 낀 검은 때가 시선을 흔든다. 나는 못 본 척 딴청을 한다. 청년이 때맞춰 엉덩이를 내린다.

계산대에 기대어 지켜보던 총각이 둘둘 말아 구석에 세운 비닐을 가져온다. 줄지어 앉은 손님 앞에 죽 펴서 식탁을 마련한다. 길이대로 깔린 깔개 양쪽에 객들이 마주 앉는다. 찻주전자를 나르던 총각이 두 동양인을 넋 놓고 바라본다. 처음 보는 얼굴이 아닐 텐데. 볼 때마다 신기한가?

청년은 두툼한 양고기를, 나는 옆자리에 놓인 노란 밥을 가리킨다. 이네들이 즐겨 먹는 양고기가 느끼한 미각을 되살린다. 잰걸음으로 오가던 총각이 구석에 쌓인 베르베리부터 날라온다. 마른 부침개 같은 밀가루 빵 서넛이 맨바닥에 놓인다. 끼니마다 으레 따라 나오는 주식이 싸늘하게 식어 있다. 이른 아침에 빵을 수북이 담은 짐수레를 보았다. 한꺼번에 하루 치를 받아두는 게지. 화덕에서 갓 꺼낸 따끈한 빵이 떠오른다. 기억에 밴 구수한 냄새가 떠돈다.

찢은 빵조각을 우물거린다. 빽빽한 맨빵이 목을 멘다. 곁들여 나온 홍차를 한 모금 마신다. 뭉친 탄수화물이 힘없이 풀린다. 삼킨 뒤에야 도랑물이 떠오른다. 목을 넘은 물이 찝찝하다. 팔팔 끓였을 테니 설사는 안 하겠지.

오래 기다려서야 주문한 음식이 앞에 놓인다. 곁들여 나오는 부식이 없다. 양고기와 밥, 미리 받아 둔 빵과 홍차가 전부다. 콩이나 으깬 채소 같은 것이 따라오기는 한다. 기호나 밥값에 따라 나왔을 작은 양은접시가 허술하게 놓인다. 단출한 밥치레로 배겼을 유목민의 자취가 곳곳에 배어 있다.

기름으로 볶은 밥알이 번들거린다. 보기만 해도 느끼한 양비계가 조리할 때마다 들어간다. 밥맛이 싹 가신다. 주방 앞에 한 무더기 파릇한 풋고추가 놓여 있다. 나는 대뜸 다가가서 서너 개를 집는다. 허락받을 말 실력이 아니다. 주인과 객 모두 보고만 있다. 척박한 땅에 뿌리내린 고추는 내 땅의 것보다 훨씬 작다. 앉자마자 작은 것을 통째 깨문다. 혀에 불이 일더니 혓바닥이 홧홧 단다. 고초인지 당초인지. 새끼손톱만 한 게 지독하게 맵다. 눈물이 질금거린다. 탓할 누구 없이 혼자 쩔쩔매는 모습이 쓰리던 지난날과 닮아 있다.

수염이 시커먼 사내가 헐헐거리는 나를 보며 빙긋 웃는다. 혓바닥을 에는 통증이 가시지 않는다. 옆에 놓인 맨 빵을 미어지게 씹는다. 얼얼한 불길이 얼추 가라앉는다. 맵다고 마다할 수 없다. 기름기 밴 음식 빼고 마땅한 요깃거리가 없다. 혀를 태우는 모진 독이 이럴 때 유효하다. 약찬 고추를 눈곱만큼 베문다. 메슥거리던 속이 시나브로 가라앉는다. 반기지 않던 독이 제때를 만난다. 변방의 끝에서야 알게 되는 일이 왜 이리 많은가.

양손으로 큼직한 다리 살을 든 청년이 흡족한 표정을 짓고 있다. 크기대로 입을 벌려 덥석 베어 문다. 우물거리는 입가가 번들거린다. 식탁의 호불호가 극명하게 갈린다.

밥때가 얼추 끝난다. 심부름하는 총각이 비닐을 도르르 만다. 나는 원주민과 어울린 청년을 보며 일어선다. 식사를 했으니 한데 끼어 잘 수 있겠지. 그들이 늘 걸치고 다니는 망토가 이불이 된다.

나는 담에 잇댄 뒤꼍으로 나온다. 넓은 평상이 자리를 거의 차지하고 있다. 겨우 한 사람이 걸을 폭을 지나면 내가 묵는 방이 나온다. 감자 포대와 넓은 자배기가 되는대로 놓인 평상을 곁눈으로 훑는다. 채소를 다듬고 감자 껍질을 벗기고 꼬치 꿰는 일을 거기서 한다. 빗금으로 기댄 계단이 모서리에 있다. 그 아래 어두컴컴한 구석에 무슬림남자가 휴대용 태피스트리를 편다. 허름한 차림이지만 표정이 엄숙하다. 기도시간인 게지. 작은 깔개 위에 선 남자는 오가는 사람을 본 척 안 한다. 마주 보는 구석이 서쪽이다. 꼭 서쪽이어야 하는 건 메카가 거기 있어서라고. 무릎을 꿇은 그가 이마를 땅에 댄다. 번쩍 들린 엉덩이가 거북하다. 나는 눈을 깔고 잰걸음으로 걷는다.

늘 옆구리에 끼고 다니는 깔개가 그들의 제단인 셈이다. 때가 되면 어디서든 태피스트리를 편다. 집과 길, 안과 밖을 가리지 않는다. 개울가나 들판 또는 떠들썩한 식당 한 귀퉁이라도 괜찮다. 깔개 하나면 기도처가 만들어진다. 알라를 향한 예배소는 무릎을 꿇고 코를 땅에 댈 너비면 된다. 여기저기 옮겨 다니는 유목민에게 꼭 회당을 우기지 않는다. 필요가 습관을 부른다. 가난하면 불편하다지만 나그네 눈에는 단출하게 비친다. 다 좋거나 다 나쁘지 않다.

택시를 타고 가면서 이들의 기도를 본 적이 있다. 도시를 오가는 탈 것은 택시와 버스가 전부였다. 닳고 닳은 타이어에 얹힌, 말 그대로 고물택시에 올랐다. 거미줄처럼 금간 앞 유리가 불안을 더했다. 폭발음에 갈라졌어. 운전석에 앉아 있던 기사가 무뚝뚝하게 뱉었다. 라디오는 물론 창 손잡이조차 없었다. 빈자리가 다 찼다. 뼈대만 본래 대로인 자동차가 떠날 차비를 했다. 기사가 정한 요금을 머릿수로 나누어 받았다.

닳아빠진 바퀴가 움푹움푹 팬 길을 겁 없이 달렸다. 구름처럼 인 흙먼지가 고철 덩어리를 덮었다. 내내 벌판을 달리던 차가 갑자기 멈추었다. 텁석부리 기사가 주섬주섬 몇 가지를 챙겨서 밖으로 나갔다. 같이 탔던 사내 둘이 뒤를 따랐다. 말이나 문화를 모르는 나그네였다. 나는 어떤 설명이나 눈짓조차 없는 그들을 지켜보았다. 구부정한 뒷모습이 휘휘한 벌판을 가로질렀다. 적적한 들을 오가는 바람이 마른 흙가루를 양껏 말아 올렸다.

옆자리에 짐처럼 앉은 부르카가 꼼짝하지 않았다. 영어를 모르는 여인과 이들 말이라고는 한마디도 못하는 나만 남았다. 내가 살던 땅과 말과 습관이 전혀 다른 곳이었다. 이러니저러니 끼어들 나위가 없었다. 감때사나운 바람이 삭막한 들을 쓸었다. 갈 때 되면 가겠지. 불안할 것 없어. 죽기야 하겠어? 수가 되풀이 속삭였다. 밥을 먹거나 용변을 처리할 테니 맘 놓고 기다려.

좀체 돌아오지 않는 그들을 기다렸다. 펄럭이는 조바심을 누르며 휑한 광야를 지켜보았다. 불온한 추측이 번졌다. 칼을 든 강도가 나타날 경우도 있었다. 손 놓고 있다가 느닷없이 해코지를 당하는 그림이 어리대었다. 목석이 된 부르카조차 믿을 수 없었다. 오금이 저렸다. 나는 안절부절 못하는 시선을 밖에 두었다. 뭐야? 이건! 툴툴거리기라도 하면 어지러운 망상이 덜어질까. 잔뜩 오그린 뼈마디가 욱신거렸다. 생판 낯선 외지, 그것도 야만의 들녘 한가운데였다. 그들이 어디서 무엇을 하는지 알 수 없었다. 설마 나를 어쩌려는 건 아니겠지. 시간이 마디게 흘렀다.

보이지 않던 사내들이 벌판을 가로질러 뚜벅뚜벅 걸어왔다. 고요하고 평안한 표정을 보니 끓던 걱정이 가라앉았다. 사내 어깨를 덮은 망토가 활짝 폭을 펼쳤다. 바람에 날리는 옷자락이 영화 속 그림이었다. 가난하다고 말하기조차 무색한, 그날이 그날인 곳이었다. 차분한 걸음걸이가 비현실을 그렸다.

계단 밑 사내는 누가 보든 말든 기도에 빠져든다. 구레나룻의 엄숙하던 음성이 날아든다.

"날마다 숨쉬 듯 영혼도 호흡이 필요해. 그게 기도야."

호흡하면서 신을 기리라는 걸까. 한시도 잊지 말라는 뜻이겠지. 보이지 않는 존재와 마주한 그를 못 본 척 걷는다. 기도氣道와 기도祈禱가 같은 발음이라니. 나는 우연히 겹친 우리말을 골똘히 좇는다. 영혼과 기도를 잇다가 떼다가 하다가 돌아본다. 낮춘 등에 고단한 삶이 배어난다. 땅에 이마를 대고 엉덩이를 치킨 그가 알라를 찬양한다. 물려받은 믿음이 맥맥이 이어진다. 가난하지만 당당하다. 신과 함께 한 모습이 단정하다. 주눅 들지 않는 표정이 말갛게 갠 하늘을 닮아 있다. 숨 쉬듯 기도하라고? 맥없이 뇌는데 튀어나온 돌부리가 발을 건다. 휘뚝 꺾이던 다리가 가까스로 균형을 잡는다.

35

　　　　　　　나는 하나뿐인 창으로 뒤뜰
을 내다본다. 우중충한 하늘이 산처럼 쌓인 나무무더기를 덮
고 있다. 창틀이 더욱 노랗다. 처음 들었을 때 어설프던 숙소
가 그새 익숙해졌다. 찬 외기를 가려주는 것만으로 고맙다. 서
릿발 밴 비바람을 막아주는 게 어딘가. 침대만 있으면 쌓인 피
로를 덜 수 있다. 물휴지 한 장으로 세수를 마치기도 한다. 언
제 어디에 있든 몸이 알아서 맞추어간다. 거친 여행이 묵은 버
릇을 던다. 가벼워지는 방법이 거기 있었을까. 처음부터 그랬
던 건 아니다. 어릿대면서 속상하고 거치는 일마다 짜증스러웠
다. 번번이 툴툴거렸다. 자청한 길이지만 둘 데 없는 마음이 오
락가락한다. 양파를 닮은 속내가 켜를 드러낸다. 시행착오를

겪으면서 모난 성정이 둥글어지고 있다.

푸른 페인트칠로 마감된 방에 달리 장식이 없다. 콘크리트 벽을 따라 거친 결만 다듬은 나무침대 세 개가 놓여 있다. 벽을 칠한 페인트가 고르지 않다. 짙다가 옅다가, 내키는 대로 붓을 날린 솜씨가 곳곳에 남아 있다. 민감하게 튀어들던 잡티가 스스럽게 비켜간다. 거친 땅을 오가면서 울뚝불뚝하던 성깔이 눅는다. 반듯하지 않으면 조바심쳤고 어긋난 것들이 불편했다. 때마다 비아냥거리던 트집이 잠잠하다. 고를 수 있는 게 몇 안 되는 땅이다. 나를 다독이는 편이 쉽다. 말 없는 박지가 어우렁더우렁 섞이라고 가르친다.

서로 숨소리를 헤아릴 만큼 조용하다. 나무 이음새가 혼자 삐걱거린다. 나는 창과 마주한, 빗장 풀린 나무문을 돌아본다. 묵직한 출입문을 열면 한데다. 청년이 창과 문 사이 벽에 붙인 침대에 엇비슷이 기대어 다리를 벋고 뒤뜰을 내다본다. 방 안 공기가 갑갑하다.

나는 닦지 않은 창유리로 다가가서 눈을 붙인다. 참참하게 내린 연무가 나무토막을 덮는다. 안개일까. 는개일까. 튼실하게 엮은 통나무프레임이 거무스레한 윤곽을 드러낸다. 버팀대로 세운 두 기둥 위에 굵직한 통나무가 걸쳐 있다. 음침한 뒤뜰이 생기를 띤다. 그네 틀을 닮은 버팀목 둘레에 함부로 버린 토막이 동산을 이룬다.

긴 쇠사슬 양쪽에 매달린 커다란 양철자배기 두 개가 이쪽
저쪽으로 쏠린다. 흔들리는 그림자를 한동안 지켜본다. 딱히
바람이 부는 것 같지 않다. 어디 쓰이는 걸까. 여기서는 저걸
뭐라 부르나. 아직 쓰는 물건인지. 버린 것인지. 가르쳐 줄 누
가 없다. 대놓고 물을 실력이 아니다. 나는 청년을 돌아본다.
그의 시선이 벽에 붙어 있다. 저런 것까지 알 리 없지. 지레짐
작하며 도로 고개를 돌린다. 저울이라기에는 지나치게 크다.
해도 달리 떠오르는 게 없다. 저 크기면 어떤 물건을 달까.

더욱 농밀해진 안개가 자잘한 소리를 먹어든다. 콜리를 정
수리에 얹은 원주민사내가 바삐 오간다. 비어 있던 뒤꼍이 모
처럼 수런거린다. 나는 창에 바싹 눈을 댄다. 너덧 섞인 그림자
가 곧 흩어진다. 너울거리던 지스러기와 폐수로 질척이던 바닥
이 짙은 연무에 덮여 있다. 커다란 양철자배기 옆에 선 이들이
떠들썩하게 목소리를 섞는다. 나무 프레임을 볼 때마다 어디
쓰이는지 궁금했다. 머리를 맞댔던 원주민이 돌아선다. 남은
이가 넙적한 양철자배기에 갓난아이만 한 통나무를 담는다. 맞
은편 빈 그릇이 휙 올라간다. 올라간 그릇을 붙잡은 남자가 바
닥에 널린 토막을 주섬주섬 올린다. 나는 화들짝 놀란다. 버린
것이려니 여긴 쓰레기를 저울에 달다니. 엉망으로 쌓인 토막을

다시 내다본다. 서툰 가늠이 때마다 빗나간다. 잘못 본 그림이 제 꼴을 드러낸다. 그릇된 시각이 시행착오를 겪으며 균형을 잡는다. 지난 과정을 돌아보며 쓴웃음을 문다.

빈 자배기가 얼추 찬다. 오르락내리락하던 양쪽 용기가 엇비슷한 높이에서 멈춘다. 통나무를 내린 원주민남자가 아름찬 돌덩이를 올린다. 보면서 휘둥그러진다. 제멋대로 생긴 나무나 돌덩이로 저울추를 삼다니. 그들만의 계량법을 구경하면서 어처구니없다. 기준부터 어설프면 나중은 어떻게 하나. 한 눈금만 틀려도 악다구니를 쓰며 덤비는 게 세상인심인데. 저런 식으로 흥정하다가 드잡이라도 생기면 어쩐다지?

안개를 가르며 굴러온 손수레가 그네 옆에 멈춘다. 수레 손잡이를 잡은 남자가 반대편 모서리를 기울인다. 막 잡은 듯 보이는 소가 미끄러진다. 서성이던 서넛이 짐승을 들어 올린다. 목숨 줄을 놓아버린 사체가 좀체 들리지 않는다. 올리려다 미끄러지고, 같은 몸짓이 여러 번 되풀이된다. 답삭 올리지 못하는 손길을 보며 조바심치다가 문득 돌아본다. 벽에 기댄 청년이 나를 빤히 바라보고 있다. 네 개의 눈이 딱 소리 나게 마주친다. 객쩍은 웃음이 번진다.

너덧의 장정이 낑낑대고서야 무거운 고깃덩이가 저울을 탄다. 원주민 남자가 돌덩이에 돌을 얹어서 무게를 고른다. 두 높이가 엇비슷할 때까지 몇 번이고 더하고 빼기를 되풀이한다. 죽은 소가 내려진다. 비릿하게 끼칠 피비린내가 창유리에 막힌다. 부스스 일어선 청년이 곁에 선다.

"머리부터 자를까?"

후끈한 입김이 퍼진다. 나는 반걸음 떨어진다. 두 사람이 나란히 설 만큼 창이 크다. 작게 자른 칸칸의 틀이 눈을 비껴간다. 으레 눈을 가려서 성가시더니. 나는 안갯속에 선 칼잡이를 지켜본다. 힘껏 움킨 칼이 짐승의 목을 겨눈다. 그가 망설임 없이 칼을 날린다. 날 선 빛이 허공을 가른다. 단박 자른 소머리가 옆에 놓인다. 안갠지 빗발인지 사위가 뿌옇다. 농무 속 사내는 그림이 된다.

"탈레반이 소 잡듯 사람을 죽였겠지?"

섬뜩한 얘기를 아무렇지 않게 말하는 청년을 보며 나는 심사가 뒤틀린다. 꼬챙이 같은 말이 후딱 튀어나가려 한다. 어떻게 사람을 짐승과 견주니. 나는 혀끝까지 밀린 말을 삼킨다. 산 채 묻힌 장면이 어른거린다. 상상하는 공포가 크다. 숨 끊어지는 시간까지 견뎌야 할, 혼자 배길 고통이 나를 고문한다. 꼼짝 못 하고 당하는 느낌을 알아? 나를 괴롭히던 아이가 진창을 구른다. 둘의 불화가 현재 진행 중이다. 손 놓고 지켜보느니 단칼에 끝나는 게 낫다.

"이번엔 껍질을 벗기겠지?"

보이는 대로 해설하려고? 창밖에 둔 시선이 꼿꼿이 선다. 느린 말이 답답하더니. 조용히 구경하면 안 돼?

칼잡이가 능숙하게 칼을 놀린다. 서두르거나 머뭇거리지 않는다. 좁고 긴 날이 껍데기를 가른다. 몸체에서 떨어져 나온 털가죽이 따로 놓인다. 떼어낸 껍질이 군더더기였던가 싶게 이물스럽다. 보일 듯 말 듯 날리던 이슬비가 굵기를 더한다. 굵어진 빗발이 안개를 뿌린다. 쪼그린 사내의 뒷모습이 골똘하다.

털가죽 밑에서 켜를 이룬 비계가 드러난다. 나는 숨죽이며 날랜 솜씨를 지켜본다. 예리한 날이 솜처럼 눌린 지방을 도려낸다. 켜로 떼어낸 기름이 엄청나게 크다. 몸집 큰 짐승이 놀기만 한 게 아닐 텐데. 고기를 얻으려고 기르는 돼지가 아니다. 내게 있지만 본 적 없는 지방을 그린다. 살갗 밑을 채운 허섭스레기가 생체순환을 거스르며 갖가지 병소를 만든다던데. 저절로 만들어진 독소가 피를 따라 돈다고 했다. 쓸데없이 늘어난 것들이 감각을 무디게 한다. 이들이 금식하듯 때마다 비워서 새롭게 날 필요가 있다.

옆의 숨소리가 가깝다. 나는 한 발 떨어지며 창밖에 시선을 둔 청년을 돌아본다. 그와 함께 선 이 자리가 우연일까 필연일까. 문가에 세운 짐을 각자 들고 헤어지면 그뿐인데. 하찮은 실오라기를 굳이 모아 꼬려 하다니. 왠지 야릇하다.

칼잡이가 짐승의 배를 가른다. 나는 흐린 윤곽을 뚫어져라 살핀다. 후끈하게 달려들 피비린내가 코끝을 스친다. 상상하는 냄새가 지독하다. 나는 미간을 찡그리며 따로 놓인 기름덩이를 바라본다. 내게 얽힌 불필요한 것들이 떠돈다. 나는 이맛살을 좁히며 창가에서 물러난다. 달리 할 일이 없다. 침대 앞을 서성거린다. 밖은 비가 추적거린다.

"침대에 앉아."

어지러운 눈치다. 나는 머쓱해서 침대 모서리에 엉덩이를 걸친다.

"아랍 땅에서 아라비아 숫자를 쓰지 않는 건 왜 그러는데?"

앞뒤 없는 물음을 툭 던진다. 숫자와 함께 여기서 쓰는 페르시아 글자가 딸려온다. 읽지 못하고 보기만 하는 글자라서 더 매혹적일까.

"이름만 아라비아 숫자야. 우리가 쓰는 수는 인도에서 만들어졌대. 아랍인들이 퍼뜨려서 그렇게 부른다고 들었어."

그의 대답을 들으며 인도와 아라비아를 섞는다. 서로 다른 두 나라가 빗발에 섞인다. 바람에 실린 빗줄기가 바깥을 흐린다. 창유리를 때린 빗물이 몸을 섞는다. 제 무게를 못 이긴 물방울이 줄지어 미끄러진다. 어룽진 창유리 저편에 옛 동화가 가물거린다. 기억 속 그림이 결을 편다. 나는 환상으로 빚은 담요를 타고난다. 연무에 잠긴 뜰과 동화 속 그림이 어우러진다.

침묵이 길어진다. 나는 침대 가에 걸친 엉덩이를 깊이 당겨 벽에 기댄다.

"저건 뭘까?"

청년이 치킨 턱을 바깥으로 든다. 나는 기다린 것처럼 다가간다.

"뭔데?"

"저기 포대처럼 널브러진 살덩어리."

빗발이 거세진 데다 돌아앉은 칼잡이가 등으로 막고 있다. 나는 고개를 이리저리 튼다. 희끄무레한 덩어리가 설핏 드러난다. 등을 휘었던 사내가 자리를 옮긴다. 허술하게 팽개친 포대자루 같은 것을 보며 나는 눈과 머리를 바삐 굴린다.

"알았다. 위야. 소 밥통."

청년이 내 탄성을 지켜본다. 뭐 그리 호들갑을, 하는 시늉으로. 먼저 물어본 게 누군데? 나는 치민 말을 삼키며 빗속에 던져진 살덩어리를 살핀다. 읽고 본 내용이 겹친다. 칸칸으로 나뉜 희미한 자국은 실제 본 건가. 머릿속 상상인가. 초식동물이고 네 개의 위장을 가진 동물. 넷의 위는 되새김질을 하는 데 필요하다. 무턱대고 외었던 문장을 된다. 청년은 줄줄이 잇는 한국말에 반응을 보이지 않는다. 더 보탤 말이 없다. 직접 본 것이라야 닭 모이주머니 정도니까.

엄청나게 큰 살덩이와 마주하며 머릿속이 갈라진다. 먹고 산다는 게 저걸 지키는 일일까. 발라낸 고기를 도로 먹는. 너나 없이 먹고 먹히는 사슬에 얽혀 있다. 필요를 넘어서 욕망을 좇아 달리는 모습이 어리댄다. 토막 난 주검이 목숨의 끝을 까발린다. 넘치는 먹을거리와 퍼진 사념이 독을 만들까. 쉴 새 없이 우물거리는 입가, 거품 섞인 타액이 눅진하게 흘러내린다. 나는 치미는 토악질을 삼킨다. 핏기 가신 희멀건 덩어리를 뭉갤 듯 빗줄기가 기세를 올린다. 물 먹인 소를 들먹이던 뉴스가 솟는다. 나는 왈칵 짜증이 인다. 소 잡는 게 뭐 그리 대수라고.

괜스레 짐을 들썩거리다가 손전등을 꺼내서 껐다 켰다 한다. 손에 쓸리는 얼굴이 싸늘하다. 나는 창가로 간다. 칼잡이가 마무리를 하고 있다. 치킨 날에 빈틈없는 몰입이 배어난다. 힘껏 거머쥔 칼이 위벽을 날씬하게 가른다. 그가 길게 번 틈을 거꾸로 든다. 미처 삭지 않은 여물이 꾸역꾸역 쏟아진다. 삭이지 못한 마음이 저럴까. 세찬 비가 곤죽을 이룬 암녹색 오물을 후려친다. 속을 비운, 후줄근한 껍데기가 땅에 팽개쳐진다. 따로 둔 살코기와 뼈가 보이지 않는다. 나는 키를 세워 두리번거리다가 그만둔다. 쓸모를 찾아 갈 데로 갔겠지.

사내가 주섬주섬 돌아갈 차비를 한다. 허룩해진 위장과 맡은 몫을 충실히 해냈을 장기 몇 개. 널브러졌던 털가죽이 자전거에 실린다. 비와 진창에 시달린 갈색 털가죽이 묵직하게 처진다. 남은 부산물을 거두는 손길이 재게 움직인다. 떼어둔 머리통이 짐받이에 오른다. 목 위에서 바싹 잘린 머리가 엄숙한 표정을 짓는다. 비장하게 감은 눈이 굵은 빗줄기를 천연스럽게 받고 있다. 이깟 비쯤 대수롭지 않아. 그런 시늉이다.

자전거에 몸을 실은 사내가 페달을 밟는다. 둥근 바퀴가 쏟아지는 빗속을 천천히 구른다. 한 마리 소를 부위별로 발라낸 그의 일당은 자전거에 실린 것이 전부일까. 나온 사람이나 셈하는 기척이 없던데. 가난한 살림이 으레 그렇듯 고단한 노동으로 얻은 몇 가지면 며칠의 끼니를 때울 수 있겠지. 가장이 가져올 양식을 꼬박꼬박 기다릴 가족이 어린다. 눈을 반짝이며 그를 반길 처자식의 얼굴이 하나씩 지나간다. 등불처럼 켜진 희망이 음습하게 가라앉은 살림을 밝힐 것이다. 구르는 자전거가 부옇게 흐려지다 곧 사라진다. 사나워진 빗발이 남은 찌끼를 훑는다.

36

빗줄기가 꺾이면서 구름이
빠르게 움직인다. 들판을 가린 안개가 주춤주춤 물러난다. 맑
게 갠 하늘이 보이다 말다 한다. 줄기찬 비에 씻긴 나무들이 해
사한 민낯을 드러낸다. 밝은 풍경이 어서 나오라고 손짓하는
듯하다.

"갑갑한데……. 나갈까?"

청년이 묻는다. 나는 고개를 끄덕이고 걸터앉은 자리에서
일어선다. 그가 예의 배낭을 멘다. 나는 침대 머리맡에 둔 가방
을 어깨에 걸치고 따라나선다. 대각선으로 멘 끈이 금세 살을
파고든다. 들어 있는 물건이라야 사진기와 선글라스뿐이다.
오래된 수동카메라 무게가 만만치 않다.

집 안팎의 기온이 엇비슷하다. 투박한 벽이 바람이나 막을 테니 어쩌면 당연하다. 해가 쨍쨍하게 뜬 날이면 밖이 더 따뜻하다. 하늘에서 고르게 뿌려주는 햇빛과 바람과 공기와 비가 가난한 살림을 돕는다. 아직 여기 남은 것들이 나그네 마음을 푸근하게 푼다. 낙낙한 자락을 편 땅이 위에서 내려주는 선물을 수더분하게 받는다. 약빠르게 움키지 못할, 하늘이 내린 것을 함께 나눈다. 갈피마다 밴 듬쑥한 정이 보이려 한다. 너나없이 핍절한 살림이다. 어디든 누구든 기울지 않게 베푼 은정이 빈 틈을 메운다.

축축한 공기가 얼굴을 쓴다. 싸늘한 바깥바람이 상큼하다. 버릇처럼 추위를 끌어안았는데? 나는 흠칫 놀란다. 추웠던 게 몸이 아니다. 마음이 먼저 얼어 있었던 게다.

비 온 뒤의 흙바닥이 미끄럽다. 미처 마르지 않은 빗물이 뭇 발길로 다진 땅에 수막을 이룬다. 나는 발바닥에 신경을 모은다. 생각 없이 걷다가 널브러지면 안 된다. 빈틈을 비치면 어디나 숨죽인 배반이 대뜸 발을 건다.

커다란 양동이가 좁은 통로를 반 넘게 차지하고 있다. 벽에 등을 붙이고 게걸음치다가 무심코 굽어본다. 시뻘건 선지가 걸쭉하게 엉겨 있다. 나는 절박하게 고개를 돌린다. 차 파는 사내가 멀거니 서 있다가 대놓고 쳐다본다. 살얼음판을 걷듯 하다

가 돌아본다. 그가 아직 바라보고 있다. 나는 조금 든 손을 소
심하게 흔든다. 내일은 카불로 돌아갈 수 있겠지. 줄곧 파들던
조바심이 잠잠하다. 이틀을 실내에만 있었다. 웅그린 근육이
펴진다. 오랜만에 맘 놓고 쉬었다. 이 기운이면 얼마든지 걸을
수 있다.

둘은 발 가는 대로 걷는다. 언덕에 올라 멀리 살핀 뒤 어디
로 갈지 정할 것이다. 길 없는 밭고랑을 에둘러 걷는다. 끈끈한
진흙이 신발에 잔뜩 엉긴다. 나는 둔덕으로 오르는 자갈밭에
대고 무거워진 발을 비빈다. 찰진 흙이 좀체 떨어지지 않는다.
곧 포기하고 청년을 좇는다. 돌아보는 일 없이 걷기만 하는 청
년이 꼭대기로 올라선다.

헉헉대는 숨이 턱에 매달린다. 비탈 위로 올라서자 막힌 데
없는 풍광이 후련하게 열린다. 넓은 들과 드문드문 서 있는 나
무, 흙빛 선만 도드라진 가옥이 한눈에 잡힌다. 미적거리는 안
개가 여기저기 몰려 있다. 번한 틈새로 씻긴 들녘이 보이다 말
다 한다. 몇 그루 나무가 마을 어귀를 꾸민다. 말끔해진 나목이
노릇한 이파리를 성기게 매달고 있다. 앙상한 가지가 조금 흔
들린다. 나비처럼 나풀대던 노란 잎사귀 한 움큼이 지친 시늉
으로 내려앉는다.

갑자기 소란스런 소리가 들린다. 나는 돌아서서 건너편 언

덕 아래를 내려다본다. 무리 진 원주민이 우르르 몰려간다. 가슴에 검은 상자를 든 여자가 가운데 있다. 서넛의 여자가 뒤를 따른다. 청년이 곁으로 다가온다. 이리저리 둘러본 깐에는 건질 게 없는 게지. 뒤뚱거리는 흰색 밴이 벌판 끝에 나타난다. 꽤 큰 차체가 여기서 보니 미니어처처럼 앙증맞다. 흔히 보이는 일본 자동차 도요다가 사람들 쪽으로 차머리를 튼다. 보닛을 꾸민 금속 마크가 날카로운 빛을 튕긴다. 길 아닌 밭을 파고드는 자동차가 수상쩍다. 빈 들을 가로지른 밴이 무리 앞에 멈춘다.

"누가 죽었을까?"

청년이 혼잣말처럼 뇐다. 가슴에 안은 상자를 유골이려니 여긴 게지. 나는 그들이 걸친 거무스레한 옷차림을 살피며 고개를 끄덕인다. 머릿속 빈칸을 추측으로 메운다. 쫓기듯 몰려가는 모습으로 보아 황망한 일이 벌어졌다. 품에 안은 함에 어린 아들이나 딸의 유골이 들었으리라. 자동차 뒷문이 열린다. 뒤 칸에 상자를 내린 그들이 옆문을 밀고 올라탄다. 건너편 언덕에 선 몇이 우리와 한가지로 지켜보고 있다. 왔던 길로 방향을 돌린 차가 밭을 빠져나간다. 나는 그들이 나왔을 집을 겨냥하고 걷는다. 남아 있는 누가 사정을 말해주겠지. 쉽지 않은 광경을 그리며 부푼다. 건너편 언덕배기를 점찍은 뒤 긴 비탈을 미끄러지듯 타 내린다.

널따란 밭을 가로지른다. 닿을 듯 빤히 보이지만 다리품을 꽤 팔아야 할 것이다. 집과 길을 두고 벌이는 숨바꼭질이 이어진다. 높은 건물 없이 밋밋한 땅이 수월치 않게 멀다. 에두르고 오르내려야 할 동선이 만만치 않다. 눈대중만 믿다가는 다른 등성이로 오르기 십상이다. 오르막 앞에 선 청년이 흐릿하게 얽힌 발자국을 내려다본다. 어느 길을 잡아야 할지 망설이고 있다. 어느 틈새에 낀 기억이 신 뿌리를 벋는다.

어·느·것·을·고·를·까·요.

사촌과 철없이 어울리던 그때. 우물가 석류알갱이가 독처럼 신맛을 품는다. 사촌과 다리를 엇갈려 섞은 계집애가 혼자 키득거린다. 맨살이 닿으리란 상상만으로 간지럽다. 소년의 긴 다리가 깊이 파고든다. 후딱 웃음을 거둔 계집애가 엉덩이를 튼다. 소년이 뜻 모를 웃음을 문다. 배운 게 아니라 생래적으로 안다. 들이미는 오빠와 뒤로 빼는 누이의 실랑이가 이어진다. 드러내지 못한 관능이 미적거린다. 소년 눈가에 열기가 밴다. 돌보는 이 없는 처지를 미리 눈치챈 그는 앞질러서 보호를 물리쳤다. 알려주지 않은 것들을 혼자 익혔다. 흰 눈으로 흘기는 눈길쯤 모르는 게 약이다. 계집애가 새된 목청을 카랑카랑 높인다. 소년의 목소리가 함께 섞인다.

이 거리 저 거리 각 거리

천사만사 다 만사

조리 김치 장독 간

총채 비 파리 딱

크고 작은 두 손이 다투어 달린다. 넷으로는 싱거울 텐데 그
조차 즐겁다. 일이든 재난이든 놀이로 만드는 재간이 아이에게
있다. 바삐 오가던 손이 사촌 다리에 멎는다. 그가 앉음새를 고
치며 한쪽 다리를 접는다. 남은 다리가 사타구니를 파고든다.
계집애가 어정쩡하게 엉덩이를 뺀다. 지켜보던 사촌이 짓궂은
웃음을 문다. 계집애가 도로 목청을 높인다.

한알 대 두알 대 세알 대

팔 대 장군 고두레 뽕.

뒤늦게 끼어든 사촌이 소리를 맞춘다. 둘의 손이 세 다리를
훑으며 뛴다. 빨라진 둘의 음성에 흥이 실린다.

제비 싹싹 무 감주

보리짝 납작 흰기땡.

발음이 엉킨 계집애가 어물거린다. 사촌은 더듬는 누이를
아랑곳 않는다. 특별한 뜻 같은 건 없다. 가락을 맞추는 것만으
로 충분하다. 탄력받은 노랫말이 낭랑하게 퍼진다.

한 갈래 두 갈래 각 갈래

인사 만사 주머니 끈

노주나 찍찍 장뚜께

어망갑주 허리띠
계집애가 야무지게 다리를 접는다.

만두 만두 도 만두
짝 가리 하얀 군
노주나 찍찍 장뚜께
모기 발에 덕살이
한 다리 두 다리 세 다리
인사만사 주머니 끈
칠팔월에 무사리
동지섣달 대사리

사촌이 다리를 뺀다. 남은 다리를 접은 계집애가 미간을 힘껏 찡그린다. 사타구니에 서린 간지럼이 깔짝거린다. 사촌이 손끝에 힘을 모은다. 약찬 손톱이 이마를 퉁긴다. 저릿한 통증이 골을 울린다. 불시에 코끝으로 핏기가 몰린다. 누선이 찌릿하더니 눈물이 핑 돈다. 지면 맞기로 손가락을 걸었다. 그러니 대놓고 울 수 없다. 시시덕거리다가 울면 엉덩이에 뿔이 난다. 웃다가 운대요. 얼래리 꼴래리. 사촌이 대뜸 변덕쟁이라고 놀릴 테지만 대들거나 싸울 수 없다. 한달음에 달려든 어른이 손위 오빠부터 나무랄 테니. 고개를 꺾고 추레해질 사촌이 안 보아도 뻔하다. 계집애가 눈을 빠르게 깜박인다. 설핏 맺힌 눈물이 금세 마른다. 나오려던 눈물이 마저 걷힌다. 맘껏 이마를 퉁긴 사촌이 유쾌하게 웃는다. 아프지 않은 척하지만 울상이 펴지지 않는다. 한 번 봐주면 어디 덧나니? 오빠 나빠. 되작일수록 서운하다. 앵돌아진 속이 펴지지 않는다. 힐끔거리던 사촌이 남은 가락을 또랑또랑 읊조린다.

한 다리 두 다리 세 다리
너희삼촌 어디 갔니

리듬을 탄 목소리가 높이 솟는다. 찡그렸던 계집애가 나직하게 따라 뇐다. 삐쳤던 소가지가 그새 풀린다.

자전거를 고치러
오꽁조꽁 부지깽

유쾌한 웃음소리가 짜랑짜랑 섞인다. 사촌이 그 뒤로 그렇게 웃는 것을 본 적이 없다. 그는 커가면서 말수와 웃음이 줄었다. 다 자란 사촌이 그랬던 것처럼 나는 입 끝을 올려서 흐릿하게 웃는다. 그가 이런 날을 기억하고 있을까. 내게만 새긴 듯 또렷할까.

겹친 발자국이 되는대로 얽혀 있다. 왼쪽 길로 돌아선 청년을 보며 나는 오른쪽을 바라본다. 어느 쪽이 나을까. 그나 나나 처음길이다. 덮어놓고 그를 좇으려니 머쓱하다. 물어볼 누구 하나 없다. 묻는다 해도 마찬가지다. 아무 데나 가리키는 손길을 믿었다가 엉뚱한 곳에 닿은 게 한두 번이 아니다.

산만하게 흩어진 발자국을 추리고 살피며 나는 청년과 다른 길을 잡는다. 그러고 보니 나는 만든 길로만 다녔던 것 같다. 아니다 하면 가지 않았고 막힌 길이면 돌아섰다. 딱히 반듯해서라고 못한다. 쏟아질 지청구를 미리 막으려 했다. 규칙과 잔소리가 길이 되었다니.

높지 않은 비탈이 시야를 막는다. 높은 데서 내려다보면 위치와 거리가 가늠된다. 지나치게 가깝거나 너무 멀면 왜곡되기 쉽다. 가까우면 부분만, 멀면 윤곽만 보인다. 사람과의 사이 또한 알맞게 떠야 한다고 했다. 밀착한 관계에 따른 애착과 미움으로 속상했던 게 한두 번이 아니다. 손에서 팔꿈치만큼 거리를 떼면 잘 지낼 수 있다고. 큐빗이라는 서양의 옛 척도와 완척이라는 우리말이 함께 다가온다. 팔꿈치에서 가운데 손가락 끝까지. 45센티미터에서 56센티미터가 알맞다던가. 돌아선 아이가 빤히 바라본다. 숨 막힐 만큼 다가섰을까. 오목가슴이 갑갑하다. 푸! 짙은 숨이 쏟아진다.

오르막 끝에 선다. 높은 담장을 두른 너덧의 가옥이 앞에 있다. 집채를 감춘 울 사이로 좁은 고샅이 나 있다. 길을 따라 걷다가 열린 문을 보며 멈춘다. 이렇게 덩치 큰 집에 누가 살까. 나도 모르게 기웃거리다 보니 뜰로 들어와 있다. 나는 멈추어서 휘휘 둘러본다. 디귿자로 두른 칸칸의 문이 굳게 닫혀 있다. 맞은 편 문이 열린다. 얼굴만 삐죽이 내민 아낙이 침입자를 살

핀다. 옆에 문이 따라 열리고 사내아이와 젊은이가 잇따라 나
타난다. 여러 세대가 함께 사는 눈치다. 다세대 주택이잖아. 나
는 우리말로 중얼거리며 돌아선다. 큰 집이든 작은 집이든 고
만고만한 살림이다. 덮을 것과 취사도구 몇 개로 어리바리 날
을 잇는다.

　도로 밭을 걷고 있다. 앞에서 원주민 총각이 마주 걸어온다.
인적 없는 들에서 모처럼 만난 얼굴이 반갑다. 나는 그 자리에
멈추어 기다린다. 그가 길을 알려주겠지. 낯선 동양여자 앞에
선 그가 두툼한 입을 헤벌쭉 벌린다. 나는 벌어진 미간과 너부
데데한 얼굴을 보며 아까 점찍었던 집을 손짓 발짓으로 그린
다. 방향을 알려주려니 여겼는데 나를 따라 돌아선다. 나와 키
가 엇비슷한 그가 가뜩이나 고르지 않은 밭고랑을 가로로 오간
다. 알찐거리는 걸음이 거치적거린다. 나는 주춤거리다가 발
을 틀다가 하면서 걷는다. 알아듣지 못할 원주민 말이 날아든
다. 쇠귀에 경 읽기야. 우리 말로 뇌며 쓴웃음을 문다. 더부룩
한 머리칼을 훑는데 긴 외투가 밭고랑을 쓴다. 치렁거리는 자
락을 걷었으면. 둘둘 말아 올린 소매가 앞을 휘젓는다. 나는 걸
음을 늦추다 뛰다 하며 거리를 둔다. 총각은 아랑곳 않는다. 나
는 입을 꼭 물고 재게 걷는다.

　총각이 나와 걸음을 맞추느라 거의 뛴다. 가파른 호흡과 함

께 뒤처진 그가 뭐라 외친다. 나도 모르게 돌아보는데 이랑을 쓰는 옷자락이 먼저 눈에 띈다. 나는 대뜸 돌아선다. 원주민인데다 들으나 마나 한 소리일 테니 굳이 들을 필요가 없다. 나는 모른 척 씽씽 걷는다. 딴 길을 잡았던 일본청년이 마주 온다. 숨을 몰아쉬던 총각이 곧장 청년에게 붙는다. 총각과 말을 나눈 청년이 오던 길로 돌아선다. 십 대를 넘지 않을, 앳된 얼굴이 그예 떨어져 나간다. 무거운 짐을 벗은 듯 홀가분하다. 나는 걸음을 늦추며 둘의 등에 대고 손을 흔든다. 날랑 잊게. 총각. 애타게 찾던 집이 앞에 있다. 막힌 데가 시원하게 뚫린다.

37

활짝 열린 대문으로 고개를 드민다. 널찍한 마당을 채운 이들이 시끌벅적하게 웃고 떠든다. 나는 머뭇거리지 않는 청년을 겸연쩍게 좇는다. 검은 수염을 기른 억실억실한 장정들이 둘씩 셋씩 모여 있다. 청년은 제 집을 걷듯 거침이 없다. 쪼그리고 고개를 맞댄 이들이 눈을 들어 바라본다. 온통 낯설다. 몇의 시선이 내게 붙어 있다. 행여 왜 왔는지 물으면 어쩌나. 지레 졸아든 시선이 갈 데를 잃는다. 청년은 돌아보지 않는다. 나는 기역자로 앉은 주택 흙벽을 마주 보며 엉거주춤 멈춘다.

창 없는 튼실한 벽체에 이어 마당귀에 둔 커다란 솥을 훑는다. 피어오르는 김이 쥔 속을 푼다. 나는 다가가서 조금 열린

뚜껑 틈새를 기웃거린다. 눈 둘 데가 있어서 다행이다. 몇 발 떨어진 곳에 빵 굽는 화덕이 있다. 나는 조금 층진 그곳으로 올라선다. 흐릿하게 배어나는 불기가 허기를 깨운다. 베르베리는 벌써 구운 건가. 이제 구울 참인가. 빈속이 아릿하다. 마당을 메운 이들은 낯선 침입자를 그러려니 받아들인다.

마땅히 눈 둘 데가 없다. 마주보이는 살림집 출입문이 열려 있다. 종아리에 닿는 내리닫이 흰옷을 걸친 깡마른 노인이 거기서 나온다. 오른손에 쥔 닭이 대롱거린다. 마당의 시선이 노인에게 쏠린다. 노인이 움킨 닭 모가지를 위로 치킨다. 흰털뭉치 같은 사체가 허공에 뜬다. 풀기 없는 발가락과 덮인 눈꺼풀, 거무죽죽하게 변색된 볏과 모가지에 말라붙은 검붉은 핏물을 살핀다. 노인이 높이 든 날짐승을 호기롭게 흔든다. 금세 너털웃음이라도 터뜨릴 듯 얼굴이 밝다. 왼쪽 검지와 장지 사이에 꽂힌 담배가 흰 연기를 흘린다. 제물에 타들어 가던 담배가 긴 재를 툭 떨군다. 노인이 남은 꽁초를 흠씬 빤다. 여윈 볼이 움푹 팬다. 희미한 불꽃이 빠르게 달린다. 필터만 남은 꼬투리가 땅으로 난다. 원주민과 섞인 일본청년이 싱글거린다. 둥글넓적한 총각얼굴이 청년에게 닿을 듯 기운다. 총각이 상황을 설명하겠지. 나는 히죽거리는 얼굴을 보며 다가간다. 청년이 나 대신 묻는다.

"무슨 일이야?"

총각이 고개를 주억인다.

"누가 죽었니?"

나는 무턱대고 끄덕이는 얼굴을 지켜보다가 두세 걸음 물러선다. 구경이나 하자.

"어린아이지?"

일본청년은 자신의 짐작을 놓지 않는다. 나는 물색없이 끄덕이는 총각을 보며 빈 웃음을 문다.

"뭔 일이 났니?"

돌아본 청년이 내게 눈을 끔벅인다. 나는 알 수 없다는 눈짓에 대고 추스른 어깨로 맞장구친다. 곁에 선 총각이 세운 검지를 마주 비빈다. 나는 빙긋 웃음을 날린다.

"그래?"

지켜보던 청년이 영혼 없는 말을 보탠다.

"그렇구나."

연신 검지를 마주 비비는 총각 옆에서 일본청년이 딴청을 한다. 만국공통어인 몸으로 하는 말조차 알아들을 수 없다. 여기는 말과 풍습이 생판 다른 중앙아시아 깊은 골이다. 열린 살림집으로 들어갔던 일본청년이 곧 돌아 나온다. 어우렁더우렁 섞이다 보면 알게 돼. 하는 시늉이다. 원주민사내가 반갑게 청년을 맞는다. 손을 들어 인사치레를 한 청년이 서둘러 대문을 빠져나간다. 바삐 움직이는 그를 눈으로 좇으며 나는 마당 귀퉁이를 지킨다. 종종걸음으로 청년을 따르던 총각이 돌아온다. 고꾸라질 듯 바장이는 짧은 다리가 아슬아슬하다.

총각이 어물쩍 다가온다. 나는 두어 걸음 물러선다. 층진 턱이 뒤꿈치에 걸린다. 다리가 휘뚝 꺾인다. 얼른 몸을 세우며 멋쩍게 입가를 끈다. 보는 눈이 없다. 알찐거리던 총각이 그새 자리를 뜬다. 아궁이 위에 커다란 솥이 걸려 있다. 나는 다가가서 솥 둘레를 기웃거린다. 숙지근하게 잦아든 불이 밍근한 온기를 부린다.

무슬림 사내가 솥뚜껑을 연다. 부연 김이 한꺼번에 솟는다. 나는 누르스름하게 물든 밥을 보며 물러선다. 웃음을 씩 날린 사내가 두 손에 든 접시를 빠르게 놀린다. 왼쪽 접시로 푼 밥을 오른 접시에 덮어서 옮긴다. 능숙한 손놀림이 눈을 홀린다. 제 몫의 식사를 받은 사내가 어딘가로 간다. 북적이던 원주민이 그새 열을 짓고 있다.

썰물처럼 빠져나간 마당에 혼자 남아 있다. 청년은 어디로 갔을까. 내가 알던 덤덤한 표정 대신 재게 움직이던 모습이 어른거린다. 뜻밖의 활기를 띠고 사방을 살피는 모습이 설다. 아니 익숙하다. 낯선 곳이라 더 가깝게 여기는 걸까. 수가 비웃는다. 여행하다가 잠깐 만났을 뿐인데 가까운 척은! 상황 따라 바뀌는 얼굴을 곧이곧대로 받아들이니? 어디든 기대려는 칠푼이가 빈 눈을 들어 두리번거린다.

감춘 속내까지 읽어야 아는 것이라고? 슬쩍 스친 얘기가 하필 이때 튀어든다. 내 뼈 중의 뼈요 살 중의 살이라. 태초의 아담이 하와에게 했던 말이 떠돈다. 서로 만난 사내와 계집이 하나 되는 게 아는 것이라고. 감춘 속뜻이 드러난다. 사촌이 짜랑짜랑 웃는다. 돌아선 어깨가 추레하다. 내가 알던 그는 실제 그대로일까. 혼자 그린 착각일까. 농무처럼 몰린 사념이 정함 없이 흩어진다. 그를 보듬어서 제 길로 끌어주는 누가 있었다면 달라졌을 텐데. 어딘가 서늘하다.

살림집 문간에 선 사내가 치킨 턱을 뒤로 튼다. 청년이 거기 있다는 말이리라. 남의 자리에 끼어들 배짱이 없다. 누가 재킷 자락을 당긴다. 나는 잽싸게 돌아본다. 댓 살은 되었을까? 알록달록한 입성을 걸친 아이가 영근 시선을 들고 있다. 고만고만한 꼬마 서넛이 주변을 맴돈다. 앙팽이를 그린 얼굴에 누런 콧물 두 줄. 바라보는 시선이 빤빤하다. 일에 매달린 아비어미는 아이를 돌볼 겨를이 없다. 방치된 계집애는 제 스스로 하루를 헤치리라.

딴청을 부리는 동양여자가 괘씸했을까. 이번에는 맵차게 허벅지를 꼬집는다. 나는 어쩔 수 없이 돌아본다. 직각을 그린 엄지와 검지가 마주 엇갈려 있다. 손으로 만든 사각 프레임이 카메라를 그린다. 사진 찍어달라는 말은 어디나 한가지다. 나는 말려들지 않는다. 바싹 다가온 계집애가 재킷을 흔든다. 뾰족하게 내민 입술에 진홍이 더께 져 있다. 선 밖으로 삐친 빨강이 서툰 솜씨를 드러낸다. 화상처럼 붉은 볼연지와 검은 눈가가 자랑을 드러낸다. 엄마 화장품을 훔쳐 바르던 날의 내가 거기 있다. 나는 땟국 위에 덧칠한 색조화장에다 대고 빈 웃음을 문다. 울긋불긋 난한 얼굴이 그새 친근하다.

"악시미기리"

카메라를 바라보던 아이들이 함께 외친다. 나는 서두르지 않고 렌즈뚜껑을 연다. 모여선 서넛이 차렷 자세로 선다. 지켜보던 꼬마들이 우르르 달려든다. 금세 떼를 이룬 꼬맹이가 파인더에 가득 찬다. 또랑또랑한 눈빛이 렌즈에 쏠린다. 나는 몇 발자국 물러난다. 모인 아이들을 한 컷에 담을 것이다.

렌즈를 조절하는 대신 앞뒤로 발을 옮기며 화면을 맞춘다. 숨을 모으고 셔터를 누른다. 뒤늦게 뛰어드는 녀석이 있다. 나는 되풀이 셔터를 누른다. 몇 컷의 사진을 찍은 뒤 렌즈뚜껑을 덮는다. 오는 대로 눌렀다가는 동네 사람이 다 모여들 것이다. 허망하게 스러진 찰칵 소리만 듣고 자리를 뜨기에는 외래기계에 바라는 바람이 크다. 뒤늦게 나타난 몇이 턱밑으로 다가선다. 찍히지 못한 아쉬움이 눈망울에 배어 있다. 미진한 시선이 밟히지만 다음 기회가 있을 것이다. 불쑥 다가온 청년이 귓가에 대고 소곤거린다.

"결혼식이야. 여긴 신랑 집이고 신부는 아직 안 왔어. 언덕에 올랐을 때 봤던 차가 신부를 데리러 갔대."

여기 뛰고 저기 물어서 어찌 돌아가는지 알려준다. 빈칸에 들어갈 내용을 귀동냥으로 얻어낸다. 장례식이려니 짐작했는데 결혼식이라니. 들락거리는 사람들, 솥에서 끓이던 음식, 본판을 무시하고 되는대로 칠한 아이 얼굴이 떠돈다. 어둡던 시야가 빠끔히 열린다. 어쩌다 호사스런 연지곤지를 만났을까. 큰 행운을 만난 것처럼 기껍다. 모처럼 모인 아이들이 오늘을 희희낙락 즐기는 게지.

둥글넓적한 총각이 검지를 마주 비빈 뜻이 이것이었군. 가까운 관계를 손가락으로 알린다. 흐린 시야가 조금씩 갠다. 한데 붙은 손가락처럼 비비작대며 온기를 만들며 살라는 걸까. 수틀리면 제자리로 돌아간다는 건 아니겠지. 붙었다 떨어졌다 해야 그 나물에 그 밥이다. 보고 듣고 묻는 것으로 안 되면 얼추 꿰맞춘 짐작으로 모를 곳을 잇는다. 부옇던 안개가 한 겹씩 걷힌다. 단어 하나로 열 개 스무 개씩 잇는 추론이 이해인지 오해인지 날이 가면 알겠지. 한결같이 흐른 시간이 본디 꼴을 드러낼 테니.

38

　　　　　　　검증 못 할 내용을 되는대로 잇다가 문득 멈춘다. 제대로 아는지 그릇된 짐작인지 알 수 없다. 사실을 꿰뚫을 안목이 있다면. 냉혹한 진실 따위 모르는 게 나을까. 괴롭더라도 알아야 할까. 바로 알자면 여러 굽이를 넘어야 하리라. 좋기만 바라는 건 어리뜩한 개념이다. 안을 파들던 시선이 바깥을 휘휘 둘러본다. 빈 마당 멀리 마을 밖을 에두른 산자락이 가까이 다가온다. 나무 한 그루 키우지 않은 밋밋한 능선이 겹치고 이어진다.

　옷자락이 세게 끌린다. 나는 후딱 돌아본다. 눈길이 꼿꼿하다. 예닐곱 살 남짓한 사내 녀석이 턱을 치킨다. 나는 사심 없이 또랑또랑한 눈빛을 보며 찡그렸던 미간을 편다. 녀석이 되풀이 재킷을 당긴다. 통하지 않는 말 대신 몸으로 알린다. 나는 마지못해 딸려간다. 투박한 나무문 앞에 멈춘 녀석이 다리를 버티며 등으로 문을 민다. 열린 문을 발로 괴며 옷자락을 도로 당긴다. 나는 떨떠름한 추측을 누르며 끌려간다. 묵은 흙냄새가 달려든다. 어둡고 서늘하다. 굼뜨게 돌아가는 돌쩌귀 소리가 오래 이어진다.

밖에서 보기보다 통로가 깊다. 발이 뒤뚝거린다. 어둠 속을 헤맬 내 아이가 다가온다. 후끈한 덩어리가 명치에 얹힌다.

노란 불빛을 좇아 열린 방 앞으로 걷는다. 고만고만한 꼬마들이 문간에 선 이방인을 한꺼번에 돌아본다. 시루 속 콩나물처럼 빼곡한 시선이 빛을 되쏜다. 웅성거리던 소음과 간간이 솟던 웃음이 단박 걷힌다. 테이프에서 흘러나오던 노래가 급히 멈춘다. 방 가운데 섰던 꼬마가 번 틈으로 몸을 날린다. 노란 불빛이 빈자리에 내린다. 보자기만 한 거기가 무대인 게지. 옷깃을 잡아끌던 녀석이 간데없다. 나는 포갤 듯 겹쳐 앉은 알록달록한 입성을 훑는다. 노래와 춤으로 어우러진 열기가 싸늘하게 식는다. 어디서 이 아이들이 다 모인 걸까. 마을에 있는 집이라야 몇 안 되던데……

천장에서 늘어뜨린 검은 전선에 소박한 알전구가 매달려 있다. 빼곡한 틈에 끼어 앉은 계집애가 맵찬 시선을 날리며 목에 걸친 머릿수건을 잽싸게 올린다. 나는 어이없는 시선을 던진다. 조막만 한 얼굴을 가려서 어쩌겠다고? 곁의 초록과 남색이 따라 한다. 열 살 남짓일 손길이 숙성하다.

경계와 의심에 찬 눈길이 문간으로 쏟아진다. 마주 보기 힘들만큼 날카롭다. 맞은 편 작은 창으로 흐린 빛이 흘러든다. 두 뼘 넘을 창턱이 나를 돕는다. 나는 유리 대신 친 탁한 비닐에다 눈을 둔다. 벽 두께일 턱에 뭉툭한 검정여자구두가 놓여 있다. 구두에 든 곡식 알갱이가 서름하다. 도무지 모를 조합이 우리네 문지방에 매단 실과 북어를 끌어온다. 액막이라면 그럴싸하다. 여기나 저기나 가난과 불운의 틈새를 막을 비방이 필요하다. 이 나라를 상징한다는 밀 이삭문양을 보탠다. 일본청년에게 들었던 이들의 역사가 맞춤하게 끼어든다.

아프간 부족을 지배하던 정복자 나디르샤가 죽었다. 1747년 가을. 부족 족장들이 모여서 그들의 국왕을 뽑는 회의를 연다. 여덟 번의 회의에도 의견이 모아지지 않는다. 아홉 번 만에 소수부족의 족장이며 나디르샤를 옆에서 돕던 아흐마드칸이 선출된다. 사람들은 통일된 나라를 세운 그를 아흐마드샤 바바라고 부른다. 그의 머리에 밀 이삭다발로 만든 관을 씌운 뒤부터 국기에 알곡가지를 그려 넣는다. 그 뒤로 밀이 이 나라를 알리는 문양이 되었다.

구두와 밀의 야릇한 조합을 나름으로 잇는다. 몇 가지 어림짐작이 끼어든다. 부지런히 걸어서 밭을 갈고 열매를 거두라는 뜻일까. 억지 이해와 섣부른 오해가 빈칸을 메운다. 갑작스럽게 등이 떼밀린다. 엉겁결에 두 팔을 저으며 고꾸라질 듯 방으로 들어선다. 얼른 벗어든 등산화를 끼워 넣을 자리가 없다. 빼곡한 신발에 겹치듯 내리고 돌아서며 투박하게 밀어붙인 속내를 캔다. 안 통하는 말보다 몸이 빠르다. 서툰 초대에 소박한 정이 묻어난다. 손님을 맞은 아이들이 말없이 지켜본다.

컴컴한 골방이 또 있다. 좁고 으슥한 그곳에 젊은 남녀가 그림처럼 앉아 있다. 낯설면서 익숙한 정취가 떠돈다. 화려한 옷치레가 초라한 방을 꾸민다. 어쩌다 신랑신부 대기실로 들어왔을까. 쉽지 않은 혼례인 데다 주인공과 마주하는 행운까지 얻었다. 언제 어디로 이들이 왔는지. 다른 문이 있는지. 갈피 없는 물음과 검증 못 할 추측이 엇갈린다.

나는 대놓고 오늘의 주인공을 구경한다. 깔고 앉은 진홍빛 두툼한 깔개가 허름한 방을 밝힌다. 보기 드문 숄이 신부어깨를 덮고 있다. 폭대로 펼친 무늬가 화려하다. 나뭇잎 색 바탕에 금사로 새긴 수, 흰 천을 덮은 머리 아래 분홍베일이 드리워 있다. 겹겹의 천에 싸인 신부는 정물이 된다. 여러 겹 천 밑에서 초록색 부르카가 슬쩍 비친다. 우리의 녹의홍상이 그렇듯 여기서도 초록 부르카가 혼례용 입성인 게지.

옆자리의 신랑얼굴이 앳되다. 오래된 영화에서 보았을 선글라스가 어린 얼굴을 반 넘어 덮고 있다. 검은 유리알에 담긴 백열등이 잘게 흔들린다. 머리를 두른 두툼한 회색 터번과 목에 걸친 순백 목도리, 가슴에 내린 하트 판이 오늘의 주인공을 알린다. 분홍 꽃을 꽂은 판지 가장자리를 지폐가 둥글게 두른다. 온 시선이 내게 쏠려 있다.

울긋불긋 꾸민 꽃 판을 목에 걸고 어린 신랑은 딱딱하게 굳어 있다. 볕에 그을린 얼굴이 무표정하다. 딱딱한 표정 뒤에서 알 수 없는 부담과 기대, 발설 못 한 설렘이 숨죽인다. 겹겹의 천에 싸인 신부는 미동도 않는다. 잠깐 잦았던 목소리가 와작 솟는다. 낭자한 여흥이 내 탓에 망쳐진 건가. 나는 초롱초롱한 눈빛에 밀려 돌아선다. 언제 왔을까. 몇 발 떨어진 곳에서 얼굴 넓적한 총각이 히쭉거린다. 나는 그에게 사진 찍는 시늉을 한 뒤 방을 나온다. 걷다가 돌아보니 신랑각시 옆에 선 총각이 나를 가리키고 있다.

점심을 마친 사내들이 마당을 서성인다. 뒤따라 나온 신랑이 하객 속에 섞인다. 꽃 같은 각시가 언제 나올까. 나는 닫힌 문을 힐끔거린다. 혼례의 스포트라이트는 신랑보다 각시에게 쏟아진다. 너부데데한 총각이 대기실과 마당을 바삐 오간다.

오래 기다리던 각시가 마침내 신랑 옆에 선다. 여러 겹의 천에 싸인 신부는 숙인 고개를 들지 않는다. 나는 감춘 얼굴이 궁금하다. 일본청년이 옆에서 목청을 돋운다.

"신랑은 열여덟, 각시는 열여섯."

푸릇한 나이를 들으며 어느 시인의 말을 떠올린다. 화려한 오해로 시작해서 참담한 이해로 끝난다는 결혼이 이제 막 시작된다. 부딪치며 생채기를 만들고 곪은 마음이 발효되어 맑아지기까지. 맞닥뜨린 현실을 받아들이려면 참을 수 없는 날을 견뎌야 하리라. 속을 끓이며 갈등하고 좋은 일보다 나쁜 일을 더 많이 겪어야할 텐데. 그러기엔 너무 빠른 시작이다. 거칠고 험한 길을 서둘러 떠나다니.

설익은 날의 내가 어리댄다. 사촌은 어찌 살까. 넘어서는 안 될, 혼자 힘으로 어쩌지 못하던 그때가 족쇄가 되어 있다. 살다 보면 지워지기는 할까. 잊으려 하지만 잊히지 않는다. 보이지 않는 오라가 발목을 쥔다. 온통 아릿하다. 소리치며 밀어내고 법석을 떨었으면 여기 오지 않았을까.

허방 같던 지난날이 점점이 뜬다. 날 때부터 공기처럼 익숙했던 사람 아닌가. 앞날이 어찌될지 가늠 못하고 겁 없이 휘말렸다. 검은 아가리 속 같은 함정으로 반성 없이 내달렸다. 바라지 않던, 어쩌지 못할 상황을 이으며 어리둥절했다. 어쩔 수 없어. 짐짓 우기며 이런저런 원망을 삼켰다. 숨죽인 관능과 어수룩한 연민의 야합이었을까? 얼굴로 핏물이 쏠린다. 딱지 앉은 생채기가 덧나려 한다. 나는 고개를 턴다. 밀면서 당기는 호기심이 아주 없었다고 못한다.

그를 손가락질 하던 이들이 떠돈다. 양쪽을 훔쳐보던 계집애도 함께. 그때나 지금이나 한 발 떨어진 게 마찬가지다. 맞설 용기나 모르쇠할 배짱이 없다. 다 그런다 해서 나까지 돌을 던지면 안 되었다. 갈과 칡이 엉킨다. 모순이 고질로 박혀 있다. 물고 물리는 악순환의 고리를 벗을 때가 있을까?

나는 신랑각시에게 렌즈를 들이댄다. 포대처럼 선 어린 신부는 조마조마하게 움츠릴까. 내일은 맑을지 흐릴지 점칠까. 한 매듭을 짓는 오늘이 예사롭지 않겠지. 피곤한 날이 끼어들리라 가늠할까. 닥치는 대로 받아들이겠다고 야물게 작심할까. 날이 새면 금빛 베일과 초록색 부르카를 벗어 던지고 허름한 옷으로 갈아입을 텐데. 흙빛뿐인 날과 무채색 입성, 가난에 따른 노동을 견뎌야 하리라. 손 하나를 번 시댁에서야 두 손 들어 반길 일이다. 신랑의 가족이 우르르 몰려가서 신부를 모셔 오는 게 마땅하다.

겹겹이 싼 신부 옆에서 표정을 풀지 않은 신랑이 카메라를 똑바로 마주 본다. 무표정한 사촌이 거기 있다. 샅샅이 뒤졌지만 둘이 함께 찍은 사진이 없었다.

눈으로 보는 것보다 선명하게 그가 새겨 있다. 빛 아래서 더 희던 살갗. 길쯤한 얼굴선과 짙은 눈썹. 감춘 고집을 드러내던 곧은 콧날. 알맞게 도톰한 입술과 쌍꺼풀 없이 얄브스름한 눈매. 남보다 큰 키와 탄탄한 두 다리. 잔뜩 먹고도 홀쭉한 배. 안 보고도 그를 그릴 수 있다.

"얼굴만 멀끔해서는……, 츳 츳. 저 녀석은 한곳을 진득하게 바라보는 법이 없어. 쉴 새 없이 구르는 눈이 자면서도 돌아가더라니까."

수군거리던 소리와 비아냥대던 표정이 다가온다. 혼자 훔쳐 보며 알심을 키우던 계집애도 함께. 그에게는 울타리를 두를 부모가 없지 않은가. 그러니 제 스스로 주위를 살필밖에. 보호막 없는 아이를 함부로 밀치고 당기면 안 되지. 그럴수록 더 돌봐줘야 하는 거 아냐? 말없이 조바심치던 마음을 사촌이 알 리 없다. 후끈한 핏기가 얼굴로 몰린다. 손에 쓸리는 살갗은 그러나 싸늘하다. 지난 일은 잊어. 안 수연. 또 수다.

보이는 대로 깎아내리고 흘기더니. 당연히 구르는 눈동자를 트집 잡을 만큼 미웠겠지. 외곬으로 몰린 감정이 시선을 왜곡시킨다. 그렇잖아도 빠듯한 살림살이다. 뉘처럼 끼어 든 객식구가 눈엣가시다. 거치적거리는 피붙이를 억지로 떠맡으려니 배알이 틀린다. 꼭 하나만 짚어서 잘잘못을 따질 수 없게 이런 저런 곡절이 얽혀 있다.

갈피없이 떠도는 상념을 좇으며 나는 차분하게 손을 놀린다. 몇 번 셔터를 누른 뒤 카메라에서 눈을 뗀다. 뻣뻣하게 서서 렌즈를 쏘아보던 이들이 웅성거리며 흩어진다. 차례를 기다리던 얼굴이 신랑각시 곁에 선다. 각시는 내린 고개를 들지 않는다. 두툼한 터번을 머리에 두르고 검은 안경을 낀 신랑은 밋밋한 표정 그대로다. 나는 파인더에 눈을 붙이고 셔터를 누른다. 스위치가 꼼짝 않는다. 고장인가? 후딱 스친 불안을 털며 필름을 감는다. 마찬가지다. 숫자를 알리는 창에 36이 떠 있다. 나는 안심하고 새 필름을 꺼낸다. 어른 아이 할 것 없이 눈으로 내 손을 좇는다. 소리 날 듯 구르는 눈동자를 보며 뚜껑을 힘껏 덮는다. 필름은 잘 감아졌겠지. 미심쩍다고 열었다가는 망치게 된다. 렌즈로 모은 빛만 유효하다.

39

당연히 잘 감겼겠지. 여기고 셔터를 눌러댄 적이 있다. 필름이 끝없이 돌아갔다. 이럴 리 없는데. 늘 찍던 36컷짜리가 40을 넘었다. 넉넉하다 해도 하염없이 풀릴 리 없었다. 망쳐도 할 수 없지. 나는 뚜껑을 열었다. 앙상하게 선 스풀 반대편에 처음 그대로인 필름이 드러났다. 곳곳에서 여러 포즈를 지었던 아이가 짜증을 냈다.

"엄마가 하는 일이 늘 그렇지. 모처럼 놀이공원에 왔는데 몽땅 망쳤잖아. 다 엄마 때문이야."

봄날의 지열이 후끈하게 올라온다. 전원을 연출한 놀이공원이 휴일을 즐기는 사람들로 북적거린다. 드러나지 않은 상술이 아기자기한 풍경 뒤에 숨어 있다. 개발로 몰아낸 풍경이 놀이

공원으로 옮겨 갔다. 사람마다 바라는 것을 기업이 대신 채워 준다.

"지금까지 찍은 게 말짱 꽝이야."

아이가 작은 주먹으로 나를 쳤다. 아픈 척 엄살하며 나무라던 그때. 답삭 안기던 젖살과 비릿한 땀 냄새가 도로 달려든다. 깊이 밴 체취를 좇아서 나는 콧방울을 벌름거린다. 메마른 이곳 대기는 별다른 냄새를 품지 않는다. 싸늘한 안개가 코끝을 스친다. 나는 빈 셔터를 누르고 레버를 당긴다. 듬직하게 감기는 기척이 손끝에 남는다.

사진을 배울 무렵, 중간에 뚜껑을 열었다. 양쪽 스풀에 고르게 감긴 필름을 보며 재빨리 닫았다. 빛에 드러난 그것들이 제대로 나올까. 사진을 손에 들 때까지 조바심쳤다.

현상된 인화지에는 노랗고 붉은 줄만 그어 있었다. 제대로 나온 건 너덧 장뿐이었다. 쓴웃음이 샜다. 애써 담은 시간이 뭉개졌다. 순간의 잘못으로 풍경은 날아가고 가로줄만 남았다. 몇 컷은 아예 검정이었다. 하필 중요한 장면이 지워졌다고 생각하니 속이 쓰렸다. 있으면 무심히 지나는 데 없어지면 서운하다. 잡히면 도망치고 빠져나가면 잡으려 든다. 켜를 이룬 속내가 울긋불긋 줄을 긋는다. 망친 사진을 서랍에 쑤셔 박은 뒤 다시 꺼낸 적이 없다. 어딘가 있을까. 나도 모르게 쓰레기로 버려졌을까.

　나는 렌즈를 돌려 거리를 맞추고 빛을 조절한다. 왜 하필 수동카메라를 꾸렸을까. 새로 나온 가벼운 기계를 두고 무거운 것을 굳이 집어 든 건 왜였지. 일일이 필름을 넣고 빼야 하고 빛과 거리를 맞추어야 한다. 불편한 옛것이지만 좋은 점이 아주 없지 않다. 낡은 기계라 남의 손을 타지 않으리란 짐작도 한몫 거들었다. 버린다 말하면서 나도 모르게 움킨다. 핍진한 나라의 열악한 전기사정도 선택을 도왔다. 배터리가 방전되면 쓸모를 잃는 새 기계보다 그런저런 걱정을 안 하는 쪽이 낫다. 숨은 미련이 속속들이 드러난다.

　거친 땅을 오가면서 몸과 마음이 다듬어진다. 뜸 들이고 기다리는 시간의 속성에 길들어 간다. 버릇처럼 투덜대면서 곧잘 참아낸다. 밀고 당기고 때로는 타의에 휘둘리면서 모난 모서리가 둥글어진다. 뾰족한 꼬투리도 숙지근하게 눅는다.

　가볍고 편하고 효율적이라고 외치는 신제품이 널려 있다. 망가지기 전에 싫증 나서 버린다. 잘 버려야 잘 산다는 말도 들린다. 까다로운 기능을 자랑할수록 고장은 치명적이다. 고치는 데 비용을 들이느니 새로 사는 게 낫다. 기술이 쓸모를 잃고 사라진다. 점점 일회용품이 늘어간다. 필요조차 못 채운 이들과 마주하며 내가 버린 물건을 돌아본다. 화려한 빛이 내린 뒤

편, 그늘에 잠긴 이가 있다. 사촌은 어찌 살까. 그는 지금 어디를 가고 있을까.

왁작한 소음이 마당을 채운다. 너나없이 흥거운 얼굴을 든다. 예닐곱 살 되어 보이는 아이 서넛이 나를 따라온다. 땡글땡글한 눈이 카메라에 박혀 있다.

"잠깐만! 부르카를 벗어. 사진 한 장만 찍을게."

신랑각시에게 다가간 일본청년이 부르카 벗는 흉내를 낸다. 내 바람을 대신 말하는 그를 보며 빙긋 웃는다.

"신랑이 내 친구야."

내게 뻐기며 가슴을 펴던 총각이 빠른 걸음으로 오간다. 신랑 옆에 섰던 무슬림사내의 표정이 굳는다. 너그럽던 입가가 일자를 그린다. 각시의 고개가 더욱 숙는다. 신랑 아버지가 뻣뻣하게 도리질한다. 신랑은 들었는지 말았는지 덤덤한 표정 그대로다. 눈빛에 드러날 속내조차 검은 안경에 묻힌다.

일본청년의 바람을 오가며 옮기던 총각이 물러선다. 중세 같던 웃음이 가신다. 갑자기 얼어붙은 공기를 보며 나는 뜨끔하다. 나그네의 싱거운 호기심이 이들의 소중한 자존감을 건드린 게지. 명예를 가리키는 이들의 말 '나무스'가 튀어든다. 자존심을 잃느니 목숨을 버리는 게 낫다. 아내나 자매 또는 딸을 자신의 힘으로 보살펴야 한다. 여인을 짓밟는 것은 물론 험담이나 칭찬조차 모멸로 여긴다고 했다. 보이지 않는 가치로 버텨온 얼굴이 싸늘하게 군다. 가장의 안색이 편편치 않다. 나는 불편한 속내를 훔쳐보며 파인더에 눈을 붙인다. 들은 대로 소탈하면서 배타적이고 자존감이 강하다. 게다가 용맹스럽지 않은가.

온몸을 가렸으니 들추고 싶었을 뿐이다. 나그네의 무책임한 말 한마디에 이어온 전통이 무너지면 안 된다. 얼떨결에 저지른 무례를 덮을 것이다. 나는 자리를 옮기며 잇따라 셔터를 누른다. 포대처럼 선 초록색 부르카와 조악한 꽃 판을 여럿 찍는다. 분홍 꽃 가장자리에 두른 지폐가 팔랑거린다. 나란히 선 신랑과 각시는 무생물이 된다. 북적거리는 하객들의 훤소가 흥을 돋운다. 나는 부르는 대로 달려가서 카메라를 들이댄다.

신혼부부 옆에 선 무슬림사내 몇이 차렷 자세로 포즈를 잡는다. 기쁜 얼굴이 파인더를 채운다. 자연과 스스럼없이 어우러지고 비바람과 눈보라에 길든 표정이 렌즈 안에 들어 있다. 비가 오면 오는 대로 햇살이 내려쬐는 날은 또 그대로, 모나거나 튀지 않게 서로 어울린다. 혼례의 주인공들만 딱딱하게 굳어 있다. 안개가 걷히다 말다 한다. 앞으로 어떤 일이 닥칠지 알 수 없다. 퍼붓는 폭우와 환한 햇살이 번갈아 드나들 것이다. 주춤주춤 물러가는 안개가 자락을 편다. 돈이든 재능이든 내세울 것이 없다. 도와줄 손과 두른 울타리 또한 보잘것없다. 부옇게 흐린 날을 맨몸으로 걸을 신랑각시가 렌즈에 뜬다.

이 사람 저 사람을 필름에 새기는 것으로 혼례의 부조를 마친다. 카메라 뚜껑을 덮으며 맡은 일을 끝낸다. 사진은 이들에게 전해지지 않을 것이다. 내 서랍에 오래 갇혔다가 두고 보는 유통기한이 끝나면 버려질 운명이 지금부터 시작된다. 뒤를 따지지 않는 무슬림들이 흥겨운 휜소를 날린다.

언덕 위에 앉은 조촐한 흙집이 혼례잔치로 들썩인다. 혼례복을 차려입은 신랑신부와 함께 한 끼의 밥을 나눠 먹는 것이 예식의 전부일까. 닭기름에 볶아낸 밥과 거기 곁들인 맨 빵으로 한나절의 잔치를 마친다. 손목시계 바늘이 늦은 오후를 가리킨다.

눈치 없는 총각이 아까부터 나를 따라다닌다. 어둔한 영어를 알아챈 일본청년이 그를 밀어낸 게지. 덮어놓고 고개를 끄덕이는 줄 모르고 외마디 영어를 반색했다니. 못 본 척 딴청을 하지만 생각할수록 언짢은 빌미를 만든 그가 꽤씸하다. 따라붙든지 말든지. 나는 힐끔거리는 총각을 외면하며 쌀쌀하게 머리를 튼다.

주민들이 일본청년과 나를 한데 세운다. 평상복 차림으로 신부가 된 나는 어색한 웃음을 문다. 청년이 능청스럽게 내 어깨에 팔을 두른다. 두 손으로 엄지와 검지를 엇갈려 만든 사각 프레임이 여기저기서 솟는다. 한데 모은 웃음소리가 와르르 쏟아진다. 하나뿐인 그들의 카메라가 번뜩 플래시를 터뜨린다. 두 동양인을 한데 세우면서 토박이 예식이 절정을 이룬다. 일본과 한국이 다른 것을 그들이 알까. 노란 안색만 보고 영판 다른 나라에서 왔다고는 모를 것이다. 조금만 시간을 거슬러 오르면 서로 원수였던 줄 알 리 없다. 보이는 나와 실제 모습은 얼마나 다른가. 술 없는 잔치에 절로 인 신명으로 뜰이 와자하다. 떠들썩한 웃음소리가 토담을 넘는다. 비탈진 윗집 담에 검은 머리를 걸친 몇이 이쪽을 기웃거린다. 울에 얹은 고개만 봐서는 남자인지 여자인지 노인인지 아이인지 가려지지 않는다. 밝아진 목소리와 거침없는 홍소가 널리 퍼진다. 벽에 바른 흙덩이가 몸살을 할 만큼 시끄럽다.

"어디나 사람 사는 건 같아."

마침표 같은 문장이 입에서 샌다. 청년이 덤덤하게 나를 돌아본다.

40

버스가 좀체 나타나지 않는다. 나는 빈 길에 눈을 두고 조바심친다. 일본청년이 그런 나를 물끄러미 바라본다.

"호텔에 묵었던 승합차 기사에게 자리를 부탁했어."

느린 말씨가 갑갑했는데 그새 물 들었을까. 어둔한 말이 살갑게 얹힌다. 하루걸러 쏟아지던 빗발이 갰다. 비와 눈을 번갈아 뿌리던 날이 언제였나 싶게 화창하다. 미처 빠져나가지 못한 잿빛구름이 지평선 가까이 몰려 있다. 축축한 공기가 재킷을 파고든다. 해뜨기 직전의 동쪽 하늘이 맑은 청색을 드러난다. 얄팍하게 퍼진 구름 사이로 흐릿한 장밋빛이 배어난다. 투명하게 푸른 경계가 홍조를 띤다.

"구자미리? 애프터 카불."

나는 청년이 묻는 국적불명인 말을 쉽게 알아듣는다. 맡은 일을 끝낸 뒤 무엇을 할지 묻는 것이다. 꾸미지 않은 몇 마디로 서로를 알고 알리면서 고단한 무게를 던다. 날 것의 알맹이 몇 개로 최소한의 필요를 채운다. 나는 구름 걷힌 하늘을 올려다본다. 속까지 산뜻하게 밝은 날이다. 청년의 듬쑥한 눈길이 내게 꽂혀 있다. 바라는 것도 버릴 것도 없는 잔잔한 표정. 나는 시선을 비키며 고개를 젓는다.

"노 바디 노우즈. 온리 갓 노우즈."

누가 알겠니. 신이라면 몰라도. 나는 영어와 한국말을 섞어 말한 뒤 혼잣말을 뇐다.

"석류주스를 실컷 마실 거야. 입에는 달콤하다가 위벽을 톡 쏘는 게 매혹적이야. 짜릿한 맛이 튕기는 사춘기 아이를 닮았어."

미움으로 펄펄 끓는 아이가 나를 째린다. 마냥 끌리는 듯 말하지만 짐으로 얹힌 것들을 내려놓은 뒤에나 쏟아야 하리라. 생각과 다른 얘기가 쉽게 나온다.

"다음에는?"

연재물을 기다리는 소년처럼 한 번 꺼낸 건 놓지 않는다. 어쩌다가 보이는, 무던하고 끈질긴 근성으로 길고 고단한 여행을 배겨낼까? 나는 도리질한다.

"모르겠어. 그때 가서 생각할 거야."

높낮이 없는 청년의 음성이 퍼진다.

"시간이 나면 마자르-이-샤리프에 가 봐. 이 나라에서 가장 아름다운 모스크가 그 도시에 있어. 거기 가면 흰 비둘기가 비췻빛 지붕 위로 나는 광경을 볼 수 있어. 흰 깃을 치며 푸른 하늘로 솟구치는 생동감이 눈을 부시게 해."

그림 속 풍경이 어린다. 무리 진 새떼가 난다. 흰 날개를 펼친 새가 하늘을 덮고 있다. 어떤 색깔의 비둘기라도 거기로 날아들면 하얗게 바뀐다고.

청년이 주머니에서 꺼낸 그림엽서를 앞에 드민다. 납작한 주택 한가운데 비췻빛 둥근 돔이 불끈 솟아 있다. 저녁 무렵의 금빛 햇살이 에메랄드 색깔 지붕을 물들인다. 수만의 새들이 청록색 사원 위를 떠돈다. 흰 날개에 서린 비의가 내게 꽂힌다. 잿빛 새가 희게 되는 곳. 전설에 얽힌 성인 '알리'가 잠들었다는 성소가 서기를 띤다. 비행기에서 만난, 푸른 옷을 입은 부인이 웅숭깊은 눈길로 바라본다. 숨은 암시가 가슴을 가른다. 떠도는 난민을 보살핀다는 여자. 다순 손을 내민 이들이 곳곳에 있다. 여린 물살이 조용히 퍼진다. 뜻 모를 물기가 마른 뼈를 적신다.

다습게 나눌 체온이 내게 남아 있을까. 보이지 않는 벽을 넘어 넓은 세상과 마주할 힘이 생길까. 패턴을 뜨고 옷을 짓는 방법을 하나씩 가르쳐야지. 부끄러움을 가리고 추위를 덮고 바깥의 티끌과 가시에서 몸을 보호하는, 그래서 입은 이의 품격을 드러내는 옷이 하찮은 바늘 한 땀에서 시작된다고 알릴 것이다. 시시해 보이는 일조차 마음을 다하면 궂은 날을 견디게 된다고. 작은 감동이 험한 비탈을 넘어서게 하는 힘이라고. 조금씩 알게 된 진실을 속절없이 털어놓을지 모른다. 목숨을 지키는 손, 보이지 않는 신비가 어린다.

노르웨이 여자가 실팍한 존재감을 드리운다. 버려진 터를 보살피는 손길이 다순 기운을 부린다. 결박을 푼 프로메테우스가 뚜벅뚜벅 걷는다. 내 안의 수가 활짝 웃는다. 정수리를 쪼던 검은 새가 날쎈하게 사라진다.

온 세상이 둥글다는 노랫말이 퍼진다. 흐릿한 온기라도 조금씩 돌다 보면 내 아이에게 닿을 것이다. 낡은 생각이라고 비웃어도 괜찮다. 내가 바라는 건 고작 그 정도니까. 체온이 닿을 만큼의 관계. 스스럼없이 다가온 손을 슬며시 맞잡게 되기를, 나를 밀쳤던 날을 돌아보며 매몰차게 뿌리치지 않기를, 다만 바란다. 냉정과 다정이 알맞게 고루어지면 제 스스로 균형을 잡게 되겠지.

기다리기보다 먼저 다가갈 아이를 그린다. 서로의 체온을 나눌 수 있다면 누구든 상관없다. 속 깊은 정을 조용히 받아들이면 된다. 달아오른 석탄덩이처럼 뜨거운 사랑과 빙하처럼 차갑게 엉긴 열정이 버거웠으리라. 알 수 없는 누가 지켜주기를. 내 속의 결빙된 불덩이가 녹고 있다. 잿빛 새를 순결한 흰색으로 되돌리는 도시가 있다면 내게도 희망이 있겠지.

아이는 돌아올까. 나는 고개를 젓는다. 꼭 돌아온다고는 못한다. 시위를 떠난 화살 아닌가. 이제야 내 아이를 호적에 적힌 이름으로 부른다. 서 수강. 아버지가 지어준 이름을 좋아하더니. 아비의 바람이 이름에 담겨 있다. 치기를 벗은 수강이 힘차게 뛴다. 씩씩하게 살라는 바람이 묻어난다. 깨지고 벗어나서야 가벼움을 알다니. 하나씩 먹어야 할 나이를 한꺼번에 삼킨 듯 뿌듯하다.

나는 현실과 몽상 사이에서 서성인다. 북적이던 카불과 몇 마디 말을 듣고 그린 마자르-이-샤리프가 섞인다. 에메랄드 빛 이미지가 안을 밝힌다.

추운 듯 웅크린 사촌이 딸려온다. 내 짐작처럼 그가 추웠을까? 지금쯤 언 마음을 녹여줄 누가 곁에 있을지 모른다. 다습게 기대어서 옛일 같은 건 잊었을 수 있다. 그의 잦은 실수를 울타리가 없는 탓이려니 여기며 안달했다. 보이는 사물을 내 식으로 자르고 부풀리다니. 익살스런 어릿광대처럼 과장하는 버릇이 내게 있다. 짙어진 그늘이 상상으로 키운 그림자라고? 바늘 같은 것이 심장을 쿡 찌른다.

짐을 가득 실은 투박한 트럭이 경적을 크게 울리며 달린다. 차도를 걷던 원주민들이 재빨리 흩어진다. 물괸 웅덩이를 지난 차체가 크게 흔들린다. 뒤 칸에 쓸어 담은 잡동사니가 튀어 오른다. 함부로 놓인 짐이 지난날의 나와 닮아 있다. 뜬금없고 우연한 모습으로 누군가에 실려 다니던 모습. 그러고 보니 스스로 만든 암시에 끌려다녔다. 버글거리는 거품을 걷은 자리에 명징한 푯대가 솟은 듯하다.

예의 검은 배낭을 멘 청년이 손을 내민다. 네 갈대로 가. 그런 시늉이다. 나는 포개 잡은 손을 가볍게 흔든다.

"배낭 속의 총 조심해."

참았던 말이 불쑥 튀어 나간다.

"총이라고? 내 배낭에?"

휘둥그러지던 눈매가 이내 웃음기에 밀려 좁아진다.

"아, 그거! 모조품인데 근사하지? 이미테이션이 진짜보다 실감 난다니까."

만족한 듯 웃는 얼굴에 개구쟁이 같은 장난기가 밴다. 이미테이션이라니. 이렇게 싱거울 수가! 미리 놀랐던 마음이 지레 민망하다.

"진짜야? 리얼리?"

"슈어."

청년이 같은 대답을 되풀이한다.

"맞아. 맞다니까."

싱글거리는 얼굴로 보아 거짓말이 아니다. 혼자 끓이던 속병 또한 상상으로 빚은 끌탕 아닌가. 알고 보면 생은 생각보다 싱거울지 모른다. 모르니까 엉뚱한 풀이를 하고. 그걸 좋아서 울고 웃고 법석을 떤다. 한여름 밤의 헛된 꿈이 솟는다. 미망을 좇는 걸음이 숨차게 몰려다닌다. 얼굴로 더운 피가 몰린다. 나는 마주잡은 손에 힘을 준다. 미리 자르고 짜 맞추는 버릇을 버려야지. 혼자 부끄러워할 싹을 애초에 뽑아버리리라. 흔들리는 나를 지탱할 분별력이 있다면. 마른 손이 머뭇거리며 빠져나간다. 손바닥에 흐릿한 온기가 남는다. 이제 헤어지는 건가. 깊은 데가 아릿하다. 손에 밴 체온을 가만히 움킨다.

한 자리를 남긴 승합차가 앞에 멎는다. 겹쳐 앉은 사람들 틈에 조금 번 곳이 있다. 나는 엉덩이로 비집으며 끼어 앉는다. 방방한 배낭이 눌리고 찌그러진 채 의자 밑으로 밀린다. 차 문이 쾅 닫힌다. 창밖에 선 청년의 입이 마임을 하는 배우처럼 움직인다. 소리 없는 말이 또렷이 들린다. 너랑 나랑 둘만 알자던 입 신호. 잠깐만, 또는 창문 열어, 아니면 기다리라는 말. 훗훗한 기운이 빠르게 퍼진다. 때 묻지 않은 시절의 사촌이 거기 있다.

"수연아."

된시옷이 또렷하게 솟는다. 쑤연아. 귀 울음이 쟁쟁 운다. 철모르던 날의 사촌이 활짝 웃는다. 막 떠오른 해가 빛을 쏟는다. 사촌을 닮은 청년이 금빛을 받는다. 나는 반창고를 붙인 이마와 모자를 쓰지 않은 맨머리를 바라본다. 바꿀은 벗어서 짐 속에 넣은 모양이지. 검붉게 밴 핏물을 빨았을까. 선연하던 핏빛이 나를 되돌린다. 부시던 흰 빛과 붉은 꽃이 아리게 섞인다.

나는 뻑뻑한 창문을 힘주어 민다. 찬바람과 소음이 함께 몰려든다. 그가 발긋한 석류를 내민다. 실팍한 무게가 손에 꽉 찬다. 매끄러운 껍질에 다순 체온이 배어 있다. 가볍지도 무겁지도 않은 과일이 빈 데를 채운다. 핏빛 꽃이 어우러진 우물가에 땡볕이 쏟아진다. 수줍은 계집애가 좁힌 눈을 애써 든다.

잇따라 작은 플라스틱병이 건너온다. 나는 눈을 둥글게 키운다. 아까부터 목이 말랐다. 어떻게 알았지? 못 꺼낸 말을 눈에 담아 건넨다. 일본청년이 빙긋 웃는다. 나는 그가 보는 앞에서 뚜껑을 연다. 차가운 액체가 목을 타 내린다. 맑은 물 수가 내 안에 둥지 튼 사내 아이 수를 깨운다. 나, 안수연이 활짝 웃는다. 기사가 급하게 액셀러레이터를 밟는다. 마주보며 떠들던 승객의 고개가 뒤로 잦혀지다가 후딱 제자리로 돌아온다. 왁자한 웃음이 와르르 쏟아진다. 차창에 담긴 청년이 뒤로 물러난다. 이마에 붙은 반창고가 또렷이 남는다. 상처는 쉽사리 없어지지 않을 것이다. 엄격한 시간이 느릿느릿 흔적을 덮을 때까지 그 자리를 지키겠지. 내내 남을 상흔이 떠돈다.

나는 창턱에 괸 팔을 보일락 말락 흔든다. 무스샤크람. 그러고 보니 고맙다는 이 말을 한 번도 쓰지 않았다. 나는 입을 달싹이며 뇐다. 고마워. 히도시. 언제나 그렇듯 머뭇거리는 말은 소리가 되어 나오지 않는다. 나를 배웅하는 소리가 울린다. 잘 가. 수연아. 활짝 갠, 쑤연이처럼 들리는 목소리.

지평선 가까이 포물선을 그리던 점이 지워진다. 검은 색깔이 흔적조차 없다. 산뜻한 테셀레이션이 솟는다. 툭 터진 하늘에 빛과 사연이 어우러진다. 더하거나 덜어낼 것 없는 한 세계가 열리려 한다. 잠잠하던 수가 상쾌하게 일어선다. 때맞춰 찾아든 균형과 조화를 즐기는 게다. 해묵은 기억이 나를 놓아줄 모양이다.

소설집 두 권과 장편 『헤이, 맘보 잠보』를 내었다.

두 번째 장편 '물의 귀환'을 떠나보낸다.

때마다 이는 우려가 이번 책도 마찬가지다.

오래된 친구가 첫 번째 장편을 읽고 나서 주저하며 말했다.

에두른 말의 내용을 나름으로 종합했다. 소설이 작가의 체험으로 받아들여지리라 걱정한 눈치였다. 나는 긍정도 부정도 하지 않고 애매한 시선을 던졌다. 칭찬으로 들린 것도 있다.

훗날 비단길 포럼에서 인터뷰 질문이 있었다. 나는 인물의 배치와 흐름이 글의 장치라고 썼다. 그 내용을 읽은 친구가 환한 얼굴을 지었다. 물의 귀환 또한 마찬가지다.

아프가니스탄의 바미안에 들를 기회가 있었다.

부서진 대불이 돌멩이가 되어서 구르고 있었다. 다시 만든 다는 설이 떠돌지만 어찌 되었든 처음 것은 사라졌다.

이제 없어진 것, 없어지고 마는 것을 보기만 하고 지나친다면 1500년을 훌쩍 넘은 불상에 대한 예의가 아니라고 생각했다. 그것도 유네스코가 정한 세계유산 아닌가.

부서진 대불을 그리기 위한 장치로 인물을 설정하고 과정을 만들었다.

준비된 무대에다 낱말을 깔았다. 거기 따른 기억이 살아났다. 쪼가리 기억을 잇고 벌어진 틈을 상상으로 메웠다.

실제인 듯 실제 아닌 실제 같은 장면이 나를 끌었다. 줄 지은 문장을 좇으며 사실과 가상이 뒤섞였다.

바깥을 떠도는 문장을 캐는 동안 존재를 띄운 기쁨이 남아 있다.

나도 모르게 반걸음쯤 나간 스스로를 돌아본다.

진물을 흘리던 상처가 꾸덕꾸덕 마른다. 순정한 기쁨이 퍼진다.

쓰고 읽으면서 혼돈을 빚던 사념이 정리된다.

단발성으로 스치는 빛에만 빠져드는, 요즘 트렌드를 우려하는 까닭이다.

어느 시인이 '나를 키운 건 8할이 바람이다'라고 했지만 나는 감히 말한다.

나를 키운 건 8할이 종이에 쓴 활자다.

덧붙이자면 행간에 숨은 의미가 길이 되었다.

애쓰고 힘써준 도화. 여기 오기까지 만난 모든 분들께 감사드린다.

이천 십육년 사월 끝날